Du même auteur

Encore une journée divine, Notabilia, 2021
État d'ivresse, Notabilia, 2019
Le Bon Fils, Notabilia, 2016
La chance que tu as, Stock, 2014 (Libretto, 2023)

Sur l'auteur

Né en 1980 à Siegen, en Allemagne, Denis Michelis arrive en France à l'âge de cinq ans. Après avoir été rédacteur pour des émissions culturelles sur Arte, il publie son premier roman, *La chance que tu as*, chez Stock en 2014 (Libretto, 2023). Ses trois romans suivants paraissent chez Notabilia, *Le Bon Fils* (2016, prix des lycéens d'Île-de-France 2018 ; finaliste du prix Médicis), *État d'ivresse* (2019) et *Encore une journée divine* (2021 ; finaliste du prix Le Monde).

Il a également traduit plusieurs romans de l'allemand et de l'anglais, dont *Les Pleureuses*, de Katie Kitamura (Stock, 2017, prix du meilleur roman Points), et *Peur*, de Dirk Kurbjuweit (Delcourt, 2018).

AMOUR FOU

Denis Michelis

AMOUR FOU

Roman

NOTAB/LIA

Denis Michelis est représenté par l'agence Trames.
trames.xyz

ISBN : 978-2-88250-902-4

À Jean-Marie.

« Je ne pleure pas les êtres
auxquels je survis – c'est-à-dire,
quand je survis à l'attirance
qu'ils ont éprouvée pour moi. »

JOYCE CAROL OATES,
L'homme que les femmes adoraient,
Stock, 1986,
traduit par ANNE RABINOVITCH.

I.

BARNABÉ

Il frissonne.

Longe la route d'un pas alerte.

Une route de plusieurs kilomètres serpentant dans la campagne, épousant ensuite le littoral avant de culminer à plus de cent mètres au-dessus de falaises pointues comme des canines.

Encore un hiver glacé et humide, encore ce brouillard qui n'inquiète nullement les conducteurs – deux fois qu'il manque de se faire faucher.

Alors que la vue commence à se dégager, laissant entrevoir la mer, il s'arrête devant le grand portail en fer forgé aux allures vaguement médiévales. Puis le contourne en escaladant le muret.

(Quelle imprudence de ne pas mieux sécuriser l'endroit.)

Enfin, au bout de l'allée de gravillons mangée par les mauvaises herbes (sans parler de l'état général et pitoyable du terrain !), se dressant fièrement dans un joli manteau de brume : le manoir familial. Façade à colombages, fenêtres étroites à petits carreaux, et toit d'ardoises rouges (le père a préféré rénover la toiture plutôt qu'entretenir le jardin...) s'ouvrant sur une lucarne centrale, toute ronde.

Avec son sac de voyage bon marché à la main, Barnabé gravit l'escalier du perron.

Il sonne.

Ding dong.

*

CÉLIA

J'ai dit à la police que Rosalie avait tenté de renouer le contact après plusieurs années de silence. Quinze, pour être tout à fait exacte, alors, forcément, elle m'était (un peu) sortie de la tête. Nous n'étions pas fâchées, notre amitié s'était progressivement délitée, voilà tout. Le nombre de fois où je m'étais juré de la rappeler ou de lui envoyer un message. Un message, c'est quoi ? À peine une minute de rédaction, deux ou trois phrases banales, prêtes à l'emploi, parfois réconfortantes, on ne sait jamais. Promis, juré, demain je retire ces précieuses secondes à cette existence palpitante qu'est la mienne et je tape ce fichu SMS. Immanquablement je rompais cette promesse, vaguement honteuse jusqu'à ce que Rosalie me sorte de la tête, ensuite le manège recommençait.

Et puis un beau jour, en une fin de matinée dont étrangement je me souviens qu'elle était grise et triste avec un ciel désespérément vide, son nom, que je croyais pourtant avoir effacé de mon répertoire, est apparu sur l'écran de mon iPhone. Je ne souhaitais pas particulièrement décrocher, quelques microsecondes passaient durant lesquelles j'hésitais, peut-être m'appelait-elle par inadvertance. Je regrette de l'avoir fait. Ce n'est pas très noble de le confesser ainsi, mais oui, avec le recul, il aurait mieux fallu que je m'abstienne.

Rosalie n'avait pas changé. Jamais je n'aurais pensé un jour prononcer ce genre de phrase. Il faudrait toujours se méfier des personnes qui ne changent pas. Et de celles qui vous reprochent insidieusement de changer. Qui ne supportent pas que vous ne soyez plus ce petit être fragile d'alors, timoré, peu sûr de lui. On change, on se transforme, on s'émancipe, c'est le cours normal, *vital*, des choses. Ceux qui s'en offusquent craignent pour leur pouvoir. Ceux qui se condamnent aux sables mouvants du passé ne trouvent guère plus de grâce à mes yeux.

Tant pis si mon esprit accueille pareilles pensées, je les garderai jalousement pour moi, et non je n'ai pas dit à la police que Rosalie appartenait à cette catégorie de personnes non émancipées. Nous ne sommes pas là pour faire de la psychologie, et la police a d'autres chats à fouetter.

Rosalie n'avait pas changé.

Quelle phrase terrible à prononcer, même en pensée. Toujours cet entrain forcé dans la voix, cette excitation, cette façon de parler à toute allure, de cavaler.

J'ai dit à la police qu'elle ne m'avait pas semblé déprimée. En vérité je n'en sais rien. Peut-être que son exaltation cachait une dépression profonde, ou alors elle était exaltée au sens pathologique, c'est-à-dire qu'elle délirait, mais c'est au psy de poser ce diagnostic.

Dans la logique de la police, *déprimé* sous-entend *suicidaire*. Si j'avais dit : Rosalie me paraissait déprimée, ça aurait été plus simple, plus efficace en matière d'enquête. Rosalie était déprimée, voilà pourquoi après quinze ans de silence elle m'appelait. Il s'agissait, bien évidemment, d'un appel au secours que je n'avais pas pu, pas *su* décrypter, et cette incompétence (indifférence ?) l'avait poussée à mettre fin à ses jours.

Le contenu de notre première conversation téléphonique ? J'ai fait mine de réfléchir longuement avant de répondre que nous avions parlé de choses banales.

Du *small talk*, selon l'expression consacrée.

Small talk ou non, mes interlocuteurs étaient tout ouïe.

Bien sûr que le *small talk* les intéressait.

Tout les intéressait.

Dans ce cas ils seraient ravis d'apprendre que les doigts de Rosalie avaient, je la cite, « bizarrement gonflé », au point qu'elle ne parvenait plus à retirer son alliance. Et même si elle ne souhaitait pas l'enlever (elle s'était hâtée de le préciser), elle s'inquiétait des conséquences de ce gonflement, Dieu sait comment cette histoire finirait. Aux urgences avec un doigt coupé.

Par la suite j'apprendrais que lorsque son corps avait été retrouvé, Rosalie ne portait plus sa bague, voilà pourquoi les policiers insistaient à ce point. Ou pour être plus précise encore : le médecin légiste avait noté que l'annulaire gauche de Rosalie avait été partiellement *déganté*. Je n'ai pas compris tout de suite, alors la policière m'a expliqué, sans émotion aucune : la peau du doigt manquait, ainsi que les nerfs, les tendons, les vaisseaux ; seul subsistait l'os, complètement dénudé.

Un os de squelette.

Cela s'était-il produit lors de la chute ? La bague s'accrochant aux parois, ou sous l'impact du choc dans l'eau glacée ? En parcourant le Net, j'ai appris que ce genre d'accident est plus courant qu'on ne le croit. Il suffit d'accrocher sa bague à un grillage ou à une portière de voiture. Il suffit d'un corps en mouvement ou en traction et d'un doigt immobilisé, pris au piège, pour le déganter partiellement ou totalement. Les conséquences sont presque toujours l'amputation. Finalement, Rosalie n'avait pas tort : si elle avait (miraculeusement) survécu, on lui aurait coupé le doigt.

La policière ne portait ni bague ni autres bijoux. Ses doigts étaient fins, pâles et légèrement déformés. Elle a ignoré ma question sur la chute et a insisté encore. Est-ce que j'avais en ma possession d'autres informations sur la bague en question ? J'ai dit qu'il s'agissait d'une pierre en saphir rose et qu'elle provenait de Madagascar. Que c'était un cadeau de Damien. Qu'il connaissait Madagascar pour s'y être rendu à plusieurs reprises afin d'y réaliser ses enquêtes. Je me souvenais d'un reportage où il était question de l'inauguration d'un dispensaire. Avec la voix off de Damien, grave et maniérée, ce ton de télévision, ringard et prétentieux, qui lui seyait si bien. En faire trop était dans ses habitudes. Le jour où il avait offert sa bague à Rosalie, il n'avait pas pu s'empêcher de raconter que *là-bas*, sur cette île, les gens creusent la terre à mains nues dans l'espoir d'une vie meilleure. Certains, parmi lesquels des enfants, meurent. Ils meurent pour nous, Occidentaux. Pour que nous puissions nous parer des plus belles pierres précieuses.

*

BARNABÉ

« Ne reste pas planté là, voyons, tu vas attraper la mort ! »

La mère surgissant de l'obscurité du vestibule, telle une petite diablesse de sa boîte (c'est une femme menue mais d'une force et d'une énergie redoutables), contournant cet empoté de mari, pas fichu d'inviter son propre fils à rentrer au manoir pour se réchauffer.

La mère accueillante, les yeux mouillés de larmes au moment où son fils aimé est apparu sur le perron.

Depuis quand ne se sont-ils pas revus ?

(Quatre ans.)

La mère si aimante, poussant de petits cris de joie, alors que le père, la main encore posée sur la lourde poignée de porte, se contente de fixer Barnabé d'un air ahuri, hébété, c'est tout juste s'il reconnaît son propre enfant, la chair de sa chair.

« Randolf, pousse-toi, veux-tu, tu vois que le petit est gelé. »

Dans la grande cuisine située dans la partie nord et ombragée du manoir, la mère, légèrement courbée au-dessus du piano de cuisson, chauffe du bon lait entier plein de vitamines dans une petite casserole en fonte rouge.

Père et fils, eux, ont pris place à table et se dévisagent d'un air maussade.

Entre deux coups de fouet (pour que le lait n'accroche pas dans le fond), la mère glisse à son époux qu'il était, bien entendu, au courant.

« Tu savais que Barnabé rentrait aujourd'hui, je te l'ai encore rappelé ce matin mais tu n'écoutes jamais. »

Rentrait ?

La mère n'a pas dit *tu savais qu'il nous rendait une petite visite* ou *tu savais qu'il passait pour le déjeuner.*

La mère a dit *rentrait.*

Le fils compterait-il s'installer dans la maison ?

L'idée ne plaît pas DU TOUT au père qui hausse le ton.

« C'est faux, jamais je n'ai été prévenu de quoi que ce soit ! »

La mère ne montre aucune réaction, elle se contente de verser le lait bouillant dans un bol, de touiller vigoureusement afin que le chocolat en poudre, dont la teneur en cacao est de quatre-vingt-dix pour cent, se dissolve complètement.

Le père lève la voix d'un cran encore.

On n'a pas idée de débarquer ainsi.

En pleine semaine, entre deux rendez-vous de patients. D'ailleurs le prochain doit débarquer d'une minute à l'autre.

Toujours impassible, la mère apporte le bol fumant au fils, habitué aux chamailleries de ses parents, c'est à peine s'il y porte attention.

« Bois, mon Trésor. »

Puis d'une voix aussi onctueuse que la boisson chaude, elle rétorque au père qu'ils ne vont tout de même pas laisser leur fils unique dormir dehors…

« Tu n'as donc pas de cœur ? »

Les joues du père s'empourprent. S'il ne craignait pas l'accident domestique avec le lait brûlant, il aurait donné un bon coup de poing sur la table.

Bien sûr qu'il a un cœur, est-il sur le point de répondre, mais c'est une autre réplique qu'il lâche tout en se levant et en quittant prestement la pièce.

« On en reparlera tout à l'heure. »

On n'a pas encore bu notre chocolat que les vieux nous prennent déjà la tête. Je sais pas toi, mais j'ai juste envie de me barrer, là tout de suite !

S'il ne tenait qu'à lui, Barnabé prendrait ses jambes à son cou.

Le trajet a été long, éprouvant. Plusieurs heures de car, deux changements, puis près de quarante-cinq minutes à pied depuis l'arrêt place de l'Église jusqu'au manoir.

Mais Barnabé n'a plus un rond. Même pas de quoi se payer un billet retour. Il a dû rendre son appart, vendre ses meubles sur Le Bon Coin pour des clopinettes. Ses acheteurs, le sentant désespéré, n'ont pas hésité à faire baisser les prix, ivres de leur petit pouvoir.

Pour venir il a donc dû se contenter du car. Ambiance club du troisième âge : habitacle surchauffé et doux parfum de sandwiches au saucisson. Son aller simple lui a été offert par sa mère. Elle aurait pu l'accueillir place de l'Église, ça lui aurait épargné la longue marche dans le froid ! Et après ça joue les mamans éplorées. Que du vent…

Tout à l'heure, au moment où son doigt pressait la sonnette, Barnabé a ressenti un espoir aussi furtif qu'incroyable.

Ding dong.

Certes il grelottait et ses vêtements détrempés lui collaient à la peau.

Ding dong.

Mais quand seuls le silence et l'obscurité grandissante lui ont répondu, il a cru, quelques instants durant, que le manoir était inhabité.

Abandonné de ses propriétaires…

Mieux encore : des propriétaires mourants, des propriétaires (ses parents !) carrément décédés, sinon pourquoi auraient-ils laissé la haie du fond dans un pareil état ? Sans parler de la pelouse ou des rosiers sous la fenêtre.

Morts et enterrés.

Et lui, le fils unique, débarquant juste à temps pour prendre connaissance du testament.

Hélas la porte s'est ouverte, tirant Barnabé de sa rêverie. Si violemment qu'il en a sursauté. Puis les fenêtres se sont éclairées les unes après les autres, preuve que la maison respirait toujours.

La porte s'est ouverte, dévoilant la silhouette longiligne du père, sa face renfrognée à moitié dissimulée sous sa barbe très noire aux reflets bleutés (*tu crois qu'il se la teint ?*) et ses grosses lunettes d'intello à deux balles. En quatre ans il n'a pas bougé d'un iota, comme quoi être débarrassé de son fils ça vous conserve un homme.

Le père totalement à l'ouest, genre frappé d'amnésie, considérant son fils (certes amaigri et la tête presque rasée) comme un parfait étranger.

« Barnabé, c'est toi ? »

Pour son retour au bercail, Barnabé a fait une exception en s'accordant un petit anxiolytique de rien du tout. Une intuition au moment de monter dans le car, en découvrant la tronche des passagers. Puis un second à la fin de son périple, alors qu'il tentait de récupérer ses bagages, attaqué de toute part par des parapluies. À cause du ciel qui menaçait, les vieux avaient paniqué, certains s'inquiétaient même d'un confinement possible dans leur gîte à jouer aux dominos.

Sans anxiolytique, il aurait probablement brisé chaque parapluie un à un (Barnabé n'est pas très grand, à peine un mètre soixante-dix, mais ses bras vigoureux peuvent déplacer des montagnes).

Sans anxiolytique, il aurait envoyé son père à barbe et à lunettes sur les roses.

Qui tu veux que ce soit, espèce de débile mental ?

Demain Barnabé reprendra son sevrage.

Plus de médocs, rien ! Et surtout pas cette saloperie d'Haldol. Pas question de redevenir l'ectoplasme qu'il a été trop longtemps. En quelques semaines, il a perdu huit kilos, et surtout il se sent bien mieux dans sa tête.

Grâce à son anxiolytique, Barnabé, debout sur le perron, les bras ballants, les pupilles légèrement dilatées, a esquissé un sourire.

« Moi aussi je suis content de te revoir, papa. »

*

CÉLIA

La lieutenante m'a rappelée. Avec son collègue, elle avait encore *pas mal* de questions à me poser. Plutôt que le faire par téléphone, ils souhaitaient me recevoir au commissariat, ce qui signifiait faire le déplacement depuis Paris, presque cinq cents kilomètres. J'ai cru rêver lorsqu'elle m'a dit que je pourrais en profiter pour visiter la ville, les environs.

Pas mal de questions, c'est-à-dire ?

Elle m'a répondu qu'il faudrait tabler sur une ou deux auditions. Peut-être trois. Quelque chose d'indéfinissable m'a saisie, une sorte de malaise. Il suffisait que la police demande à vous entendre et voilà que vous commenciez à chercher ce qu'on pourrait vous reprocher.

En me promenant (rapidement) en ville, puis dans les alentours, j'ai eu l'impression assez désagréable d'être faite prisonnière d'une carte postale. Petit port propret, abbaye classée, chemin côtier, touristes en ciré jaune s'extasiant devant les ciels lourds et les plages désertes en cette morte saison.

Le jour de ma convocation (quatorze heures quinze, quel drôle d'horaire) était le même que celui de l'enterrement, prévu en fin de matinée. Curieux hasard qu'ils avaient à coup sûr provoqué. Ainsi ils pourraient m'observer pendant la cérémonie et en tirer leurs conclusions hâtives.

De la neige tombée la veille ne restait qu'une croûte gelée. J'ai imaginé les flocons tourbillonner au-dessus des tombes, tomber sur les chemins ou se fondre à la mer, cela a suffi à me réconforter.

Parce qu'il y avait peu de monde, j'ai immédiatement reconnu les deux policiers. Engoncés dans des doudounes comme s'il régnait un froid polaire. Se tenant légèrement en retrait, scrutant avec une relative discrétion les visages. Cette impression désagréable qu'ils ne regardaient *que* moi. Durant la mise en terre, et sous le regard attendri des quelques visiteurs, Damien se donnait en spectacle (car il s'agissait bien d'un spectacle), pleurant à chaudes larmes, hoquetant bruyamment, jusqu'au grand final avec un jeté de pétales de rose au-dessus du cercueil. Je ne suis pas de nature violente, mais je brûlais de le gifler à lui en faire perdre l'équilibre et de le précipiter dans le caveau.

Quelques jours plus tard, il récidiverait en accordant un long entretien à la presse locale, d'une indécence telle que de nouveau je ressentirais des bouffées d'animosité me monter aux joues.

Pas question de me rendre ensuite à la réception écraser une larme entre un petit sandwich de pain surprise au pâté de foie et un verre de mauvais vin blanc. À plusieurs reprises je m'étais répété cette promesse, mais en quittant le cimetière j'ai échangé quelques mots avec une femme particulièrement collante, bavarde, comment pouvait-on parler autant dans un lieu pareil ? Elle portait une espèce de combinaison qui m'a fait penser à celle que portent les prisonniers particulièrement dangereux. Sous son bonnet de laine grossièrement tricoté s'échappaient quelques épaisses boucles noires. J'ai noté aussi l'épaisseur de ses montures, impressionnante. J'ai compris après coup qu'il s'agissait de Solange, la voisine, la *fameuse voisine* d'en face dont Rosalie m'avait plusieurs fois parlé. Solange... Bien plus maligne à mon sens que l'image de pipelette qu'elle voulait bien donner. Mais peut-être que ce déguisement, cet air un peu perché, lui servait à endormir toute suspicion.

Il a suffi de quelques mots pour qu'elle sache qui j'étais. Je me suis entendue dire que je me sentais coupable de ne pas avoir repris contact avec Rosalie plus tôt. Pourquoi me livrer ainsi à une parfaite inconnue ? Voilà en quoi Solange était douée. À peine venions-nous de passer la grille du cimetière qu'elle m'avait convaincue de venir boire *le verre de l'amitié*. Sa voiture se trouvait à quelques mètres, *venez je vous y emmène*.

Allez savoir pourquoi à la campagne la plupart des habitations sont construites au bord des routes, quelle absurdité de chercher le bon air et la quiétude avec le bruit des voitures filant comme des bolides sous vos fenêtres. Sans parler du danger. Solange, avant de traverser, a tourné la tête plusieurs fois tout en me détaillant avec une morbide délectation les pires accidents survenus aux alentours.

La maison de Rosalie m'a paru si petite, si insignifiante par rapport à la description qu'elle m'en avait faite. Une maison « typique », m'avait-elle répété. Bien que les pierres d'origine aient été recouvertes de béton et d'un enduit blanc tirant désormais sur le gris. Je notais mentalement (c'est plus fort que moi, j'enregistre les menus détails, les défauts qui semblent à tant d'autres insignifiants) les traces de coulures sous les fenêtres, songeant à des larmes de pluie, puis, pressée par Solange qui, soufflant comme un bœuf, tirait sur la porte coulissante, je suis entrée par la véranda, forcément minuscule, « orientée plein sud ».

Qui étaient ces invités au visage grave, aux lèvres murmurantes, aux regards légèrement baissés ? D'après ce que Rosalie m'avait confié à propos de son quotidien, je n'avais pas le sentiment que Damien et elle fréquentaient beaucoup de monde. Hormis Solange dont elle se plaignait, jamais il n'était question d'autres voisins avec qui ils auraient sympathisé ni encore moins d'*amis*. S'agissait-il uniquement de connaissances lointaines, de pique-assiettes ? Le jour de mon enterrement (cette pensée m'occupait tandis que je détaillais le buffet étrangement appétissant), il y aurait bien plus de monde, d'affliction et de larmes.

Une jeune femme (charmante, un peu trop enjouée à mon goût), qui a longtemps disparu à l'étage et dont le prénom m'échappe (Yamina ?), s'est présentée comme étant la fille de je ne sais plus quel commerçant du coin. Son discours alambiqué ressemblait à un mensonge, mais sur le coup je n'y ai pas prêté attention. On peut sonner terriblement faux dans une telle situation où tristesse et retenue sont de rigueur. Qui peut se targuer de bien jouer ces émotions ? Tout de même, ai-je pensé : tous ces figurants pour honorer la mémoire de Rosalie…

Avec son masque de chagrin bon marché collé sur sa face, Damien m'a adressé quelques mots, apparaissant brusquement à mes côtés alors que j'hésitais entre le vin et de l'eau pétillante. Passé l'étonnement de ma présence (un si long chemin pour venir assister à l'enterrement d'une amie avec qui je n'avais plus gardé le moindre contact !), il m'a dit que ça le touchait beaucoup de me voir. *Oui, beaucoup, CÉLIA.* J'ai eu droit aux éternels compliments sur mon physique, mon sourire (Damien manquait d'imagination), ensuite, malgré mes protestations, il m'a tendu un verre de vin puis il m'a présenté une jeune femme (très jeune, dans la vingtaine) qui le suivait partout, l'air vaguement embarrassée, *c'est une collègue*, s'est-il contenté de dire avant de remplir son verre à son tour.

Ma tristesse s'effaçait peu à peu, remplacée par un sentiment de colère. Quel gâchis. S'amouracher d'un type comme Damien et finir dans cette maison sans âme aux murs froids, en pleine cambrousse. La mer n'était pas loin, certes, mais de leur pavillon, il fallait tout de même faire sacrément preuve d'imagination. Oui, s'amouracher, parce que Rosalie était restée cette adolescente écervelée. L'amour, c'est autre chose, l'avait-elle seulement compris ?

*

BARNABÉ

Au terme d'une négociation perdue d'avance avec son épouse, le père accepte que le fils reste.

Oui, mais.

À condition de ne pas se faire trop remarquer.

D'éviter par exemple de traînailler dehors.

De parler à des inconnus et encore moins aux patients !

En résumé : le mieux est que Barnabé reste dans sa chambre. L'espace y est suffisamment grand pour ne pas tourner en rond. Au moindre écart, il faudra cependant envisager l'éventualité de le placer car, comme le rappelle le père (dont c'est tout de même le métier !), Barnabé souffre d'un délire paranoïaque.

La mère hoche poliment du bonnet puis, forte de son expertise qui vaut ce qu'elle vaut (il n'empêche qu'elle l'a porté dans son ventre, ce *petit*, dans sa chair, qu'elle sent des choses que seule une mère peut sentir !), elle rappelle au père une règle toute simple : de bons repas, beaucoup d'amour et la prise régulière de son traitement devraient amplement suffire pour ne pas en arriver à cette horrible conclusion (l'internement !)

« Oh, Randolf, Barnabé saura se tenir et il restera, promis, dans la chambre du haut ! »

Comment ça, la chambre du haut ? Et la sienne au premier ? Qu'est-elle devenue ?

Tout en détournant habilement le regard, la mère répond qu'elle y a installé son cabinet de couture et que, là-haut, c'est *vachement* mieux (dès qu'elle recommence à imiter le langage des jeunes, les cheveux de Barnabé se dressent sur sa tête).

Bref, il s'agit de combles aménagés, censés accueillir les amis.

Des amis ? Quels amis ?

Barnabé se retient de poser la question, car ce genre d'ironie passerait mal.

« Tu auras ta propre salle de bains », s'enthousiasme la mère. Ainsi qu'une jolie vue sur les falaises.

Et pour la bouffe ?

Concernant les repas, le père charge la mère de monter les plateaux. De toute façon, père et mère, au vu de leur emploi du temps respectif, mangent chacun de leur côté.

Barnabé encaisse. Il aurait évidemment préféré dîner au salon ou à la cuisine. La déco est à gerber, mais au moins il aurait l'impression de faire partie des meubles.

Là, c'est un peu comme si…

Comme si on se retrouvait à l'hosto ou en prison avec ta daronne en infirmière ou geôlière.

La mère le précède dans l'escalier de service qui mène du deuxième étage au grenier.

À la *chambre d'amis*.

L'interrupteur doit être en panne, car tous deux montent dans l'obscurité.

Ou elle a délibérément saboté le compteur pour que tu tombes et que tu te fracasses le crâne.

– Ne dis pas n'importe quoi.

Et moi je te réponds : méfiance…

« Tu parles tout seul, mon grand ? »

Merde !

Dans ta tête, bon sang, on va se retrouver en camisole.

Barnabé rétorque le plus naturellement du monde que pas du tout, qu'elle entend des voix, ce qui, étrangement, fait rire sa mère aux éclats.

Dans un grincement aigu de porte, les combles se dévoilent progressivement.

Une pièce aussi vaste qu'indéfinie.

Un rectangle presque nu avec un joli parquet ciré qui a dû coûter bonbon. Sinon, à part le lit (d'une place et demie !), une commode et un bureau ridicule (qui peut bien travailler sur ce truc pour nabot ?), il n'y a aucun meuble. Ni objets ni bibelots.

« Vous vous êtes pas foulés pour la déco, hein ? »

La mère n'a apparemment pas entendu. Elle se trouve dans la salle de bains située de l'autre côté du minuscule vestibule pour y ranger selon ses termes des serviettes bien moelleuses et quelques effets de toilette.

Malgré la propreté apparente, Barnabé note une odeur pénétrante de souris et de toiles d'araignée. Par comparaison avec le reste de la maison, ses deux étages, nombreuses pièces, couloirs et corridors, il se sentirait presque à l'étroit ici. Le manque de clarté n'y est sûrement pas étranger. Alors qu'il se trouve si proche du ciel.

En même temps, mate un peu ces fenêtres de Minipouss…

Le grenier n'est en effet éclairé que d'un seul œil-de-bœuf percé directement dans la toiture. Pas étonnant que la lumière soit si pâle et anémique. Même les moutons de poussière y dansent au ralenti.

– Vos amis vous ont jamais dit qu'elle est glauque, leur chambre ?

– Ne commence pas, Trésor. Ici, au moins, personne ne t'embêtera.

– Vous auriez dû me parquer dans la cave. Au moins, on ne m'entendrait pas si je me mettais à hurler.

– Pourquoi hurlerais-tu, mon poulet ?

Ignorant la question, Barnabé tente d'ouvrir la lucarne, mais la poignée résiste.

– Toi qui nous rabâches toujours tes histoires de respect d'intimité, tu seras bien, ici ! enchaîne la mère tout en posant les draps soigneusement pliés sur le bord du lit.

– Disons que quand t'es passé par la case HP avec des colocataires dans la chambre que tu entends ronfler ou gémir des nuits entières, le concept de vie privée prend tout son sens.

– Oh, comme ça a dû être une période difficile pour toi…

– Surtout quand tes parents ne viennent jamais te rendre visite.

– J'ai voulu le faire à tant de reprises, si tu savais, mais j'étais tellement occupée ici.

– Pas une seule fois. Ni toi ni papa.

– Cette maison me prend toute mon énergie, et ton père est débordé, comme toujours.

– Trouver une heure en neuf mois dans son emploi du temps de ministre, c'est si dur que ça ?

Un ange passe.

La mère saisit la croix qu'elle porte toujours autour du cou avec une petite chaîne en or.

– Neuf mois ? Seigneur que le temps passe vite. À présent, je suis tout à toi.

– Super, j'ai hâte.

– Je vais faire ton lit et ensuite je te laisserai t'installer tranquillement.

*

CÉLIA

J'avais besoin d'air. Bon sang, cette porte de véranda était lourde, Solange n'avait pas joué la comédie quand, le visage empourpré, elle avait donné l'impression de déplacer un menhir. Dehors, le vent frais me fouettait agréablement les joues. Je restais le long de la route, la fameuse « route de la corniche » qui, d'après le plan interactif de mon portable, commençait dès la sortie de la départementale, traversait des terres, des champs, bref tout ce qu'un paysage de campagne a de plus monocorde à offrir, puis se changeait en une route côtière, d'où la *corniche*, surplombant la mer depuis de hautes falaises réputées dans la région.

Les plus chanceux (les plus riches surtout) possèdent une maison avec vue sur la mer. Les autres n'ont qu'à battre en retraite un peu (beaucoup) plus loin dans les terres. Parce qu'ils ont besoin de se rassurer, ils précisent systématiquement (comme Rosalie) que la mer *est à deux, cinq, dix minutes en voiture.* Est-ce la raison pour laquelle ils conduisent comme des dingues ? Leur frustration est si grande qu'ils appuient sur l'accélérateur et tant pis pour le jour où ils envoient leur auto dans le décor. *Je veux voir la mer !* hurlent-ils dans leur habitacle…

Comment Rosalie pouvait-elle chaque jour suivre cet itinéraire, sachant qu'elle risquait d'être fauchée par des conducteurs affamés de beaux paysages ?

Du manoir que Rosalie m'avait pourtant décrit en détail (la lucarne sur la pente du toit la fascinait, tel un œil au milieu du front), je ne distinguais qu'une forme à la fois vague et imposante, préservée du regard des petits curieux par une grille en fer forgé. Un léger brouillard s'était levé, humide et pénétrant ; un tressaillement aussi rapide que nerveux m'a parcouru le corps. Et dire que Rosalie trouvait l'endroit romantique ! Nous n'avions décidément pas la même vision du romantisme… (Je suppose que pour elle Damien était un homme romantique.)

Quelque chose ne tournait pas rond, sinon pourquoi m'avait-elle contactée ? Et si, en dépit de mes réticences, je continuais de décrocher, c'était justement pour tenter de comprendre, de trouver un sens caché derrière l'apparente banalité du quotidien. Rosalie était si intense quand elle vous parlait, intense et épuisante, presque exclusivement centrée sur elle-même (on pouvait difficilement lui en vouloir au regard de ce qu'elle vivait).

J'aime à penser que je suis l'exact inverse : tout en retenue, le moins possible de drames, évitant les collègues, proches, ou amis embourbés dans des relations destructrices. Je passe sûrement pour une égoïste. Quelqu'un qui ne sait pas écouter ni consoler.

Bien sûr que j'aurais consolé Rosalie (je ne suis pas un monstre !), je l'aurais aidée aussi, mais encore aurait-il fallu qu'elle me *dise* les choses. Pour commencer, que Damien est un homme violent. Lui non plus, ai-je supposé, n'a pas *changé*. Je l'ai vu dans son regard (en dépit de ses grotesques larmes d'enterrement), mais les policiers n'arrêtent pas les hommes, à cause d'une flamme qui brille un peu trop intensément au fond des yeux.

Des preuves, voilà ce qu'ils me serineraient tout au long des entretiens.

Je me souviens du moment où j'ai compris (c'était le dernier mois d'étude, juste avant les stages de fin d'année) que *quelque chose ne tournait pas rond.* Rosalie manquait à l'appel, une fois de plus elle se disait malade, terrassée par un « méchant » virus (le mot « méchant » m'est resté), et surtout elle ne souhaitait voir personne de peur de refiler ses miasmes. Cette version nous avait jusqu'alors satisfaits, et puis, sur un coup de tête, je suis allée la voir après m'être assurée que Damien se trouvait bel et bien en cours, qu'il ne risquait pas de débarquer à l'improviste. Ils habitaient dans un petit deux-pièces situé au bout d'une impasse, dans un quartier populaire, pas très loin de la gare. À l'époque on disait que ce quartier « craignait », qu'il valait mieux éviter de s'y promener seul (seule !) la nuit venue. Aujourd'hui c'est un refuge pour les petits-bourgeois bohèmes en quête de mixité, avec un prix au mètre carré qui dépasse l'entendement. Rosalie avait à peine ouvert la porte que j'ai vu les marques à la naissance du cou, l'ecchymose sur la joue, grossièrement camouflée. Ils s'étaient disputés, il avait bu plus que de raison (et jurait de ne plus recommencer), et elle l'avait injustement poussé à bout. J'étais atterrée par son récit et encore plus par sa réaction. Surtout ne pas en parler aux autres, en résumé il ne s'était rien passé.

*

BARNABÉ

Une après-midi anormalement chaude pour le cœur de l'hiver. Pas un souffle d'air, pas le moindre nuage. Le soleil est un immense œil blanc, aveugle, frappant au hasard, sans aucune pitié.

Une après-midi où monsieur Fournier, le père de Clarisse, demande à Barnabé d'égaliser la pelouse, plus particulièrement le long des bordures, et comme le coupe-bordure est en panne, Barnabé se retrouve accroupi, une paire de ciseaux à la main. Un vrai travail de fourmi, commente monsieur Fournier avant de monter dans son cabriolet.

Barnabé sait qu'il rêve.

Parce qu'il ressent les choses au plus profond de lui-même et qu'au même moment il se voit agir, acteur et spectateur de sa propre existence.

Barnabé sait qu'il rêve parce que monsieur Fournier ne ressemble pas du tout à ce type grand et élégant, habillé comme un bourge en vacances, avec un pantalon en lin, des souliers vernis et un blazer bleu marine.

Monsieur Fournier (tout le monde le sait) est un gros plein de soupe qui porte des t-shirts tachés de gras, d'huile de moteur, de bière et qui tape sur sa fille quand il boit un peu trop.

Monsieur Fournier ne possède pas non plus de cabriolet.

C'est fou comme les sensations paraissent réelles. Le goût de la sueur, la fournaise infernale, et l'excitation qui gronde au creux de son ventre quand l'ombre de Clarisse s'allonge au-dessus de lui.

« Mon père est parti à la plage.

Nous sommes seuls.

De quoi as-tu envie ? »

Dans le rêve, Barnabé s'entend dire « d'un gros orage ».

Clarisse lui sourit et désigne le ciel devenu noir.

La pluie se met alors à tomber en trombes.

Sur le gazon trempé, délicieusement moelleux, Barnabé déchire la robe de Clarisse.

Dans le rêve, la voix de Clarisse est baignée d'innocence et de vice, dans un murmure elle le supplie d'y aller en douceur.

Barnabé pousse un soupir de satisfaction. Il n'avait plus rêvé aussi fort depuis longtemps.

Les affaires reprennent on dirait.

Tout en sifflotant sous la douche, il connaît un second orgasme, plus rapide mais plus violent.

De retour dans sa chambre (un palier minuscule la sépare de la salle de bains), serviette éponge jaune poussin nouée autour de la taille, les cheveux et le torse encore humides, Barnabé remarque qu'un plateau de petit déjeuner a été déposé sur le bord du lit. Le bol de café est encore fumant, les tartines de beurre croustillent, et le jus d'orange est fraîchement pressé.

Ça tombe bien, il a une faim de loup.

Par contre, si la mère pense qu'elle va pouvoir entrer comme ça, tranquilou, dans l'antre du fils, elle se fourre le doigt dans l'œil.

En reposant son bol de café au lait, Barnabé remarque un post-it collé au beau milieu du plateau. Avec écrit dessus « N'oublie pas de prendre ton traitement ».

On le prend si on veut, de quoi elle se mêle, la vieille ?

Barnabé acquiesce.

C'est quand même le luxe d'avoir une Voix dans la tête qui sait exactement ce que vous voulez quand vous le voulez. La Voix est grave, hyper virile, hyper dirigiste, exactement ce dont il a besoin depuis que Sam

(*cet enculé*)

l'a trahi.

Grâce à la Voix, Barnabé a pu arrêter cette saloperie chimique de traitement sans trop de difficulté.

Le fameux soutien psychologique dont parlent les docteurs.

Bientôt il se sentira de nouveau vivant à cent pour cent, voire cent cinquante, et, surtout : il retombera amoureux.

Il se lève et s'approche de la lucarne qu'il ouvre dans un grincement lugubre. Entre le ciel couleur d'acier et la mer tout aussi grisâtre, on ne distingue presque pas l'horizon. Puis il se penche en avant pour observer les rosiers avachis, étouffés par les mauvaises herbes.

*

CÉLIA

Une enquête avait été ouverte.

Après un court instant de flottement, j'ai demandé s'il y avait des suspects, un mobile.

La lieutenante m'a adressé un sourire faussement attendri, comme si j'étais une enfant qui insistait pour jouer à une partie de Cluedo.

Le fait est qu'il s'agissait d'une procédure *on ne peut plus ordinaire.* Quand quelqu'un meurt sur la voie publique, le procureur ouvre une enquête pour rechercher les causes de la mort. L'autopsie était en cours. Pendant ce temps, la police auditionnait les proches de la victime. Épluchait ses relevés téléphoniques. D'où ma présence.

Une procédure on ne peut plus ordinaire, a-t-elle répété.

Ordinaire, peut-être, mais délicate en ce qui me concernait. Parce que je connaissais Rosalie sans réellement la connaître. Parce qu'elle m'avait en quelque sorte *choisie* pour incarner sa dernière confidente. Certains y verraient une malédiction, un cadeau empoisonné.

Comment était-elle à l'époque ?

Fronçant les sourcils comme si j'avais besoin de mimer le souvenir, j'ai dit qu'à l'époque c'était une jeune femme faussement guillerette tout en regrettant l'utilisation de *guillerette* qui me semblait bien trop vieillot et d'un niveau de langage presque trop poussé dans le cadre d'une audition.

La policière a répété « guillerette » tout en prenant note, appuyant exagérément sur chaque mot, chaque lettre. Puis, à voix basse, elle a remarqué que j'étais précise dans mes descriptions, que c'était exactement ce qu'ils voulaient : de la précision. Il m'était difficile, presque impossible de savoir si sa remarque contenait de l'ironie, s'il fallait accepter le premier degré, ou alors (j'y ai songé brièvement) si mon interlocutrice ignorait la signification de guilleret.

Rosalie était de ces personnes qui s'enthousiasment pour pas grand-chose, et aussi de celles qui cherchent frénétiquement des solutions à des problèmes, alors que tout ce que vous demandiez c'était une oreille amie. Un conseil, à la rigueur, mais en aucun cas un plan d'attaque, une stratégie quelconque. On pourrait me rétorquer que je suis dure, injuste, qu'il y a tant de gens seuls que personne n'écoute, que personne ne sauve. Je ne demande pas à être sauvée, je me sauve très bien toute seule.

Ma mère aurait dit qu'elle ne « sentait pas les gens ». Autrement dit : le degré zéro de la psychologie. Quelqu'un qui se trompe toujours d'endroit, qui parle au mauvais moment, conseille sans écouter vraiment. On ne peut pas accompagner l'autre si on est infoutu de trouver sa place.

Damien avait besoin d'une fille comme Rosalie, une fille buvant ses paroles comme du petit lait, s'extasiant, applaudissant à ses moindres faits et gestes.

Et aujourd'hui ?

Cette légèreté trompeuse l'habitait encore. Par contre, elle ne s'était pas beaucoup souciée de moi, c'est à peine si elle m'avait demandé si j'étais mariée (je ne l'étais pas !) ou si j'avais des enfants. Un seul.

Un jeune adolescent adorable, prénommé Arthur, avais-je répondu sans pour autant provoquer la moindre réaction.

Dans un premier temps, mon aversion pour Damien avait été d'ordre physique. Sa présence, sa voix, son sourire, cette peau légèrement grêlée et ce côté grande gueule me hérissaient. À la police je n'ai pas parlé de sa sale gueule qui ne me revenait pas, c'était bien trop subjectif comme approche, et injuste, bien entendu, de décider que quelqu'un ne trouve pas grâce à vos yeux sous prétexte qu'il ne rentre pas dans vos canons de la beauté. Non, j'ai plutôt parlé de son « tempérament », comme disait Rosalie. Son tempérament comme excuse pour prendre mes distances, et puisqu'elle ne voulait pas se faire aider, il ne me restait pas d'autres options.

Sinon de la laisser se débrouiller.

Je n'ai pas dit à la police que je l'avais *laissée se débrouiller*, mais que ça m'avait brisé le cœur de la savoir entre les mains d'un type pareil.

J'aurais d'ailleurs dû utiliser le mot *griffes*.

Damien a de grosses mains velues, elles aussi me répugnent.

Fallait-il que j'arrache mon amie aux griffes de Damien ?

J'apprendrais que Rosalie avait très vite renoncé à une carrière parce qu'elle voulait des enfants, beaucoup d'enfants. S'installer à la campagne, se consacrer à sa petite famille, à son petit mari. Que des femmes rêvent encore à cette vie-là me laisse chaque fois sans voix.

Nos chemins se sont séparés, voilà comment j'ai présenté les choses aux lieutenants, sans trop entrer dans les détails.

*

THOMAS

C'est l'histoire d'une traque. Des années que Mike, flic borderline, accro aux drogues dures et aux pratiques sexuelles déviantes, cherche à mettre la main sur Cage, l'un des plus célèbres tueurs en série de la décennie, connu pour enfermer ses victimes – des hommes dans la trentaine – dans des cages, entièrement nus, avant de les regarder mourir à petit feu. Par un heureux coup du destin, Mike apprend que Cage se terre dans un vieux manoir construit à flanc de falaises. Ce soir-là, la mer est particulièrement déchaînée, et Mike, particulièrement chargé : coke, vodka, amphètes. S'introduire dans l'immense bâtisse aux murs dévorés par le lierre est un jeu d'enfant. Tout comme se glisser, silencieux tel le serpent, derrière Cage, passer les mains autour de son cou, l'étrangler avec puissance et lenteur jusqu'à entendre le larynx se fracturer dans un craquement délicieux. Cric ! Puis balancer le corps de ce sale pervers dans les flots vengeurs et écumants. Plouf ! Dans l'une des (nombreuses) cages, une victime respire encore et le supplie, de ses grands yeux noirs superbes, de la libérer. Mike est incapable de réagir. Il devrait appeler du renfort, appeler les secours, appeler une ambulance, un hélico, passer l'endroit au peigne fin jusque dans la cave creusée à même la roche. « Aidez-moi ! » Deux yeux implorants le fixent. Mike semble paralysé. Incapable de sortir son téléphone ou d'effectuer quelques pas. C'est à peine s'il parvient à s'asseoir dans le grand fauteuil en velours rouge, au dossier orné d'ossements humains. Le fauteuil de Cage. Heureusement qu'il lui reste un peu de coke, presque rien, juste de quoi se faire une *baby line* et de se requinquer. À présent Mike est installé à la place favorite de son prédécesseur, comment s'appelait-il, déjà ? C'est tout juste si Mike se souvient de la chair de son cou, ferme et tendre à la fois. Le jeune homme au visage si innocent et au corps si parfait le supplie de plus belle. « Ne me laissez pas mourir. » Les veines de Mike battent fort. Le spectacle peut commencer.

Thomas vient de lire *La Mort en cage* d'une seule traite. Il a sauté certains passages, surtout les dialogues, trop nombreux et particulièrement poussifs. En refermant le livre, il ressent un peu de honte à aimer ce type d'intrigues : violentes, immorales.

Aujourd'hui est son jour de congé. Après une matinée consacrée au sport (beaucoup de musculation et de cardio), il s'enferme dans sa chambre avec ses livres.

Besoin de se changer les idées après une semaine merdique. Une semaine typique de fin d'hiver où chaque jour est un jour de pluie, de vent, ou les deux à la fois.

C'est dans ces moments qu'il rêve de Méditerranée…

(Pas de manoir sur les hauteurs avec des victimes agonisantes !)

Non, la vraie Méditerranée et sa douceur du soir, sa tiédeur portée par la brise, la joyeuse crécelle de ses grillons – ou des cigales ? Il n'a jamais compris la différence.

Le parfum lourd et enivrant de ses cyprès. Et surtout : une mer chaude aux profondeurs turquoise, un soleil blanc et rieur accroché dans un ciel délesté de ses nuages.

Si au moins son quotidien de pluie pouvait laver la mélancolie, si le vent pouvait chasser les humeurs sombres.

« Bon sang, voilà que je recommence à me complaindre de la météo, comme un petit vieux. La bonne excuse pour ne pas regarder la vérité en face. »

La semaine merdique n'a rien à voir avec le mauvais temps.

Elle a à voir avec une date.

Le 13 février.

On dit que le temps efface les blessures : foutaises.

Cette année, l'entaille est encore plus à vif dans la chair du plus douloureux des souvenirs.

Et comme si ça ne suffisait pas, comme s'il fallait mettre un peu plus de sel encore sur la plaie, il y a deux jours on a demandé à Thomas d'intervenir dans un lycée de la région.

En général, il se débrouille pour refiler le bébé à ses collègues, invente des excuses, dit préférer d'autres types d'interventions, la sécurité routière par exemple ! Mais, cette année, pour d'obscures raisons d'effectifs, impossible d'y échapper.

Direction le collège-lycée Jules-Verne, perdu en pleine cambrousse, pour *une journée de sensibilisation au harcèlement scolaire.* Dès la grille d'entrée, c'est comme si Thomas recevait une énorme gifle du passé.

Heureusement, il n'a rien laissé paraître, arborant son masque de sérieux, d'autorité, de loi, la loi qui (Thomas l'a seriné à plusieurs reprises) est *la même pour toutes et pour tous.*

Ce jour-là, Thomas a donc fait le job, il a expliqué de sa voix grave ce qu'est le harcèlement. Comment on le prévient. Comment on le dénonce.

En résumé : on ne se moque pas, on n'humilie pas, on n'ostracise pas, et, surtout, on ne s'acharne pas.

« C'est le caractère répété, systématique, qui définit le harcèlement : traiter un camarade de grosse vache tous les jours, le priver de goûter à chaque récré en lui piquant son pain au chocolat, l'isoler dans un coin de la cour sans lui adresser la parole, tout ça n'est pas une SIMPLE plaisanterie, vous comprenez la différence ? Ça évite des drames, ça évite que sous la prochaine rubrique des faits divers on ne tombe sur des titres du genre *Une adolescente de 14 ans se donne la mort. La famille dénonce le harcèlement dont elle était victime.* »

En sortant du lycée, Thomas s'est juré que la prochaine fois il trouverait une excuse.

Ce soir il s'accorde (exceptionnellement) un second joint. En semaine, il essaie de ne pas trop fumer, mais c'est ça ou se mettre à chialer.

Assis sur son canapé, les genoux repliés contre sa poitrine, dans l'obscurité quasi totale de son minuscule salon, Thomas expire de grosses volutes de fumée. C'est une pièce sans aucun charme, purement fonctionnelle, qui lui sert de fumoir, s'il ne tenait qu'à lui il vivrait dans sa chambre, mais l'odeur du tabac froid, c'est vraiment pas possible.

Un peu plus tard (les minutes s'étirent comme de la guimauve), Thomas écrase le carton dans le cendrier. Il se dit qu'il faudra un jour affronter son passé.

Heureusement, l'herbe a fait effet, et un grand sourire se dessine sur son visage d'habitude si fermé, si dur.

« C'est clair : un jour j'affronterai mes putains de démons et je les décapiterai un à un. »

*

BARNABÉ

Passant le grand portail, courant presque, tant il est pressé par l'envie de respirer ce bon air iodé, de s'aérer la tête ! Pas question de glandouiller dans sa chambre du matin au soir et du soir au matin.

Durant un bon moment, il reste planté là, sur le bord de la route, incapable de décider s'il doit prendre à gauche ou à droite.

Tu as vu la meuf de l'autre côté de la route qui te fait signe ?

Barnabé ne l'avait même pas remarquée.

De l'autre côté de la route, marchant hyper vite dans un grand manteau de laine. Plutôt jolie. Grande, élancée, brune, un peu pâlotte et hyper maigre : tout ce qu'il aime. Elle lui a peut-être jeté un regard furtif, elle s'est peut-être retournée alors qu'elle s'éloignait. Une microseconde. Par simple curiosité. Parce qu'il est rare de croiser quelqu'un le matin, en pleine semaine, avec une météo aussi peu clémente.

Qu'est-ce qu'on attend ?

Haussant les épaules et après une (micro) hésitation, Barnabé se met en route. À une distance raisonnable, comme d'habitude. Sa chance avec les femmes, c'est qu'elles font toujours le premier pas. Ce sont toujours elles qui insistent. Un peu lourdement d'ailleurs. On dit des femmes qu'elles sont romantiques et des hommes qu'ils sont obsédés, mais tout ça n'est qu'un vaste complot pour leur couper les couilles.

En plus d'être insatiables, les femmes sont des manipulatrices-nées. Une fois qu'elles vous ont bien allumés, c'est la douche froide, en deux temps, trois mouvements, le feu qui brûlait en vous s'éteint. Puis elles recommencent. Elles soufflent sur les braises en s'excusant avant de les étouffer de nouveau, et ainsi de suite, jusqu'à vous faire crever d'épuisement.

Clarisse était ainsi : pas foutue de savoir ce qu'elle voulait.

Une fois, une seule, elle a accepté de dîner au restaurant. Barnabé avait sorti le grand jeu et emprunté en douce un costume à son père. On aurait dit un jeune marié. Clarisse semblait si mal à l'aise, gardant la plupart du temps le regard baissé, mangeant du bout des lèvres.

Alors qu'on avait tout payé !

Sur le chemin du retour elle lui avait dit très gentiment que tout ça n'était pas une très bonne idée, blablabla, et qu'il fallait qu'il se soigne.

Qu'il quoi ???

Comme si on se guérissait de l'amour.

Clarisse était jeune, inexpérimentée. Elle l'avait mené en bateau, elle l'avait fait souffrir. Beaucoup souffrir… Et pourtant, chaque fois qu'il pense à elle il entend battre son cœur un peu plus fort.

La brindille s'est arrêtée au belvédère. Contemplant le paysage, serrant son col, se frottant parfois les avant-bras. On dirait un appel pour qu'il vienne se glisser derrière et l'enlace avec force et tendresse.

Surtout avec force pour commencer.

La tendresse viendrait plus tard.

C'est ce qu'elles réclament en général : un homme aux muscles puissants, capable de déraciner un arbre à mains nues. Et pas des tapettes à petite bite pas foutues d'enfoncer un clou dans un mur.

Tiens, elle repart.

Cette filature est si simple qu'on s'ennuierait presque.

Heureusement qu'il ne prend plus son traitement. Sinon, il n'aurait jamais ressenti cette énergie. Ni éprouvé ces sensations délicieuses.

L'oiseau dans sa poitrine, qu'il croyait endormi pour toujours, et dont il perçoit de nouveau le frémissement d'une aile. Et ce sang chaud irriguant ses veines gonflées comme jamais, les tempes prêtes à exploser.

Trop bon.

Pourquoi Clarisse avait-elle brusquement fait marche arrière ? Alors qu'il était prêt à tous les sacrifices pour elle : mariage, enfants, vie domestique. Il travaillerait pour deux et la sauverait ainsi des griffes de son alcoolique de père. Barnabé le revoit, cet enculé de Fournier, lors du procès, vêtu de ses plus beaux habits, fraîchement rasé, sa face d'ivrogne remplacée par le visage d'un père endeuillé, terriblement digne.

Pourquoi, plutôt que harceler Barnabé jusqu'à vouloir lui coller tous les problèmes du monde sur le dos, les flics ne se sont-ils jamais intéressés au père ?

Tout le monde *savait* qu'il battait sa fille.

Il suffisait de se poster quelques heures devant la maison (ce que Barnabé faisait volontiers) pour entendre des cris, des bris de vaisselle et des sanglots qui n'en finissaient plus.

Durant sa garde à vue, les flics ne l'avaient pas lâché. S'acharnant comme des hyènes sur une gazelle blessée (Barnabé n'aime pas se comparer à une gazelle, mais c'est la première image qui lui est venue à l'esprit), juste pour le plaisir, car en vérité les preuves dont ils disposaient n'étaient pas bien folichonnes : des relevés téléphoniques et quelques témoignages. L'un attestait que Clarisse et Barnabé avaient dîné ensemble au restaurant. Un autre, celui d'un voisin, que Barnabé traînait souvent près de la maison Fournier. Qu'il se planquait en général derrière un pick-up à moitié démonté (le père de Clarisse, quand il ne cuvait pas son gin, désossait des carcasses de voitures pour en récupérer les pièces détachées, lui et sa fille habitaient en bordure de ville, à côté d'une espère de terrain vague où il était extrêmement facile de se cacher) et qu'il pouvait attendre ainsi des heures.

Voilà ce que ces grands enquêteurs avaient à se mettre sous la dent. De là à prouver que Barnabé avait commis un crime, il fallait se lever de bonne heure.

*

CÉLIA

Damien est quelqu'un de violent, c'est de ce côté que vous devriez chercher, ai-je fini par articuler. Depuis le début de l'audition, je ne pensais qu'à ça, qu'à prononcer la terrible évidence. Mari violent. Mari tueur. Je connaissais les chiffres, cent vingt-deux femmes tuées par leur époux ou ex-époux sur une année, soit une tous les trois jours. Avec de telles données, l'enquête ne devrait pas se révéler si difficile. Mari violent. Mari tueur. Rideau. Après un moment de flottement, la lieutenante m'a annoncé que dans ce cas nous en reparlerions le lendemain. Dans l'immédiat, ils devaient se rendre sur une autre affaire.

Je suis restée sans voix. Comment ça, une autre affaire ? Qu'y avait-il donc de si important, de si urgent ? Par ailleurs, la perspective de passer une nuit supplémentaire à l'hôtel du port ne me réjouissait pas plus que cela. L'endroit ne manquait pas de charme avec ses allures de cottage à l'anglaise (les murs de ma chambre étaient recouverts d'une tapisserie où des paons énormes trônaient sur des branches fleuries), mais peut-être était-ce justement ce côté factice et artificiel qui me gênait.

Durant nos conversations téléphoniques, Rosalie évoquait assez peu Damien, et quand elle le faisait c'était de manière furtive, pour rappeler à quel point c'était dur pour lui, ensuite elle changeait rapidement de sujet, évitant ainsi que je ne m'engouffre dans la brèche. Ah bon, il souffre, ai-je fini par l'interrompre (Rosalie avait déjà passé à un autre sujet), et de quoi souffre-t-il, si on peut savoir ? Mon ton était mordant, presque agressif. Je brûlais d'envie de lui demander s'il souffrait de violence conjugale, car il y a aussi des hommes qui se font battre, et pourtant on n'en parle jamais ! Encore une réplique qui aurait fait mouche mais que, par peur ou par lâcheté, j'ai tué dans l'œuf.

Il paraît que Damien souffrait beaucoup au travail. Un an qu'il espérait une rupture conventionnelle et toucher le *jackpot*. Rien que le mot *jackpot* était ridicule. Grâce à ce *jackpot*, ils pourraient emménager dans une maison plus grande avec vue sur la mer. La seule question que j'ai alors posée, tout en essayant de me radoucir, était : sur la même route, tant qu'à faire ? Juste à côté de ton psy ? Avec le plus grand sérieux du monde, Rosalie a rétorqué que si Damien avait vu l'endroit il en serait fou, c'est exactement le genre de maison ou, plutôt, de petit château dont il rêvait.

Depuis qu'un nouveau directeur de l'information avait été nommé, Damien était devenu, je la cite, « l'homme à abattre ». Plutôt que le licencier avec une prime, ce directeur en question avait préféré la bonne vieille méthode du placard doré (c'est du « harcèlement », me répétait-elle d'une voix suraiguë), obligeant Damien, cet éminent journaliste qui avait plusieurs fois fait le tour du globe, à s'asseoir toute la journée derrière un écran pour *pondre* des articles et des vidéos pour le Web ! C'est la grande tendance des chaînes de télé : ne plus faire de télé, justement. Comme si le milieu cherchait systématiquement à se saboter de lui-même.

Je n'ai pas osé dire à Rosalie que cela me semblait peu probable que son mari parte avec un gros chèque. Cette époque-là était révolue. Par ailleurs, brûlais-je d'ajouter, qui se souvenait de Damien ? Qui le connaissait vraiment ?

D'après elle, il était l'une des figures incontournables du grand reportage, il suffisait de jeter un coup d'œil à son site Internet. Son site officiel ! C'était elle, au passage, qui s'en occupait, *elle* qui publiait les actualités, les dernières diffusions, les photos de tournage. Rosalie tout entière dévouée à son homme.

Pour le moment, Damien devait rester les jours de semaine à Paris, le vendredi après-midi il prenait l'auto, roulait quatre, cinq heures en fonction du trafic (Rosalie avait des trémolos dans la voix, comme si conduire jusqu'à sa maison de campagne s'apparentait à un acte héroïque) pour aller battre son épouse le temps d'un week-end en amoureux.

Une fois, une seule, j'ai réussi à demander si tout allait bien entre eux. Avec douceur. Avec toute la naïveté du monde. Je ne crois pas avoir jamais été naïve (enfant, on disait de moi que je faisais peur à mes petits camarades en leur racontant des histoires atroces sur le monde), mais j'ai joué le jeu pour Rosalie.

Tout va bien ?

Je n'allais pas m'y mettre moi aussi, m'avait-elle répondu d'une voix agacée. Comment ça, *moi aussi* ? C'est à ce moment-là que Rosalie m'a pour la première fois parlé de sa voisine d'en face. Solange. Celle qui m'a mis le grappin dessus à l'enterrement puis à la réception. Bavarde, curieuse, enthousiaste et intrusive. Derrière les sourires, les questions anodines, une volonté de s'immiscer dans l'existence de l'autre. Rosalie semblait très remontée contre Solange, une manière je suppose de déplacer sa colère, sa frustration.

*

C'est marrant, elle habite sur la même route que lui, si ce n'est pas un signe…

La maison n'est vraiment pas terrible : murs de pierres enduites d'un crépis beigeâtre, toiture d'ardoises et petite véranda orientée plein sud.

Moche et petite. Soixante, soixante-dix mètres carrés grand max, et un seul étage mansardé !

Barnabé se voit déjà en train de se cogner contre la mansarde du toit.

Il n'est pourtant pas bien grand.

Sûrement des Parigots qui ont tout plaqué et acheté la première baraque vendue à prix d'or. La mer est à deux pas, certes, mais ils ont vue au choix sur des champs ou sur leurs voisins.

Et je ne parle même pas du jardin : un vrai désastre. Du gazon bouffé par la mousse, des roses trémières aux feuilles jaunies et trouées, même les hortensias tirent une de ces tronches, il faut le faire, tout de même !

Barnabé réajuste sa capuche.

Son hoodie, il l'adore, jamais il ne s'en sépare.

Il souffle dans ses mains et hésite à rester un peu plus longtemps. Elle lui a peut-être simplement dit bonjour par politesse. Ici les gens sont polis à en mourir. Toujours à dire bonjour, au revoir, et merci d'être passé.

Elle a envie de nous, il n'y avait qu'à voir la manière dont elle se tortillait, franchement, ça en devenait indécent.

Barnabé n'est pas encore convaincu. Mais, surtout, il va finir par se faire repérer à poireauter comme ça de l'autre côté de la route, en plein devant une baraque dont les volets sont heureusement fermés.

Toujours des Parigots, mais eux ne débarqueront qu'en fin de semaine pour s'extasier à chaque averse.

Bon, allez, t'as raison, on s'arrache.

« Barnabé ? »

Ça fait déjà quelques minutes qu'une voiture roule au pas derrière lui. Heureusement qu'il n'est pas parano, sinon il se sentirait suivi.

« Barnabé, ne fais pas comme si tu ne m'entendais pas ! »

Voilà pourquoi il ne s'est pas retourné.

L'intuition !

La mère le double afin d'arriver à sa hauteur, elle s'étonne de voir le fils à une heure pareille (le jour commence à décliner, et la visibilité sur la route n'est vraiment pas bonne), sans compter sa tenue vestimentaire, son look, comme disent les jeunes ! Avec cette capuche ridicule, le fils passerait aisément pour un voyou.

La capote de la voiture se rabat silencieusement. Voilà qui est risqué quand on sait que la pluie menace d'une minute à l'autre. Tant pis ! Il faut que le fils entende ce que la mère a à lui dire.

– Barnabé, je te parle.

– Qu'est-ce que tu veux ?

– Et toi, qu'est-ce que tu fabriques dehors à cette heure-ci ? Il fait presque nuit et tu sais bien qu'il n'y a pas d'éclairage sur cette route. Cela fait des années que la mairie nous promet de remédier à ce problème en installant des lampadaires dignes de ce nom, il y a même une pétition qui circule.

– Super, vous êtes prêts pour la révolution, alors.

– Ne change pas de sujet : pourquoi es-tu DEHORS ?

– Bah, comme tu vois, je me promène le long de la route, pourquoi, c'est interdit ?

– Tu devais rester au chaud à la maison.

– Ouais, mais j'avais envie de m'aérer la tête. On étouffe dans votre baraque.

– Ton père ne veut pas que tu sortes.

– Ah bon ? Et en quel honneur ? Il flippe que quelqu'un me reconnaisse ? Qu'un gamin s'écrie hé c'est le tueur en série qui est revenu !

La voiture manque de piler.

– Barnabé, on ne plaisante pas avec ces choses-là.

– Surtout que j'ai tué personne.

– Ton père pense que tu as encore besoin de repos.

– Si le grand docteur le dit…

– Est-ce que tu prends ton traitement, mon poussin ?

– OUI, MAMAN, d'ailleurs je me sens super bien.

La mère soupire.

– Rentrons, veux-tu ?

– Je t'ai dit que je préfère marcher, on se retrouve au château, allez, à plus.

*

Dans un monde parfait, Thomas serait officier de police.

Mais dans ce monde formidable où devenir dame-pipi requiert un bac plus cinq, son niveau d'études ne suffisait pas.

Il a donc passé l'examen de gardien de la paix.

Loupé de peu.

La faute au QCM et à cette étude de texte dont il n'a pas réussi à trouver la problématique.

Il connaît encore l'intitulé par cœur.

C'était facile pourtant !

Thomas a paniqué.

Non pas à cause d'un simple trac, mais d'une angoisse plus profonde, plus pernicieuse. Nourrie de pensées pessimistes. De pressions à la fois réelles (des parents modestes pour qui chaque année d'étude supplémentaire représente un sacrifice financier) et fantasmées (un père qui cesserait de l'aimer en cas d'échec, or il ne l'avait jamais vraiment aimé et ne l'aimerait probablement jamais). Sans mentionner les scénarios catastrophe : changement d'épreuves à la dernière minute, niveau anormalement élevé, pertes de mémoire aussi subites qu'inexpliquées.

Thomas s'en était toujours sorti. De justesse, à quelques décimales près, mais, la moyenne, il l'avait !

Jusqu'au jour du fameux examen où il s'était senti paralysé.

Comme dans ce cauchemar où en dépit de ses protestations Thomas est prié de s'asseoir à une table pile au-dessus d'une trappe. Il est seul pourtant dans l'immense gymnase réquisitionné pour l'occasion, des tables il y en a des centaines ! L'examinateur finit par sortir un flingue, obligeant Thomas à prendre place. Dans un effroyable grincement, la trappe s'entrouvre très légèrement, laissant passer un très long serpent noir qui immédiatement s'enroule autour de la jambe de Thomas, l'arme toujours pointée sur sa tempe.

Plus que dix minutes, annonce l'examinateur.

Mais je viens à peine de commencer ! croasse Thomas, tandis que le serpent glisse le long de son abdomen.

Trop tard ! L'examinateur jubile. Son arme a été remplacée par un boîtier de commande et son joystick.

Vous êtes recalé.

Le sol se dérobe complètement sous ses pieds. La trappe est immense et la fosse, remplie de milliers de serpents encore plus noirs, frétillant dans un bruit assourdissant.

Bref, ce jour-là, Thomas a rendu copie blanche.

Jamais il n'effacera cette honte. Même sur le lit de sa mort.

En attendant, fumer lui permet au moins de ne plus rêver de serpents.

Après un court passage par la case gardien de nuit, Thomas finit par rentrer dans la police municipale. Pour ses parents, ça n'est pas si mal au fond, d'autant qu'à leur grand étonnement leur fils est autorisé à porter une arme. Sur ordre du maire.

Le droit de se faire respecter.

Avec le temps, la police municipale a gagné en estime. L'image de trois braves types à vélo traînant sur la place du marché pour faire la chasse aux pick-pockets est dépassée depuis bien longtemps.

Désormais, Thomas porte une arme chaque jour, la seule condition étant de suivre périodiquement un entraînement à son maniement, tel que défini à l'article R.511-22.

Thomas peut en faire usage face à une personne armée qui menacerait la vie ou l'intégrité physique du policier.

Après deux sommations faites à haute voix, le policier ne peut faire autrement que de tirer.

Ça marche aussi pour les véhicules, embarcations ou autres modes de transport dont les conducteurs ignoreraient lesdites sommations.

Comme dans les films, il faut tirer sur une voiture dont les occupants sont prêts à tout, y compris à exploser la tête d'un pauvre policier municipal.

L'arme le console de ne pas être inspecteur de police. Il pensait naïvement qu'il y avait des ponts entre la police municipale et la police nationale, qu'il bénéficierait d'une promotion, mais on lui a gentiment fait comprendre que non.

*

CÉLIA

Ce n'était pas dans ses habitudes, à Rosalie, de raconter des médisances. Sauf sur sa voisine, devenue, au fil de nos échanges, non seulement la personne la plus inquiétante, mais aussi la plus laide au monde. J'avoue qu'entre les lunettes aux épaisses montures en plastique blanc bon marché et affreusement datées, les cheveux gris coupés en brosse (quelle femme pouvait décemment demander à être coiffée ainsi ?) et ses joues marbrées de plaques de couperose, Solange paraissait se soucier assez peu de son apparence.

Ce sont ses lunettes qui m'ont le plus impressionnée. Par leur taille et cet effet loupe qui transformait ses yeux en de grosses billes luisantes. Elle ne devait pas y voir à un mètre. En revanche, le terme d'*obèse* était disproportionné. Je ne dirais pas que Rosalie souffrait d'anorexie (bien que très maigre), mais elle entretenait un rapport névrotique avec son corps, comme d'ailleurs la plupart d'entre nous qui ont ce luxe de perdre leur temps sur ces kilos en trop qui leur gâchent l'existence. Il n'empêche que, dans le monde *distordu* qu'était celui de Rosalie, nous étions toutes plus ou moins *obèses*.

Non, Solange n'était pas cette ogresse, ce monstre décrit par Rosalie. J'ai aussi peine à croire au portrait de la voisine harceleuse (je n'aurais pas aimé cependant vivre juste en face d'elle, mais les mots ont un sens). Pas une semaine, d'après Rosalie, où Solange ne venait sonner à sa porte sous un prétexte quelconque : une poignée de noix du jardin dont elle ne savait que faire, deux œufs et un peu de farine qui manquaient à la confection d'un gâteau, et éviter au passage un énième déplacement au Carrefour Market, un colis laissé en absence par le facteur. Autant de prétextes qui permettaient à Solange de poser à Rosalie des questions plus ou moins personnelles, intimes, sur leur installation encore récente dans la région, s'ils s'adaptaient bien, s'ils se plaisaient et, en définitive, si tout allait bien.

« Vous êtes sûre que tout va bien, Rosalie ? »

J'ai toujours pensé qu'il s'agissait d'une stratégie de défense inconsciente de voir des harceleurs partout, *sauf* dans sa propre maison. Solange était une femme envahissante, mais de là à la traiter de harceleuse… Le coup des œufs ou celui du colis (le facteur était un jeune remplaçant qui se trompait, du moins selon Solange, très souvent d'adresse) ne me surprenaient pas tant que ça, après tout il s'agissait des joies du voisinage à la campagne. Un autre exemple encore, particulièrement marquant : les pissenlits. À plusieurs reprises, Solange avait demandé à Rosalie de les couper à floraison, car le vent essaimait les graines. Oui, les graines traversaient la route. En quelques jours à peine, le beau jardin de Solange était envahi de ces saletés de mauvaises herbes.

D'abord, les pissenlits, puis des histoires de nuisances sonores. Damien qui mettait la musique trop fort dès le samedi matin, ou alors c'était lui qui parlait trop fort. Solange avait fait la remarque à Rosalie sur le pas de la porte, entre deux considérations sur la météo ou sur le prix des coquilles au marché.

*

BARNABÉ

Le psychiatre a menti.

C'est tellement évident que Barnabé se demande comment il a pu, ne serait-ce qu'*un seul instant*, croire ce type. Se passer du traitement ne pose AUCUN problème. Au contraire : il se sent plus fort, plus éveillé, prêt à se battre contre des géants.

Prêt à sauver le monde.

Même s'il doute fort que le monde le remercie.

Le monde est si égoïste.

Oui : les gens ne pensent qu'à leur gueule.

(Pire, ils profitent de la moindre occasion, d'une petite faiblesse, pour vous enfoncer bien profond.)

Un exemple ?

Au hasard, la tentative de sauvetage de Clarisse. Alors qu'il essayait valeureusement (aveuglément !) de libérer sa bien-aimée de l'emprise paternelle, eh bien, le MONDE ENTIER lui est tombé dessus.

Ignorant l'amour qu'il lui portait.

(À Clarisse, pas au monde…)

Un amour fort, plus pur que le plus pur des diamants. Barnabé se félicite de cette image, ça lui vient parfois sans prévenir, comme si l'inspiration (le génie !) lui tirait des balles de poésie dans la tête.

Le monde n'a pas compris que Barnabé ne lui voulait QUE du bien, à Clarisse.

Qu'il aurait donné sa vie pour elle.

(C'est en définitive le contraire qui est advenu ; il n'empêche : il aurait donné sa vie, point barre.)

LE MONDE n'a pas compris que cet amour l'aurait délivrée de la prison où son père l'avait cadenassée.

Un taudis, un trou à rats où même les rats étaient de plus aimable compagnie que le père.

Des scènes de garde à vue remontent brusquement à la surface. Le corps de Clarisse, portée disparue depuis dix jours, venait d'être retrouvé le matin même, et voilà que, quelques heures plus tard, Barnabé se retrouve au poste.

– Le jour de sa disparition, Clarisse portait un collier avec une pierre de jade. Apparemment un cadeau de l'arrière-grand-mère, le seul héritage que la gamine aura jamais reçu, ça te dit quelque chose ?

– Quel rapport avec moi ? demande Barnabé au flic.

Barnabé est épuisé, il a mal au ventre (le sandwich triangle au thon n'était pourtant pas si dégueu) et il rêve d'une douche bien chaude. Face à lui, l'officier de police commence à perdre patience. Ça se voit à sa jambe droite qui tremblote.

– Bon, tu reconnais ce collier, oui ou non ?

Le flic dispose alors plusieurs photos sur le bureau, les unes à côté des autres.

– Je ne suis pas trop banché bijoux, désolé.

– Tu veux que je ressorte les photos du corps ?

Barnabé est au bord des larmes.

Le flic s'humecte les lèvres.

– Pourquoi vous vous acharnez ? Je n'ai rien à voir avec tout ça.

– Le collier, bordel.

– Je crois qu'elle le portait le soir de notre dîner.

– En vrai elle ne le quittait jamais. Son père nous a dit que c'était comme un *doudou* pour elle. Sauf qu'on ne l'a pas retrouvé sur le corps.

– Je comprends pas… Il a dû tomber à l'eau.

– Moi, je pense que tu le lui as arraché, histoire de garder un petit souvenir, non ? Ou un trophée, comme le font les tueurs en série.

Le lieutenant bluffe.

Le collier manquant est l'une de ses dernières cartes. La veille, pour être sûr de son coup, il a envoyé les photos à un joaillier. Non seulement le bijou vaut une petite fortune, mais en plus son fermoir est à toute épreuve.

Pauvre gamine : en vendant ce collier, elle se serait acheté une liberté.

– J'en ai rien à battre des bijoux, finit par éructer Barnabé.

– Tu restes poli, compris ? Au fait, c'était sympa, votre dîner, au restau ?

– C'est ma vie privée, ça vous regarde pas.

– Il n'y a pas de vie privée ici. Et encore moins en prison. Ça va leur plaire, un tueur obsessionnel, faudra bien raser les murs et surtout serrer les fesses, hein.

Des visions terribles assaillent Barnabé tel un essaim de moustiques.

– Des clients nous ont rapporté que ta chérie est partie hyper vite, sans même attendre le plat principal. Qu'elle a quitté le restaurant limite en courant. Dis-moi, tu assures, en soirée. En prison, ce sera plus simple. Pas besoin d'inviter qui que ce soit à bouffer, tu passes directement par la case casserole.

– Elle était timide mais elle m'aimait, se lamente Barnabé en essayant de chasser des visions plus terrifiantes encore de son esprit.

Sam lui avait longuement parlé de la prison, mais sans évoquer toutes ces horreurs !

– Toi, par contre, la timidité : connais pas. Des centaines d'appels, des SMS, tu lui as même envoyé des lettres alors qu'elle s'en foutait royalement.

– Elle a accepté mon invitation au restaurant.

– Ah oui, c'est vrai, mais comme elle est partie en courant, tu l'as tuée.

Le jeune avocat assis à côté de Barnabé pousse un soupir d'offuscation. C'est tout ce qu'il est autorisé à faire.

– Ce n'est pas parce que Clarisse ne répondait pas systématiquement à tous mes messages qu'elle ne voulait pas…

– Mais putain, tu vis à quelle époque ? NON, C'EST NON. Et pas de réponse, c'est NON aussi. Tu imprimes ? Et arrête de chialer, tu crois que tu vas réussir à m'attendrir ? Et l'étape d'après, c'est le chantage au suicide ?

Barnabé renifle bruyamment.

– Non, pourquoi vous dites ça ? Je suis pas suicidaire.

– Ah bon ? Tu as pourtant menacé de te foutre en l'air, tu te rappelles ? Visiblement, ça a marché, puisque Clarisse a accouru, sauf que c'est *elle* que tu as foutue en l'air.

– Je, je… ne crois pas.

– Tu veux que je te montre les transcriptions des CENTAINES de SMS que tu envoyais ?

Sans attendre la réponse, le lieutenant lui colle une dizaine de feuilles grossièrement agrafées sous le nez. Barnabé, après avoir parcouru quelques-uns des messages, esquisse un mouvement de recul.

– Ils sont bien de toi ces messages, non ?

– C'est… que…

– Réponds, putain !

– Après je les ai pas tous en tête, il y en a tellement.

– Tellement, comme tu dis.

– J'ai jamais dit à Clarisse que je voulais me tuer, ça n'a pas de sens puisque je l'aimais et qu'elle m'aimait.

– Elle ne t'aimait PAS : il faut te le répéter combien de fois ?

– Et vous faites quoi des textos où elle me demande de la rejoindre parce qu'elle a trop envie de moi, hein ?

– Ah là tu te souviens, comme par miracle. Ils ont aucun sens ces textos, elle devait être bourrée, après tout c'était peut-être génétique.

– Clarisse ne buvait pas.

– Toi et ta famille de bourges, c'est pratique d'habiter un manoir à deux pas du belvédère. Comme ça, dès qu'une fille résiste un peu, hop, on la pousse un peu trop près du bord.

– On allait se marier.

– T'es pas sur le même fuseau horaire ou quoi : TU NE L'INTÉRESSAIS PAS. Au point qu'elle préférait aller retrouver son alcoolo de père plutôt que rester ne serait-ce qu'une minute avec un puceau dégénéré du cerveau comme toi.

– Je ne suis pas puceau !

L'avocat laisse échapper un petit rire.

– Et je ne l'ai pas poussée !!!

– Ho, tu baisses d'un ton, compris ? La prochaine fois, il y aura une panne de caméras et j'enverrai le stagiaire qui te sert d'avocat faire un tour. OK ?

Le lieutenant inspire longuement, se concentre sur le contreplaqué de son bureau (imitation chêne) pour ne pas exploser et, surtout, ne pas lui en coller une. Même s'il n'a pas le droit, le droit il le prend.

Il inspire (très profondément), conscient que ce taré peut s'en sortir avec une simple condamnation pour harcèlement. Aucune trace d'ADN, de cheveux ni d'ongles n'a été trouvée sur la victime. Bizarre… Elle n'aurait pas lutté, elle aurait sauté avec joie et consentement ?

Et pour couronner le tout, il y a la mère qui jure par tous les dieux que le fils n'a pas bougé de la maison.

Merci, maman, pour l'alibi, il lui a juste fallu une journée pour se le rappeler. Pour autant, le procureur peut décider de la croire.

(Contrairement aux idées reçues, un membre de la famille peut fournir un alibi.)

Si ça se trouve, ce débile mental va faire un peu d'HP et basta. C'est pratique d'être psychotique, ça vous lave de tout soupçon.

Barnabé sourit.

Il y a quatre ans, on l'a traîné plus bas que terre, mais il s'est relevé. Grâce à l'arrêt du traitement,

Barnabé peut enfin réfléchir avec recul et réaliser qu'il a surmonté bien des obstacles.

En parlant d'obstacles, il va falloir la jouer finaud avec le père. Apparemment (Barnabé a surpris une conversation entre ses parents en fin de matinée, alors qu'ils s'étaient pourtant retranchés au sous-sol, mais on ne la lui fait pas à LUI !), le vieux se serait excité tout seul en apprenant que son fils avait fait un petit tour dehors.

Ils ont tellement honte qu'ils feront tout pour le cloîtrer. Déjà, à l'époque, ils évitaient qu'il ne sorte trop, la mère l'avait même instruit à la maison durant les trois années de lycée (*handicap mental*, voilà ce qu'elle écrivait chaque fois sur le formulaire).

Alors que ce sont eux les gros handicapés.

Barnabé n'a pas envie de se faire dégager. Le père ne ferait pas une chose pareille, c'est un faible, une couille molle, mais dans le doute…

Faudra aller se promener de nuit, c'est plus tranquille et plus beau aussi. T'as vu cette maison de merde où elle habite, ta nouvelle Amoureuse ? Elle serait mieux ici, au château.

Un frisson délicieux lui parcourt l'échine. *Amoureuse* est un grand mot, ils se sont à peine croisés, mais, oui, il y avait cette flamme ardente qui brillait dans son regard, avec une telle intensité qu'il avait dû détourner la tête et regarder ses pieds.

Revenons au père.

À moins de le tuer, il faut trouver une solution.

Emmène-le faire des selfies au belvédère !

Barnabé ricane bruyamment.

Qui, de toute manière, n'a jamais rêvé de tuer père et mère, ou au moins de leur arracher les yeux ?

Quand il prenait encore son traitement, Barnabé avait dû abandonner toutes ces mauvaises pensées, les laisser croupir au fond d'un puits, et comme si ça ne suffisait pas, condamner le puits par d'épaisses et lourdes planches en bois.

À présent la voie est libre.

Les planches n'ont pas résisté sous les coups de hache de Barnabé, une à une il les a fendues en poussant de petits mugissements sourds.

Et la lumière fut.

Pénétrant de nouveau dans l'humide cavité, Barnabé se penche et distingue une surface fangeuse scintillant sous les rayons de lumière dans un clapotis frémissant.

Quelque chose vit, palpite, ne demande qu'à remonter à la surface.

Où en était-il ?

Il lui arrive parfois (souvent) de perdre le fil (traitement ou pas).

Ah oui, le père.

Qui ne s'embête pas à cacher le désamour profond qu'il éprouve pour le fils. Depuis son retour, c'est à peine s'il lui adresse la parole quand ils se croisent.

Au moins, il ne fait pas semblant. On peut lui reconnaître cette qualité.

Pas comme ces connards de flics.

Plus hypocrite, tu meurs !

Barnabé se rappelle qu'au début de sa garde à vue le lieutenant s'est montré prévenant, compréhensif et curieux ! Posant beaucoup de questions (apparemment) inoffensives, des questions biographiques autour de son boulot, de sa famille, de ses amours…

« Depuis quand cet amour pour la nature, Barnabé ? Tout petit tu coupais les branches de ton bonzaï ? Quelle chance d'avoir un père psy, ça a dû t'aider, et une mère si dévouée, apparemment c'était elle ta prof, ta prof particulière à la maison, la classe… Tu t'entends bien avec eux ? Avec un physique pareil, tu dois faire des ravages chez les filles. Ou les mecs, tu sais nous on juge pas tant que ça reste légal (rire étrange). En plus, tu dois savoir quoi leur offrir aux filles (ou aux mecs), je suppose que le langage des fleurs n'a aucun secret pour toi ? D'ailleurs ma femme me reproche toujours de lui offrir des roses jaunes, il paraît que c'est le symbole de l'infidélité, t'en penses quoi, monsieur le spécialiste ? »

Puis le ton change. En un claquement de doigts. La moindre petite hésitation, incohérence, approximation est traquée puis méthodiquement dépecée.

« Plusieurs témoins t'ont vu sonner à la porte de la gamine comme un fou furieux. Tu sonnais, frappais, puis quand le père débarquait de son terrain vague, tu détalais comme un lapin. Et ensuite tu revenais à la charge le lendemain. Ça sent pas très bon pour toi depuis que le corps a été retrouvé, on attend toujours les résultats de l'autopsie, mais si tu parles maintenant, si tu coopères, le proc fera un geste. Mais c'est maintenant, pas à la saint-glinglin, tu piges ? Ça va être un jeu d'enfant de t'inculper pour meurtre, et même assassinat, car c'est dans votre tête dès le début. Espoir, dépit, haine. Ça te dit quelque chose ? ESPOIR, DÉPIT, HAINE. Et ouais, nous on a le droit de gueuler. Toi t'as le droit de fermer ta grande bouche et de nous écouter, et à la fin tu avoueras ton crime. Je répète : ESPOIR, DÉPIT, HAINE. C'est toujours de cette manière que vous fonctionnez ou plutôt dysfonctionnez. Dans un premier temps vous êtes à donf dans votre délire en ESPÉRANT de tout cœur que l'autre vous aime, mais comme l'autre ne vous aime pas, ne vous a jamais aimé et ne vous aimera jamais, vous entrez dans la phase de DÉPIT, en gros vous dessaoulez sec, mais contrairement aux gens NORMAUX qui seraient rentrés chez eux la queue entre les jambes, vous insistez. Encore et toujours. Et plus vous insistez, plus l'autre s'éloigne, et ça vous met la HAINE, et vous vous mettez à HAÏR l'autre avec une telle intensité que la seule solution est d'en finir, de faire disparaître cet AUTRE. Voilà, ça fera cinquante boules, avec nous en une séance c'est réglé (rires). »

Barnabé a tenu bon.

Avec le père, il va essayer de la jouer fin stratège. Ce soir, Barnabé ira lui parler, tête baissée, s'excusant platement, jurant de ne pas recommencer et de rester sagement dans les limites de la propriété familiale.

Parfois il faut s'avoir s'écraser, et tant pis si les autres ont tort. S'écraser, c'est endormir leur suspicion, il l'a bien appris à l'hôpital de jour.

Se soumettre aux règles, puis tout envoyer balader.

Pour le moment, il ne demandera qu'une toute petite chose de rien du tout : pouvoir sortir dans le jardin.

Non pas pour traînailler sur une chaise longue et se faire dorer la pilule au soleil, mais pour chausser ses bottes de sept lieues (pour commencer, ce seront des bottes en caoutchouc), retrousser ses manches et sortir les outils de la réserve pour redonner un semblant de dignité aux arbres, fleurs, à la pelouse qui fait franchement pitié, et à cette haie qui penche de plus en plus.

Face à un tel argument, le père aura du mal à résister. Dans son métier, Barnabé sait se montrer persuasif. *Tu vendrais un frigo à un Esquimau*, voilà ce que lui répétait volontiers son ex-associé, Sam, cet enfoiré, mais ne parlons pas de Sam !

Dès l'instant où Barnabé posait les pieds chez des clients potentiels, il trouvait toujours le moyen de leur proposer un max de services.

Vous devriez entretenir votre glycine, sinon les feuilles finiront par boucher la gouttière.

Couper ces quelques branches du noyer pour ne pas vous les prendre sur la figure en cas de tempête.

Une tempête s'annonce, vous savez…

Faut faire gaffe quand même !

Si le père hésite, Barnabé avancera son ultime argument. Impossible d'y résister.

*

Quand l'excuse du mari n'a plus suffi et que la saison des pissenlits a été terminée, Solange a trouvé un autre prétexte pour traverser la route. Il y avait ce type, selon elle, qui rôdait dans les parages, aperçu la première fois lors d'une après-midi particulièrement venteuse. Il semblait jeune, un peu perdu, marchait vite, la tête enfouie dans une capuche, la même nuit il était revenu, puis la nuit d'après, de quoi objectivement et légitimement inquiéter le voisinage.

Un inconnu tout de noir vêtu, dont le pull à capuche dissimulait le visage, s'arrêtant systématiquement à la hauteur de la maison de Rosalie, de l'autre côté de la route, donc directement sous les fenêtres de Solange. À cause des volets fermés, il pensait (à tort) que la maison était inhabitée, c'est juste que Solange avait l'habitude de tirer ses volets de bonne heure, pour ne pas être dérangée.

Rosalie prenait ce nouvel incident sur le ton de la plaisanterie, persuadée que Solange, à force de solitude et d'ennui, se « faisait des films ». Et puis un type qui se promène la nuit, c'est forcément louche, du moins dans une petite bourgade. Contrairement à la grande ville qui palpite vingt-quatre heures sur vingt-quatre. L'analyse de Rosalie me semblait émaillée de clichés, mais d'un autre côté je voyais bien que, dès que le jour tombait, les habitants se hâtaient de descendre leurs volets électriques et de bien verrouiller leur porte. Partir en balade nocturne n'était pas sans risque, entre le manque ou l'absence totale d'éclairage extérieur et le sentiment d'impunité des automobilistes, qui avait envie de s'aventurer ainsi, à des heures indues ?

Cette histoire de rôdeur, je l'ai gardée pour moi. Sûrement parce que j'avais fini par me convaincre, tout comme Rosalie, qu'elle ne sonnait pas très juste. Celle du mari violent, par contre, ne faisait aucun doute, et c'est elle que je devais raconter, encore et encore, à la police. J'ai donc menti par omission, laissant volontairement de côté un épisode qui me semblait anecdotique.

Convaincue que j'avais raison.
Que c'était là la bonne décision à prendre.

Lorsque, soudain : coup de théâtre. Lors de la deuxième audition (vers la fin, après plus de deux heures passées dans un climat tendu), la lieutenante a annoncé qu'ils allaient interroger un jeune homme aperçu à plusieurs reprises devant le domicile de Rosalie.

C'était donc vrai ?

Je me suis mordu l'intérieur des joues, mais j'ai dû le penser si fort que l'autre policier m'a demandé si à ce propos j'avais quelque chose à leur dire, si par le plus grand des hasards Rosalie avait fait allusion à un type, à quelqu'un, à une silhouette qu'elle aurait remarquée, traînant devant chez elle. Il a posé la question avec une certaine bienveillance. Lui jouait le rôle du *good cop*. Tandis que la lieutenante se montrait un peu plus offensive à chacun de nos échanges. *Good cop, bad cop*. Je dois avouer (ce genre de considérations m'insupporte d'habitude) que ses cheveux coupés à ras et ses petits yeux cernés lui donnaient un air naturellement coléreux.

Dans ma tête j'ai repassé les SMS et les discussions sur Messenger que j'avais lus et relus avant de venir. Aucun d'entre eux ne mentionnait cet homme mystère. Non, ai-je répondu, ajoutant que, selon moi, c'était surtout son mari qui lui faisait peur. La *bad cop* a immédiatement réagi. Décidément, j'insistais beaucoup sur le mari. J'ai plissé exagérément le front. Bien sûr que j'insistais, puisque personne ne semblait s'en émouvoir.

*

BARNABÉ

Faire le mur, comme quand il avait quinze ans.

Un peu risqué et très excitant, tout le monde devrait faire le mur au moins une fois dans sa vie.

Barnabé descend l'escalier en chaussettes.

Deux heures auparavant, la mère lui a monté son repas du soir (Croustibat avec de la mayo maison et riz à la tomate), puis il a fait mine de se coucher, allant jusqu'à enfiler son pyjama et souhaiter le plus naturellement possible bonne nuit maman.

En entendant *maman*, la mère a eu du mal à retenir ses larmes. L'état mental du fils était-il en voie d'amélioration ?

Dieu seul le sait.

S'il tombe sur le père, c'est fichu.

La mère l'a dit et répété cent fois…

Pas plus tard qu'au dîner, pendant qu'elle l'observait, le cœur serré, se goinfrer de Croustibat. À peine le premier bâtonnet trempé dans l'épaisse mayonnaise d'un blanc immaculé (grâce à quelques gouttes de citron ajoutées à la dernière minute) qu'elle lui rappelait déjà la règle : pas de sortie pour le moment. À la rigueur, dans le jardin, mais *uniquement* dans la partie située à l'arrière du manoir, là où personne ne peut le voir. Barnabé a sauté sur l'occasion pour proposer ses services, après tout, le jardin, c'est son métier.

« Oh, Trésor, tu verras ça avec ton père. »

Il ne tombera pas sur le père, car le père dort à poings fermés dans sa chambre au premier. Barnabé est allé vérifier par lui-même. Pareil pour la mère, qui ronfle au deuxième à faire trembler les murs.

Elle doit prendre des cachetons, c'est pas possible autrement.

On traîne trop, là.

Juste pour vérifier son intuition, Barnabé pousse la porte de la chambre qu'il traverse sans trop de discrétion jusqu'à la petite salle de bains carrelée de rose. Il se retient de pisser et de tirer la chasse, en fait il a toujours rêvé de faire pipi ici, assis sur la cuvette, rose elle aussi.

Il glousse.

Raconte jamais ça à un psy, sinon on finira avec une muselière derrière des barreaux.

Grossièrement dissimulées dans la petite armoire à pharmacie, il trouve une boîte de Zolpidem et une d'Imovane (douze plaquettes !). Barnabé reconnaît ces puissants somnifères pour la bonne et simple raison qu'on lui prescrivait la même chose à l'hosto. Dès vingt et une heures, tout le monde au lit avec son tranquillisant. Quelle angoisse, quand il y pense.

Alors que, en vrai, si on dort pas, il faut pas forcer ! Allez, on se tire d'ici.

Le plus délicat est d'escalader le muret, notamment à cause des ronces. Quelle saloperie ! Barnabé se jure qu'à la première occasion il s'en débarrassera. Et pas avec de l'eau de cuisson des pâtes, du vinaigre blanc dilué dans de l'eau ou toutes ces recettes de fiottes. Une dose de Roundup pour les crever une bonne fois pour toutes.

Attention à ne pas te griffer !

Aïe !

Enfin libre.

Barnabé a eu l'intelligence de prendre une petite torche dans le tiroir de la cuisine. Il aurait préféré un portable, mais ça doit bien faire deux ans qu'il n'en possède plus. De toute façon, il n'aurait personne à appeler.

On lui écrira des mots doux, comme au bon vieux temps, à ta copine. Des poèmes ! Faudrait d'ailleurs s'y remettre un de ces quatre.

Au fait, elle habite où, déjà ?

Barnabé sourit à cette question idiote : il suffit de longer la route.

*

CÉLIA

Vous vous êtes blessée ? a demandé la lieutenante alors que j'entrais dans la salle d'audition en boitillant. Impossible de savoir s'il s'agissait d'une formule de politesse, d'un vague sentiment de compassion ou de suspicion déguisée, après tout j'aurais pu me faire mal pendant une rixe ou en commettant un crime.

J'ai répondu que ce n'était rien. Que ma cheville avait pris un *petit* coup. La lieutenante a haussé les sourcils, m'invitant, je suppose, à développer. La veille, j'étais bêtement tombée dans le hall de l'hôtel sous le regard effaré de la jeune femme assise derrière le comptoir. Le sol n'était pas glissant, personne n'avait posé d'obstacles sur mon chemin, il n'y avait aucune raison que je perde ainsi l'équilibre. Lorsque ma spectatrice s'était enfin décidée à me venir en aide, se levant mollement, je lui avais rétorqué, d'un geste agacé de la main, que ça irait. Comme s'il ne s'était rien passé, ne faisant ni une ni deux, je m'étais relevée, rassemblant toute la dignité qui me restait, sautillant exagérément en direction de l'ascenseur. Un vrai cabri !

Une heure plus tard, ma cheville avait doublé de volume. Je voulais demander de la glace à l'accueil, mais l'accueil était évidemment fermé, il ne me restait donc qu'à me débrouiller comme je le pouvais, comme remplir la poubelle de la salle de bains d'eau froide et prier pour que ça fasse l'affaire.

Vous n'avez pas appelé de médecin ?

Je n'ai hésité qu'une poignée de secondes, consciente que je passerais pour la citadine geignarde qui se précipite aux urgences au moindre petit bobo. D'autant qu'en ces temps de restrictions budgétaires et d'attrition ce n'était pas le moment d'encombrer les hôpitaux pour une simple foulure.

Non, je n'avais appelé personne, le bon sens et quelques gestes de secours élémentaires avaient fait l'affaire. J'étais formée aux gestes de premiers secours, même si cela remontait loin, oui, j'étais capable de pratiquer un massage cardiaque. De sauver une vie !

La jeune femme de l'accueil m'a gentiment fait monter un seau de glace et elle m'a également dépannée en Doliprane, ai-je répondu le plus naturellement du monde.

En réalité, ma cheville refusait de désenfler et commençait à me lancer. D'après Google Map, les urgences se trouvaient à moins de deux kilomètres, moins d'une demi-heure de marche en claudiquant, puisque aucun taxi n'était, à dix-huit heures, disponible. L'hôpital ressemblait étrangement à ceux que j'avais connus enfant (par suite de complications liées à de banales maladies infantiles, nous vivions une époque où les parents croyaient encore qu'une bonne immunité valait tous les vaccins du monde), *étrangement* dans le sens d'*inquiétant*, comme si les portes coulissantes vous aspiraient trente ans en arrière : néons blafards, faux plafonds décatis, sols en lino, odeurs âcres et écœurantes dans une atmosphère surchauffée.

Il y avait un peu de monde, *mais ça devrait aller vite*, telle était la promesse formulée par la secrétaire au bureau d'enregistrement. Elle avait le front large, des cheveux mi-longs, couleur de cambouis, filasseux, et la peau affreusement ridée. Quel âge pouvait-elle bien avoir ?

Dans la salle d'attente, un adolescent se tenait la tête avec un linge ensanglanté, une vieille femme me fixait tout en respirant par petites saccades asthmatiques, deux jeunes enfants jouaient bruyamment au UNO auprès de leur mère qui pianotait sur son portable entre deux soupirs.

« Et encore, dans la plupart des patelins comme les nôtres, les urgences ferment les unes après les autres. Estimez-vous heureux tous autant que vous êtes. »

Un monsieur d'un certain âge, qui avait pris place à mes côtés, semblait très remonté. Il parlait sans me regarder, ni moi ni personne. Jamais il ne clignait ses paupières, et ses pupilles, rondes comme de petites billes, luisaient d'une lumière étrange.

« Les GENS continuent à voter pour ces libéraux de mes deux, et après ils pleurent à chaudes larmes ! On

veut pas payer d'impôts mais se faire soigner gratos ? Moi je dis qu'on a les politiques qu'on mérite. »

La gêne s'installait progressivement. Nous faisions tous mine de ne pas l'écouter, de ne surtout pas le regarder, d'être accaparés par des tâches primordiales, comme regarder fixement nos pieds, l'écran de notre téléphone. Le vieil homme parlait de plus en plus fort. Ce qui avait commencé comme un marmottement confus se changeait peu à peu en discours militant.

« *Qu'est-ce que vous avez à me dévisager comme ça ? Vous mettez des enculés de capitalistes au pouvoir et ensuite, pour la moindre foulure, vous exigez une radio complète, un plâtre, des médocs et un arrêt de travail ?* »

Un léger frisson m'avait parcouru l'échine, je baissais davantage encore la tête, priant pour qu'il ne me remarque pas.

« *Les écoles, les hôpitaux, les bureaux de poste, les administrations, c'est à cause de connards dans votre genre que bientôt ils disparaîtront, et il vous restera quoi ? Vos portables de merde, vos applis, vos livraisons à domicile. Allez tous vous faire mettre !* »

La secrétaire avait rappliqué fissa. Debout, les bras croisés, le visage encore plus creusé que tout à l'heure et deux yeux furibards qui lançaient des éclairs. S'il ne quittait pas la salle, elle n'hésiterait pas à appeler la police, compris ?

Pendant ce temps nous retenions notre souffle.

Après un silence de circonstance, son interlocuteur avait rétorqué qu'au vu des effectifs il aurait largement le temps de « tout faire péter ». Par ailleurs, il s'était ouvert la main avec un couteau à huîtres et il lui faudrait des points de suture. Ce disant, il brandissait sa main gauche entourée d'un bandage de fortune.

Puis, soudain, il avait hurlé *« C'EST VOUS LES RESPONSABLES DU CHAOS ! »* avant de s'effondrer sur le sol, son corps secoué de spasmes. Deux infirmiers avaient alors débarqué, et en un temps record ils l'avaient déposé sur un brancard et sanglé aux chevilles et poignets.

La secrétaire avait ensuite balayé du regard plusieurs fois la pièce avant de déclarer froidement qu'il faudrait encore nous armer de patience.

« Par le plus grand des hasards, vous n'auriez pas une cigarette ? »

Des années que je n'avais pas fumé.

Le type grimaçait tout en fouillant la poche de sa veste de survêtement. Sa capuche, enfoncée jusqu'aux yeux, lui donnait un air faussement méchant.

Un peu plus loin, un membre du personnel soignant entièrement vêtu de blanc, coiffé d'une charlotte, tirait goulûment sur sa vapoteuse.

L'espace fumeur se trouvait à l'arrière du bâtiment battu par les vents, là où une zone du mur avait été peinte en bleu. Difficile de se montrer plus dissuasif.

Après avoir remercié mon inconnu et tout en l'observant avec discrétion (grand, bien dessiné, le crâne que je supposais presque rasé), j'avais demandé, sans réfléchir, ce qui le faisait souffrir autant. Je ne sais pas ce qui m'a pris. Il aurait pu être atteint d'une maladie grave, incurable, sortir d'un coma ou être sous le choc d'une nouvelle terrible, et moi qui l'interrogeais entre deux bouffées de cigarette.

Le plus naturellement du monde, il m'avait répondu qu'un dangereux criminel avait bien failli le tuer lors d'une opération de filature. Sur mon visage je tentais d'afficher l'expression la plus neutre possible. Il paraissait sincère, convaincu de son récit. J'essayais de me remémorer la signalétique de l'accueil : pédiatrie, gériatrie, néonatalogie, soins palliatifs, mais il n'était nulle part question d'urgences psychiatriques.

Était-il détective ou quelque chose dans le genre ?

J'avais adopté un ton plus sérieux afin de ne pas rire.

« J'ai la gueule d'un détective ? Je suis policier. »

Une sensation de malaise avait monté de mon ventre et empli mes poumons. Suivie immédiatement d'une quinte de toux.

« Vous devriez apprendre à fumer, tenez, je vous en offre une autre ! »

Je ne pense pas qu'il me draguait, ou alors il avait vécu toute son existence dans une grotte. Non, avec le recul, je n'étais clairement pas dans son champ d'action. Il s'appelait Thomas. Beau garçon. Il fallait juste qu'il cesse de froncer exagérément les sourcils pour se donner cet air de je ne sais quoi. Thomas le policier. Ça commençait à faire beaucoup, ou alors (la probabilité me paraissait immense) il souffrait d'un quelconque trouble psychique. Celui où on se prend pour un héros, un justicier. Jouant le jeu jusqu'au bout, j'avais voulu savoir si le fait d'être blessé lui vaudrait les honneurs de sa hiérarchie, en tout cas c'est ce qu'on a l'habitude de voir dans les films.

« Tu parles, ils en profitent pour me tirer dans le dos. Putain, je suis dans une de ces merdes ! »

Il parlait d'un air si pénétré que je l'aurais cru sur parole. L'ennui est que la nicotine me montait à la tête. L'antidouleur, prescrit par le jeune interne de garde après sa visite express dans un box aux alentours de onze heures du soir, commençait lui aussi à faire son effet, une envie terrible de bâiller menaçait de me submerger et, surtout, je commençais à me perdre dans cette histoire. Comment pouvait-on, en tant que policier, manquer de se faire tuer, puis s'en prendre plein la figure ? Et qui désignait-il par *ils* ?

Thomas m'avait longuement considérée, les yeux humides, reniflant bruyamment. *Ils*, c'étaient sa collègue, sa binôme « un peu *hystéro* mais sympa » (ce type de qualificatif me hérisse), et son boss, un vrai connard, bref c'était trop long à expliquer, de toute façon je ne pouvais pas comprendre. Et moi, qu'est-ce que je foutais là aux urgences et surtout dans un trou paumé ?

Au fond de moi je soufflais. Enfin un peu de *small talk* sans enjeu particulier. Paumé mais charmant, avais-je rétorqué. À part ça, je rendais visite à une vieille copine et j'avais bêtement glissé sur le trottoir. Rien de cassé, juste une entorse de rien du tout, à ce propos je me sentais un peu honteuse d'avoir encombré les urgences pour rien.

« Si j'étais en service, je dirais que j'ai du mal à vous croire, mais là c'est plus mes affaires. »

Un sourire un peu triste s'était dessiné sur son visage, puis il avait rangé le paquet de cigarettes dans la poche de son hoodie et m'avait souhaité une bonne nuit.

*

THOMAS

Le quotidien des policiers municipaux, c'est beaucoup de patrouilles, c'est être visible dans les quartiers de la ville ou en périphérie : on les croise par exemple les jours de marché où ils assurent la sécurité dans la bonne humeur et la convivialité.

Rassurer plutôt que verbaliser, telle est leur mission.

(Exception faite pour les vendeurs de fruits et de légumes à la sauvette, certains livreurs dont le langage trop fleuri et les rires trop caractérisés enquiquinent les riverains, et ces petites filles qui mendient devant la boulangerie, bonjour madame, bonjour monsieur, une pièce pour manger, s'il vous plaît !)

En résumé, la police municipale est une police à l'écoute, une police qui renseigne et qui sait prendre en compte les problèmes du quotidien.

Son rôle : échanger avec les concitoyens.

Son credo : de la pédagogie avant tout.

Un seul mot d'ordre : proximité.

Quel ennui, se dit parfois (souvent) Thomas quand il doit faire la leçon aux conducteurs mal garés (pé-da-go-gie !) ou jouer les médiateurs entre voisins pour éviter une plainte et encore plus de paperasserie pour ses collègues de la police nationale (les *vrais* flics, ceux qui enquêtent sur des crimes, des assassinats...).

Oui, quel ennui quand on doit trouver les proprios des chiens errants, faire souffler dans l'alcotest ou procéder à des contrôles routiers (c'est encore ce qu'il préfère même si c'est sous supervision d'un officier... de la nationale !).

Cependant, en cas de dérapage, si par le plus grand des hasards leur petite ville était victime d'un attentat, qu'un illuminé décidait subitement de se rendre au supermarché du coin et de tirer dans le tas, Thomas pourrait sortir son arme.

Dans un monde où des illuminés, sous couvert de religion, frappent désormais des lieux de détente, des lieux de fêtes, de lieux de liberté, mieux vaut avoir les yeux grands ouverts ! Au détour du stand des fruits et légumes, à la terrasse d'un café, dans les ruelles bondées et animées du centre-ville, Thomas sait qu'à tout moment le pire peut advenir.

*

CÉLIA

Et si ma blessure m'avait empêchée de me déplacer jusqu'au commissariat ? Une question légitime, d'ailleurs j'aurais pu être malade dès le début, clouée au lit ou trop faible pour effectuer le moindre voyage.

Dans ce cas, ils se déplaçaient et organisaient l'audition à domicile. Ils emportaient ordinateurs et imprimantes portables.

La lieutenante a précisé que ce type d'audition s'opère souvent pour ne pas effrayer le suspect. Lorsque vous convoquez quelqu'un dans un commissariat, cela peut signifier une garde à vue.

J'avais perdu une occasion de me taire, ma cheville a recommencé à me lancer, de violentes et brèves décharges. L'officier de PJ, sans transition aucune, a commencé à m'interroger sur mon métier. D'après leurs informations, j'étais enseignante, une « prof », a renchéri la lieutenante avec un petit sourire, encore une cancre qui, adulte, continuait de nourrir un ressentiment à l'égard du corps enseignant.

En quelle matière et dans quel établissement ? Collège ? Lycée ? Enseignement supérieur ?

L'envie d'objecter que je ne voyais pas très bien le lien avec l'affaire me brûlait les lèvres. Néanmoins j'ai expliqué d'une voix calme, patiente, que j'étais d'un autre genre de professeur, que mon champ d'intervention se limitait à différentes associations engagées pour la réinsertion, que mes élèves étaient des migrants qui ne parlaient pas notre langue, étaient incapables de remplir un document administratif, y compris le plus élémentaire. Mon rôle était de les aider, de les intégrer. Je me suis entendue dire que parfois ça me pesait un peu, ce côté basique : apprendre à lire, à écrire, ce n'était pas forcément ce qu'il y avait de plus stimulant.

Cette fois j'ai cru qu'on m'enfonçait une aiguille à tricoter dans le pied. Quelle idiote ! Et encore je restais polie avec moi-même.

J'avais cette chance d'aimer mon métier et la prétention de me sentir utile, et plus égoïstement de donner un sens à ma vie – et voilà que je m'excusais, que je minimisais qui j'étais.

Les deux policiers assis en face de moi n'ont pas relevé. Je m'étais pourtant préparée à une éventuelle remarque à propos des migrants, je savais qu'à moins de trente kilomètres de là un camp avait été évacué, des tentes déchirées à coups de cutter. Je connaissais mes arguments sur le bout des doigts : violences policières répétées, politique migratoire digne de l'extrême droite, indifférence de la population.

Je suppose que, pour eux, je n'étais qu'une bobo qui vivait bien au chaud dans sa ville de bobo et passait son quotidien de bobo à se donner bonne conscience. J'ai tout de même eu droit au fameux *il faut avoir les moyens pour vivre à Paris*. Sous-entendu : ce n'est pas avec votre salaire que vous pouvez vous le permettre, mais parce que vous avez de l'argent. Probablement un héritage ou grâce à une juteuse opération immobilière. Encore une fille de, une rentière. J'ai menti en disant que je vivais dans un logement social.

*

THOMAS

Au travail, Thomas affiche en permanence une mine renfrognée : front exagérément plissé, regard de défiance, paupière battant nerveusement, signe qu'il est aux aguets.

On ne sait jamais.

Ne pas sourire pour ne pas se laisser attendrir. Quand vous êtes policier municipal, les gens vous prennent un peu trop souvent pour un pigeon. Ils essaient de vous la faire à l'envers en pensant (à tort) que vous n'avez aucun pouvoir sur eux.

Devant une atteinte injustifiée, certaine et actuelle, le policier municipal riposte de manière spontanée, proportionnelle et absolument nécessaire.

(Article 122-5 du Code pénal : Thomas le connaît par cœur, comme quoi il n'est pas complètement idiot et sait engranger de la connaissance.)

Certains collègues se demandent parfois s'il arrive à Thomas de sourire en dehors du travail. S'il voit quelqu'un avec qui il se marre.

Une petite amie ?

L'ennui est qu'on ne sait pas grand-chose de sa vie privée, à part qu'il est (le chanceux) propriétaire d'une petite maison de plain-pied dans un des rares lotissements pavillonnaires de la ville. Des maisons identiques, mitoyennes, sans le moindre cachet, qui jusqu'à très récemment n'intéressaient personne.

Aujourd'hui, Thomas pourrait aisément revendre son bien à un citadin en mal de bord de mer. Les gens sont prêts à acheter n'importe quoi pourvu qu'ils s'échappent de leurs métropoles bondées, polluées, ou de leurs banlieues dortoirs.

De temps en temps (ces derniers mois de plus en plus souvent), Thomas rêve d'une opération immobilière tellement juteuse qu'il partirait ensuite s'installer dans un pays d'Amérique du Sud : Argentine, Chili, Colombie, n'importe où ferait l'affaire.

Son petit pavillon, la plupart de ses collègues l'ont tout juste aperçu au moment de raccompagner Thomas chez lui. Après une journée bien chargée, après avoir copieusement rempli leur mission de prévention, de surveillance du bon ordre, de la tranquillité et de la salubrité publiques.

Jamais Thomas ne leur propose d'entrer pour un verre, refaire le monde, regarder un match à la télé. Ce serait pourtant logique qu'un célibataire comme lui invite des époux, des pères de famille en quête d'amitiés viriles, souhaitant échapper à leur dure condition.

En vérité, Thomas ne possède pas de télévision.

Quant à son intérieur, il est celui d'une maison témoin : des meubles passe-partout, pas de décoration ostentatoire, aucun objet trop personnel, tout est soigneusement rangé, ordonné et d'une propreté méticuleuse.

Seule la chambre fait exception avec des étagères au mur pleines de livres. Pas de la grande littérature, non. Des romans noirs, violents, emplis de pessimisme et de désespoir, que Thomas dévore dans la solitude d'une partie de ses nuits.

*

CÉLIA

Elle le faisait exprès. Ce n'était pas possible autrement, ou alors il s'agissait d'une stratégie quelconque (ridicule), au cas où j'aurais menti sur ma blessure. Non, je n'avais pas eu le temps de me balader sur les sentiers côtiers compte tenu de mon état. J'insistais sur *état*, un peu trop d'ailleurs, moi qui ne supporte pas les faux martyrs, ceux qui se meurent au moindre coup de soleil, à la moindre piqûre d'insecte, non je ne faisais pas partie de ces gens égoïstes et obscènes.

Avisant ma cheville, la policière a rétorqué qu'elle semblait avoir bien dégonflé, que je marchais d'un pas bien plus alerte. L'eau froide et salée de la mer me ferait du bien, c'était connu, rien de tel qu'un bain de pieds.

Je n'aimais ni l'usage du mot *alerte* ni cette façon de prodiguer des conseils, comme si on me reprochait de ne pas avoir adopté les bons gestes pour une guérison rapide. À l'entendre, j'étais prête pour une randonnée matinale, et pourquoi pas jusqu'au belvédère, là où Rosalie avait, selon le premier rapport de l'enquête, *chuté*. Elle s'y promenait presque chaque jour, le panorama l'« apaisait ».

Il est vrai que le grand air m'aurait fait du bien, ce doux crachin tombé du ciel me fouettant le visage. Je n'avais même pas exploré les deux ou trois rues du centre autour de mon hôtel. J'imaginais des rangées de boutiques proprettes où des touristes seniors s'engouffraient pour y acheter caramels, paniers en rotin, biscuits secs, petits pots de miel AOP de la région.

Toute la matinée durant, je suis restée traîner au petit déjeuner, au moins deux bonnes heures, parcourant des articles de la presse locale sur ma tablette, observant discrètement le va-et-vient des clients. Ceux qui hésitent longuement devant un choix pourtant restreint de viennoiseries bon marché, ceux qui enchaînent les cafés et se détendent peu à peu, esquissant un vague sourire de satisfaction, ceux qui picorent, mus par une curiosité nouvelle, comme si manger du comté s'apparentait à goûter à quelque insecte séché ou à un ragoût de serpent de mer, ceux qui exhalent encore une odeur de transpiration nocturne, qui n'ont même pas passé de l'eau sur leur visage, ceux qui débarquent rasés, shampouinés, maquillés, pomponnés, les dents blanches et la mise en plis parfaite, prêts à s'adresser aux caméras du monde entier, ceux qui descendent de leur chambre en claquettes ou en pantoufles, à l'aise dans leurs tenues régressives en pilou, ceux qui n'hésiteront pas à vous marcher dessus pour atteindre en premier la corbeille de pain, ceux qui errent dans la salle parce qu'ils ne trouvent pas la tasse, le sucre, la petite cuillère et qui intérieurement pestent contre un manque de logique flagrant dans l'organisation, l'emplacement, dans la disposition, bon sang, de la vaisselle et des couverts, ceux qui grincent des dents en mâchant leurs céréales au riz soufflé, qui reniflent, toussent, ceux qui parlent fort, qui rient fort, qui remplissent leur assiette à ras bord, ceux qui picorent, mangent du bout des lèvres, ceux qui se laissent tenter par un œuf à la coque après mûre réflexion, ceux qui se perdent dans la contemplation de l'écran plat de la télévision où inlassablement défilent des images de guerre, de manifestations, de faits divers et de pages publicitaires sur des SUV.

Tant d'intimité et pourtant rien à se dire, à échanger, pas un geste ni un sourire.

Le temps de ma lecture plus ou moins attentive des faits divers locaux, j'apprenais le nombre assez vertigineux d'accidents depuis le belvédère. Le mot *suicide* revenait régulièrement, mais mon esprit le rejetait. Les *accidents* concernaient principalement des touristes imprudents. En général, ils enjambaient la rambarde de sécurité pour se rapprocher un peu plus du paysage, capturer la photo parfaite ou se prêter à un selfie idiot.

Une amie professeur m'avait raconté une histoire terrible survenue des années auparavant, alors qu'elle était invitée à Vienne pour un congrès. Un de ses collègues, un type dans la cinquantaine, dont tout le monde savait qu'il souffrait de dépression sévère (il manquait probablement la moitié de l'année universitaire), lui avait demandé, l'avait presque *suppliée* de profiter de ce voyage viennois pour lui acheter un vase qu'il lui rembourserait, bien évidemment. Il s'agissait de remplacer celui qu'il avait offert à son épouse et qu'il venait de briser en mille morceaux. C'était un vase du dix-neuvième, de style néoclassique, dont la forme ovoïde faisait penser à une amphore. L'objet le plus kitsch jamais vu, d'après mon amie. En porcelaine blanche avec des roses en relief. Rouges et jaunes, détourées d'un liseré doré, et entourées d'insectes (coccinelles, libellules). Le collègue craignait la réaction de son épouse. Dans un moment d'étrange confidence, il avait dit *si elle apprend que j'ai brisé le vase, elle me brisera aussi.*

Tout au long de son séjour, mon amie n'était pas parvenue à se sortir cette phrase de la tête. Elle ne connaissait pas l'épouse en question et avait tourné le mot *brisé* dans tous les sens. De retour à Paris, le vase délicatement enveloppé dans sa valise, elle avait appris que son collègue s'était suicidé. Depuis, elle n'avait jamais osé sortir l'objet de son emballage.

Non, c'était impossible que Rosalie ait simplement glissé. Elle connaissait l'endroit, et je ne pouvais pas me résoudre à l'idée qu'elle ait sauté et rejoint un autre fait divers aussi banal que tragique. La batterie de ma tablette indiquait des signes de faiblesse, l'odeur du patchouli devenait de plus en plus insupportable, et j'avais de toute façon bu trop de cafés. Il était temps de remonter, au passage j'ai précisé à la jeune fille de l'accueil que je ne souhaitais pas qu'on fasse ma chambre.

Vous avez raison, ai-je dit à la policière. Tout à l'heure, en sortant du commissariat, j'irai faire trempette (j'ignore pourquoi j'ai usé de cette expression ringarde), ça ne pourra me faire que du bien. S'ensuivit un moment de flottement, puis mon interlocutrice a voulu savoir pourquoi je croyais si peu à la thèse du suicide.

*

BARNABÉ

Pas question de se laisser miner, il ouvre grand la fenêtre et salue le soleil confortablement installé dans son petit fauteuil de nuages.

Une putain de belle journée en perspective.

(Pour une fois que la météo est clémente.)

Non, pas question de perdre sa bonne humeur, se répète Barnabé. D'autant que la soirée avait bien commencé avec sa petite promenade nocturne jusqu'à la maison de la belle inconnue.

Notre Amoureuse !

Barnabé est de nouveau en proie au doute : n'est-il pas trop tôt ? Qu'on lui laisse un peu de temps, bordel. Mais il ne fait aucun doute qu'il se sent irrésistiblement attiré par elle, et pourtant il ne l'a qu'entraperçue.

La Voix, elle, s'impatiente.

Un coup de foudre : c'est quand même pas compliqué à comprendre.

Il faut simplement que Barnabé prenne garde à ne pas trop attirer l'attention. C'est pourquoi il a fait mine de se balader tranquilou. Il comptait se poser de l'autre côté de la route, à la hauteur de la maison aux volets fermés qu'il croyait inhabitée. Erreur ! Il y a des gens qui visiblement aiment vivre dans l'obscurité.

L'idéal serait de proposer ses services de jardinier à l'Amoureuse, comme à l'époque à Clarisse et à son gros porc de père. Au premier jour, alors qu'il suait sang et eau le long de la bordure, elle lui avait parlé, lui apportant à boire, lui demandant si tout allait bien.

Une vraie allumeuse : comme dans les films qu'on regardait avec Sam !

On ne va pas refaire l'histoire, mais si Barnabé veut l'approcher, il ne pourra pas rester à faire le pied de grue devant chez elle.

Une bonne soirée donc.

Trouver le sommeil, par contre, s'est révélé une sacrée paire de manches. Sans traitement, c'est comme s'il était sous amphètes en permanence, le cerveau bouillonnant comme un gros chaudron.

A-t-il seulement dormi ?

Le temps de rêver, oui.

Dans son rêve, Barnabé longe la côte, sur un sentier qui ressemble étrangement à celui qui serpente en bas de chez lui. La tempête gronde, le ciel est bleu-noir, marbré d'éclairs comme des fêlures sur de la porcelaine. *Barnabé !* Un cri vient de déchirer le ciel. Puis un autre : *Barnabé, à l'aide !* Juste devant lui, deux mains très blanches, si blanches qu'elles brillent dans les ténèbres, s'accrochent au bord de la falaise. *Viens vite, Barnabé, je n'ai plus de force…* Le vent redouble de violence, obligeant Barnabé à se mettre à genoux, puis à ramper. *Accroche-toi, j'arrive !* Lorsque, après avoir tiré de toutes ses forces, Barnabé voit apparaître le visage de Clarisse, il pousse un hurlement de terreur : la peau est lacérée, entaillée de coupures profondes, de plaies rouge vif, et à la place des yeux : deux orbites vides ensanglantées. *Barnabé !* La tête de Clarisse s'agite alors dans tous les sens tel un oiseau effrayé. *Ne me lâche pas, surtout ne me lâche pas !*

Du grand n'importe quoi.

Barnabé s'est réveillé complètement désorienté, le cœur affolé, suant abondamment.

Ce rêve ne veut rien dire. Rien du tout ! C'est le cerveau qui décompresse et qui se fait son cinéma.

Alors, pourquoi ces larmes au bord des paupières et ces poings serrés ?

En refermant la fenêtre, Barnabé note qu'avec le traitement, au moins, il n'était pas sujet à ce genre de visions cheloues.

Arrête ton délire : il faut tenir bon et débarrasser notre corps de toute cette saloperie. D'ailleurs n'as-tu pas oublié quelque chose ?

Merde, c'est vrai.

Ne pas oublier de jeter quelques cachets dans la cuvette des chiottes au cas où ses parents vérifieraient.

C'est fou, quand même, d'être à ce point secoué par un cauchemar. Enfant, Barnabé s'amusait à les consigner dans un petit carnet baptisé *le carnet des rêves*. Puis, s'assurant que le père était absent, il filait dans son cabinet, s'allongeait sur le divan et, à voix haute, il racontait ses visions nocturnes.

Cette nuit j'ai rêvé que je grimpais à un arbre et que mon père me criait de monter plus haut !

Le père n'en a jamais rien su. Il aurait été fier (probablement) de voir que le fils s'intéressait à son métier.

Les pères se trompent si souvent sur l'image qu'ils donnent à leurs enfants.

Aujourd'hui, le père semble mal supporter la présence du fils dans une pièce. Dès que les deux se croisent, la tension est telle qu'on entend presque gronder l'orage.

Il nous croit coupables, c'est plus simple pour lui de nous condamner. Pas de prise de tête : mon fils, ce taré, ce meurtrier.

Encore le regard qui se brouille.

Il faut absolument qu'il sorte, qu'il se change les idées.

Toc, toc, toc.

« Barnabé, tu es là ? »

Super, il ne manquait plus qu'elle.

« Barnabé, j'entre, si tu es tout nu, rhabille-toi vite (rires). »

Sans attendre de réponse, la mère débarque dans la chambre, pimpante et sifflotant un air atrocement désuet. La croix qu'elle porte en pendentif autour du cou brille d'une telle intensité que Barnabé doit détourner le regard.

Tu n'as pas envie de lui balancer ton café au lait au visage ?

– Tout va bien, mon Trésor ?

– Super, maman, dehors le soleil brille et les oiseaux chantent.

Ces mêmes oiseaux qui ont picoré les yeux de Clarisse. Tu es arrivé trop tard et tu l'as tuée une seconde fois.

– Je n'ai tué personne !

– Barnabé, à qui parles-tu ?

La mère pose la question calmement. Elle avance vers le petit lit, toujours avec ce sourire impeccable, tenant fermement le plateau du petit déjeuner.

– À personne, laisse tomber.

– Tu prends toujours tes cachets ?

– Hein, quoi ?

– Ton traitement, Barnabé !

On dirait qu'elle chantonne plus qu'elle ne parle.

Qu'elle s'étouffe avec ses tartines beurrées…

Barnabé ravale un petit rire.

– Qu'est-ce qui te fait rire, Trésor ?

– Rien, lâche-moi, à la fin.

– Tu es de mauvaise humeur ?

– Mais non.

– Si, je vois bien que quelque chose t'énerve...

Barnabé inspire profondément. Ne SURTOUT pas entrer dans son petit jeu.

Avec une extrême délicatesse, la mère pose le plateau sur le bord du lit, puis s'apprête à s'asseoir, mais constate que les draps sont trempés. Ne laissant rien paraître de son trouble, elle tend le bol encore fumant de café au lait à son fils chéri : BOIS !

– C'est bon, je peux me servir, je suis pas handicapé non plus.

– On ne se moque pas des infirmes.

– Je me moque pas, je te rappelle juste que j'ai encore mes deux bras.

Barnabé étouffe un second rire. C'est fou : on ne peut plus rien dire de nos jours sans être taxé de handicapophobie !

– Il est dégeu, ce café, t'as mis quoi dedans ?

– Oh, mon Trésor, je suis désolée, peut-être que le lait a tourné. Tu n'as pas répondu à ma question.

– Laquelle, tu ne fais que ça : me mitrailler de questions.

La mère connaît les sautes d'humeur du fils mieux que quiconque. Elle se souvient aussi de l'enfant sage qu'il fut autrefois, incapable de faire du mal à une mouche. Peut-être qu'un jour il redeviendra cet être innocent aux yeux rieurs et aux joues toutes roses. En attendant, il est du devoir d'une mère d'aimer le fils d'un amour inconditionnel tout en veillant à ne pas trop s'opposer au père. Le foyer familial, comme la politique, requiert l'art du compromis.

– Ma question était : est-ce que tu prends ton traitement ?

– Oui, oui et re-oui. Tu n'as qu'à vérifier par toi-même les plaquettes.

– Nous serions plus rassurés, surtout ton père qui croit beaucoup aux vertus de ce médicament, si…

– Si quoi ?

– Eh bien, si tu prenais tes cachets devant nous.

– Vous voulez aussi un échantillon d'urine ?

– Oh, mon ange, c'est simplement que ton père me charge de te rappeler qu'interrompre un traitement comme celui-ci pourrait te rendre de nouveau *malade.* Et te faire *voir* ou *entendre* des choses, tu sais bien, on en a déjà parlé, toi et moi.

– T'inquiète, j'ai pas d'hallucinations.

Barnabé reprend une gorgée de café au lait. Même le café au lait a droit à une seconde chance.

Elle ne nous croit pas, la vioque, elle sait, elle sent, c'est instinctif chez les mères. Ce café est infâme : il va nous tuer…

– Nous sommes de ton côté, Barnabé.

– *Nous ?* Laisse-moi rire. Papa n'attend qu'une chose : me foutre à la porte au moindre faux pas.

– Jamais il ne ferait une chose pareille.

– Tu as l'air bien sûre de toi !

– Comme beaucoup de pères, il a du mal à exprimer ses sentiments. C'est un homme d'une autre génération…

– On appelle ça un vieux con.

– Barnabé !

– Quoi, Barnabé, putain ? Arrête de toujours prendre sa défense.

– Je fais en sorte que nous puissions vivre en harmonie.

– En harmonie ? Je meurs !

Barnabé s'assied lourdement sur le lit et repose le bol qu'il a à peine touché. Il se sent vaseux tout à coup. Pas envie de goûter au croissant ni aux tartines beurrées.

– Tu ne manges pas ton croissant ?

– Bof. J'ai la gerbe, là.

– Je l'ai acheté exprès à la boulangerie pour toi ce matin, celle du centre-ville, tu te souviens ? Tu adorais leurs tartelettes aux fraises.

Barnabé ravale un haut-le-cœur, tandis que sa mère continue son prêche dont le message est en substance : bien manger suffit à vous rendre heureux.

Mieux : à vous guérir de tous les maux.

– J'en ai aussi profité pour passer chez le traiteur et acheter des feuilletés au jambon et du pâté en croûte. Avec une bonne salade, on va se régaler.

En entendant feuilleté au jambon, Barnabé est saisi d'une telle nausée, si forte, si violente que l'idée même de se précipiter dans la salle de bains semble dérisoire.

Dix minutes plus tard, les draps ont été changés (de toute façon il *fallait* les changer !) et Barnabé a été bordé comme un gros bébé. La mère lui caresse le front tandis qu'il se recroqueville davantage sur lui-même.

– Tu as dû attraper froid en allant te promener en pleine nuit, mon grand.

– Qu'est-ce que tu racontes ? parvient à articuler Barnabé.

– Ton père et moi t'avons entendu sortir en pleine nuit. Et Dieu sait pourtant que nous avons le sommeil lourd… *Deux* fois déjà ! Alors que nous t'avons demandé de ne pas quitter la maison. Et à une heure pareille, ça n'est pas sérieux, mon cœur, tu sais que la route n'est pas éclairée et qu'un accident est vite arrivé. Repose-toi, maintenant.

Avant de redescendre, la mère se glisse en catimini dans la salle de bains en quête de la trousse à médicaments. Dieu qu'elle déteste bafouer ainsi l'intimité du fils, mais il s'agit d'un cas d'urgence. Et puis lui ne s'est pas gêné la nuit dernière – il faudra qu'elle songe désormais à bien verrouiller sa porte.

En bonne épouse (même si leur couple était mort-né), elle a demandé l'autorisation du mari, lequel a répondu : comme tu veux.

Depuis quand n'ont-ils pas parlé d'autre chose que du menu ou du programme télé ?

La boîte d'Haldol (à moitié vide) se trouve dans le petit meuble du lavabo. La mère compte et recompte les cachets manquants. Puis inspecte scrupuleusement la cuvette des WC.

RAS, comme disent les jeunes.

*

CÉLIA

Elle m'a prise légèrement de court. Je suppose que ça fait partie de la stratégie d'une audition. Commencer par des échanges de banalités, puis, sans prévenir, entrer dans le vif du sujet.

Je n'ai pas eu le temps d'ouvrir la bouche qu'elle m'expliquait doctement, sans le moindre filet d'émotion dans la voix, qu'il n'est pas rare, « hélas », que des personnes suicidaires se manifestent auprès de leur entourage – proche ou éloigné. Une manière de « renouer une dernière fois », d'autant qu'à sa connaissance Rosalie n'avait presque pas d'amis.

« Renouer une dernière fois » : ça m'a rappelé ces formules toutes faites qu'on vous sert au funérarium sous forme de poèmes, de gravures sur les stèles ou sur ces horribles plaques funéraires en marbre noir.

Deux jours avant l'enterrement de mon père, je m'étais longuement entretenue avec l'employé des pompes funèbres (qu'il serait vain de décrire, tout comme un boucher ressemble à un boucher, un prêtre à un prêtre, parce que certains, quoi qu'on en dise, *ont la tête de l'emploi*) afin de lui demander *de ne surtout pas* prononcer de discours ni aucun poème prêt à l'emploi dont j'avais entraperçu un exemple ou deux sur leur site Internet. J'insistais, rappelant que des membres de la famille, des amis et moi-même prendrions tour à tour la parole et qu'il n'était vraiment pas nécessaire, en dépit de tous ces *beaux* poèmes gracieusement offerts par leurs services, vraiment pas, non, de lire quoi que ce soit. Le croque-mort engoncé dans son costume de croque-mort avait acquiescé pour revenir dès le lendemain sur sa promesse. Sous d'épais flocons de neige, il nous avait précédés d'un pas traînant et lourd entre les tombes coiffées de leur chapeau blanc, tirant une enceinte sur un chariot à roulettes, et sans que personne l'y autorise, et avant que je puisse intervenir d'une manière ou d'une autre (j'ai ensuite longtemps rêvé que je détruisais son enceinte à coups de hache), il avait appuyé sur Play, libérant une voix de speakerine, enfantine, insupportable, ânonnant un improbable éloge funèbre dans lequel le mot *arbre* revenait souvent, et aussi *ciel*, *cathédrale*. Et se finissant par quelque chose du genre qu'*il faut toujours sourire à la vie*.

Pas question de ressentir la moindre once de culpabilité. Non, Rosalie n'avait pas appelé à l'aide pour ensuite se jeter du haut de la falaise, je n'y étais pour rien !

Pourquoi ne pas convoquer le mari ?

Le *good cop* m'a répondu par une autre question.

Est-ce que j'étais en mesure de prouver que Damien violentait sa femme ?

J'ai rappelé (résumant à la hâte, cherchant mes mots) notre année de formation en communication et journalisme – nous étions, Rosalie, Damien et moi, de la même promo, dès l'automne ils sortaient ensemble, elle, la petite souris grise rasant les murs, lui, la grande gueule, ultrapolitisé, ne laissant jamais place au débat, se disant du côté des opprimés tout en traitant sa petite amie comme une moins que rien. Bien sûr que ça nous mettait mal à l'aise, et oui certains d'entre nous avaient tenté de faire comprendre à Rosalie (avec des mines de compassion, plusieurs pincettes et des sourires aussi rassurants qu'avant le déluge) qu'un petit ami *ne devrait pas* se comporter ainsi, que personne en réalité ne hurle sur personne, et elle de se contenter de hausser les épaules, de minimiser en rétorquant qu'il avait *juste* un sale caractère.

Le *good cop* acquiesçait vaguement, tout cela manquait de concret. Par conflits, est-ce que j'entendais qu'il avait l'habitude de se battre ou qu'il faisait partie de ces types qui aiment s'engueuler par pur plaisir ou provocation ? Crier sur quelqu'un est une chose, mais avait-il jamais levé la main sur elle ? J'ai secoué la tête pour dire oui. Le ventre noué, j'ai raconté l'épisode du coquard. Ça vous suffit comme exemple, comme explication ?

Ce n'était pas la question. De suffire ou non. Ce qu'il manquait, c'était une plainte en bonne et due forme.

Et récemment, durant nos conversations ? M'avait-elle clairement signifié qu'elle était victime de violences conjugales ?

Non !

J'ai immédiatement baissé la voix.

Les deux *cops* m'ont toisée, impassibles. Ils avaient sûrement l'habitude des témoins fébriles, hystériques, incapables de contrôler leurs émotions.

Comme si c'était si simple à prouver ! Franchement, ils ne m'aidaient pas. D'un ton que je voulais exagérément calme, j'ai demandé s'ils avaient seulement l'habitude de travailler sur ce type de violence.

La lieutenante m'a répondu que, *hélas* (toujours cette voix dépourvue de tonalité), oui, ils en avaient l'habitude. Pas plus tard que la veille : une plainte pour coups et blessures. Dix points de suture et un traumatisme crânien.

Nous faisons notre travail, a rappelé le *good cop*. Quoi que les gens pensent de nous.

*

THOMAS

– T'es au courant pour le fils Chevallier ?

Joseph vient de leur commander deux autres pintes. Il joue avec ses mèches de cheveux, ce qui, pour d'obscures raisons, a le don d'exaspérer Thomas.

– Chevallier ? Jamais entendu parler.

– Son père est psy. Un psy plutôt doué, d'après ce que j'ai entendu.

– Perso j'ai pas besoin de psy.

– Tu dis ça parce que tu as peur, Thomas.

– Ouais, peur de devenir dingue. D'ailleurs je parie que c'est ce qui est arrivé au fils : à force d'évoluer dans ce genre d'environnement, ça finit par attaquer ton cerveau.

Thomas se souvient vaguement d'un court roman où il était question d'un psy très aimé et reconnu, exerçant dans une banlieue chic auprès de riches et puissants patients. À la mort du psy, aussi soudaine que brutale (suicide ? accident ?), le fils, un écrivain en panne d'inspiration, découvre les carnets de notes du père, des milliers et des milliers de pages sur ses patients. Plutôt que s'en servir pour un roman, il décide d'utiliser le contenu pour faire du chantage.

Par contre, impossible de se rappeler comment l'histoire se termine.

– Là où tu n'as pas tort, c'est que ce fils n'est pas très bien dans sa tête. On l'a même soupçonné à un moment d'être impliqué dans un accident tragique.

– Ah ouais, carrément. C'est drôle que ça ne me dise rien du tout, concède Thomas tout en lapant la mousse de sa choppe.

Il adore la mousse. Si on lui sert une bière sans aucune mousse, il peut très bien faire un scandale. Au moins que ça lui serve à quelque chose d'être flic.

De la mousse, et que ça saute !

Thomas sourit intérieurement. Il aime retrouver son pote au Rosebud, un petit pub sans prétention situé tout au bout de la jetée. Connu de ses habitués seuls. Les touristes en marinière n'ont qu'à rester dans leurs restaus à moules-frites à l'entrée du port, à côté du parking.

– Tu m'écoutes, Thomas, ou tu restes dans ton délire ? Dis-moi au moins ce qui te fait marrer, sois dans le partage, mec.

– Oh, c'est rien, un truc perso, et puis je commence à être un peu bourré.

– Tu veux que je continue ou tu t'en fiches du fils Chevallier ?

– Je t'en prie, c'est toi le petit reporter, il y a sûrement une histoire derrière tout ça. Tu parlais d'accident tragique, du coup qui est mort ?

– Une jeune femme, répond Joseph d'un ton glacial. Une gamine d'à peine vingt ans retrouvée au pied des falaises, au niveau du belvédère.

– Là où tous les abrutis se prennent en photo ?

– Exact. Elle s'écrase vingt mètres plus bas.

– Aïe !

– Comme tu dis. Évidemment, tout le monde pense à un suicide ou à un accident.

– C'est pas ça qui manque avec ces débiles profonds qui enjambent la barrière de sécurité pour avoir la meilleure vue.

– Il n'empêche que le proc ouvre une enquête et que le corps est envoyé à l'institut légal du CHU, et entre-temps les flics font leur job.

– Je te le donne en mille : voilà-t-il pas qu'ils trouvent le meurtrier.

L'histoire commence vaguement à amuser Thomas. Dommage qu'il n'ait pas pensé à prendre un joint.

Dommage surtout que la consommation de cannabis soit illégale dans ce pays à la con.

– Attends, pas si vite, pour le moment on ne parle pas de crime. D'abord les flics vérifient les relevés téléphoniques, puis ils font un petit tour du voisinage. Je te la fais courte : en fait, la gamine était suivie, harcelée jusque devant chez elle par un jeune type pas très clair.

– Le fils Chevallier !

– Voilà.

– C'est quand même pas possible le nombre de mecs qui *stalkent* leurs meufs. Entre nous, si elles étaient armées, ils y réfléchiraient à deux fois.

Joseph ne s'est pas préparé à ce genre d'argument. Après quelques secondes de réflexion, il choisit de ne pas relever.

– L'autopsie ne donne pas grand-chose. Le légiste note simplement quelques marques au cou, sûrement à cause d'un collier arraché. Apparemment, la fille ne s'en séparait jamais.

– Le tueur au collier, c'est gros comme une maison, non ?

– Des gens commettent des crimes pour moins que ça.

– Si on était dans le Bronx ou à Mexico, je veux bien, mais ici ? À part les boomers qui se foulent une cheville en descendant le sentier, il se passe que dalle.

Thomas se dit que le Bronx n'est peut-être pas le meilleur exemple. En tout cas que c'est un exemple daté. Son père disait *le Bronx* quand il évoquait un quartier dangereux où de pauvres innocents (blancs) étaient braqués en plein jour par des criminels fous (noirs). Le Mexique, en revanche, met tout le monde d'accord, entre les gangs, les cartels, la coke et le trafic de clandestins.

Un léger frisson le saisit.

– On ne vit peut-être pas à Mexico, mais les faits divers sont pleins de violence, de crimes domestiques.

– Je m'emmerderais moins à Mexico.

En disant cela, Thomas lance un sourire énigmatique à Joseph avant de préciser qu'il plaisante, évidemment.

– En tout cas, les marques sur le cou de la victime encouragent le proc à demander au juge d'ouvrir une information judiciaire, et l'affaire prend une tournure criminelle.

– Je me trompe ou c'était toi qui couvrais ça au journal ?

– J'étais de permanence ce week-end-là, j'ai donc tout suivi.

– Et le fils du psy a été coffré ?

– Tout portait à croire qu'il aurait pu la tuer. C'est logique : dès qu'il n'a plus supporté qu'elle lui résiste, il a décidé de l'éliminer.

C'est quand même dur de ne pas être aimé en retour, se dit Thomas dans son for intérieur. De ne pas être compris, désiré, de ne provoquer au mieux que de l'indifférence, au pire, du dégoût. Ceux qui ont l'habitude de recevoir de l'affection ne s'en rendent pas compte.

Ces enfants gâtés de l'amour : une bonne paire de claques, voilà ce qu'ils mériteraient de temps à autre.

– Et avant de la buter, il lui arrache son collier, en mode souvenir, talisman.

– C'est une possibilité.

– Comment ça, une possibilité ? Ça se voit comme un collier autour du cou, rétorque Thomas non sans une certaine fierté pour son jeu de mots (qu'il trouvera au petit matin ridicule).

– Ils n'ont pas eu assez de preuves, encore moins de confession du meurtrier présumé.

– Tu déconnes.

– J'ai l'air de déconner ?

– Attends, ils l'ont relâché ?

Thomas a failli s'étrangler avec une cacahuète. Son verre est presque vide et sa gorge le démange atrocement.

– Si ça peut te rassurer, le type a quand même pris de la prison avec sursis pour harcèlement. Et obligation de soins en HP.

– Sursis ? Mais de quel droit ?

– Il souffre d'une maladie mentale, Thomas, donc c'est de soins qu'il a besoin, pas de croupir dans une cellule.

Parce qu'il n'a pas envie de se fâcher avec Joseph et de perdre le seul vrai ami qu'il a, Thomas ne réagit pas. Ça lui coûte, mais il a tellement l'habitude de prendre sur lui qu'il demeure impassible, le visage tel un masque. À l'intérieur il fulmine. Tout ce discours autour des soins psy, tout ce politiquement correct qu'il a envie de jeter aux orties. C'est trop facile de se cacher derrière les troubles mentaux pour excuser les criminels.

Soigner, accompagner plutôt qu'enfermer, blablabla.

– Pourquoi tu me parles de cette affaire ? C'était quand, d'ailleurs ?

– Il y a quatre ans. On en reprend une ? enchaîne Joseph d'une voix faussement innocente.

Depuis le début de leur conversation, le pub s'est considérablement rempli. Beaucoup d'étudiants braillards et deux ou trois piliers de bar. Dans un coin, un piano droit autour duquel se massent trois jeunes gars levant leurs verres en riant. L'un d'eux est en train de soulever le cylindre et de glisser les doigts sur les touches lorsque le patron, de son comptoir, d'un seul mot et sans crier, l'en dissuade.

Thomas, témoin de la scène, est ébahi face à tant d'autorité.

– Bon, puisque tu es encore parti ailleurs, je m'en charge, dit Joseph tout en se levant et en attrapant les deux verres vides.

– Désolé, tu me connais ! Au fait, pourquoi tu me causes de cette affaire, de ce Chevallier qui balance ses copines à la mer tout en s'excusant d'être atteint de je ne sais quel syndrome ?

– J'ai pensé que ça pourrait t'intéresser. Par contre, tu vas un peu vite en besogne : jusqu'à preuve du contraire, Chevallier n'a balancé personne et n'a utilisé aucune excuse.

Tu parles, se dit Thomas, les flics (ou les gendarmes) sont tellement fainéants ! Dès qu'ils peuvent classer l'affaire et aller au plus simple, ils ne s'en privent pas. Comme lors de cette affaire de disparition où il leur avait prêté main-forte.

Disparition est peut-être exagéré…

Tout en y repensant, il ne peut s'empêcher de suivre du regard Joseph, qui tente une percée à travers la petite foule hilare. Thomas n'avait jamais remarqué à quel point son ami était solidement bâti, surtout au niveau des épaules. Il doit être sportif lui aussi, du genre à soulever de la fonte. Certaines semaines, Thomas peut passer cinq, six heures à s'entraîner, à modeler son corps, à le mater, dommage qu'on ne puisse pas contrôler l'esprit avec la même facilité, à coups d'haltères ou de tours de terrain de sport.

Le disparu était un papy. Ses proches (deux petits-enfants particulièrement antipathiques) répétaient qu'il n'avait plus toute sa tête. Au bout de six heures d'un insoutenable suspense, on l'avait retrouvé sur une plage, un kilomètre plus bas, accroupi dans un renfoncement de falaise, ses vêtements trempés, le visage déformé par un rictus de peur. Personne n'avait pensé à cet endroit dont l'accès s'effectue par un escalier en pierre particulièrement escarpé et glissant.

À moins que…

À moins qu'on ne l'y eût traîné de force, histoire de lui flanquer la frousse, de le rendre encore plus fragile qu'il ne l'était et de justifier ensuite un placement en EHPAD, une mise sous tutelle.

L'hypothèse tenait la route, et Thomas ne s'était pas privé de la partager avec ses collègues de la nationale.

Qui avaient bien ri.

Sacré Thomas !

Quelle imagination !

Joseph est réapparu, et avec lui deux pintes dont une avec beaucoup de mousse.

– Je sais que tu aimes la mousse, Thomas. J'ai demandé au serveur d'en ajouter exprès.

– C'est sympa, répond Thomas, bizarrement ému.

L'ivresse, sans doute.

Jamais il n'a eu tant envie d'un joint.

La prochaine fois, il proposera à Joseph de passer à la maison. Ils pourront même commander des pizzas ! L'idée ravit autant qu'elle angoisse Thomas. Jamais il n'a invité quiconque dans son antre.

– Donc, il y a quatre ans, le fiston zinzin échappe à la prison, et jamais on ne saura s'il est oui ou non un meurtrier.

– C'est un peu hâtivement résumé, concède Joseph, mais, *grosso modo*, c'est à peu près ça le pitch.

– Et pourquoi m'en parler ce soir ?

– Comme je t'ai dit, c'est une histoire qui devrait te plaire.

– En quatre ans, t'aurais eu le temps de m'en causer, il me semble.

– Ah oui…

Joseph avale une grande goulée de bière, comme pour étancher une inextinguible soif. Et faire durer le suspense…

– Le fils est revenu.

– Quoi ? Il s'est échappé de l'asile et il revient hanter notre charmante et paisible petite ville ?

*

BARNABÉ

Barnabé passe vingt-quatre heures au lit.

Vingt-quatre heures de fièvre, de frissons, de visions terribles qui tourmentent son âme.

Le corps de Clarisse flottant parmi les vagues, dans un bain bouillonnant d'écume. Puis rampant sur le sol du grenier, ses ongles noirs s'enfonçant dans les lattes du parquet, se cassant dans un effroyable crissement.

Cric.

Son corps à lui tiré vers les fonds enténébrés de l'Atlantique. Une main agrippant la sienne, une voix lui promettant que bientôt ils seront unis pour l'éternité.

« Bois un peu d'eau, Trésor. »

Place à la réalité. La mère assise au chevet de son petit, veillant sur lui, priant pour lui !

« Essaie de manger un biscuit. »

L'enfer sur terre. Il n'a pourtant rien fait pour mériter tout cela.

« Tu ne veux pas au moins essayer d'avaler une ou deux cuillerées de soupe au cresson ? »

Finies, l'intimité et la quiétude promises il y a encore quelques jours. La mère entre et sort du grenier comme bon lui semble. Elle a même utilisé sa salle de bains, ses toilettes ! Heureusement que le lit est trop petit pour deux, se dit Barnabé, tandis qu'elle lui éponge le front.

Avec son gabarit, elle tiendrait dans un coffre à jouets, méfions-nous !

Pour se donner du courage, Barnabé songe à sa nouvelle Amoureuse. Dès qu'il sera remis sur pied, il lui rendra une petite visite. Au début, il n'était pas sûr.

Pas sûr de quoi ?

Pas sûr qu'elle lui plaise. Tout cela est allé tellement vite ! Pour le moment, ils n'ont échangé qu'un seul regard.

Mais un regard suffit, bordel, ça s'appelle le coup de foudre.

Oui, le coup de foudre.

L'éclair aveuglant qui vous frappe en plein cœur.

L'explosion d'une lumière dans l'obscure solitude du ciel.

À deux reprises la mère a essayé de lui faire avaler un Haldol. Profitant de sa faiblesse, elle l'a aidé à se redresser, et entre deux gorgées d'eau elle lui a tendu le petit cachet.

« Tu guériras plus vite, mon poussin. »

Avant de l'enfoncer carrément dans sa bouche.

Heureusement, la grippe intestinale lui est venue en aide. Quelques minutes plus tard, la mère épongeait le parquet collant de bile tout en masquant sa déception comme elle le pouvait.

Sa nouvelle Amoureuse lui rappelle étrangement l'ancienne : élancée, brune, maigre. Le truc avec les femmes plus mûres, c'est qu'elles sont susceptibles d'être mariées, d'avoir des enfants. L'horreur.

Si seulement elle était célibataire…

Barnabé ose à peine y croire.

Vingt-quatre heures au lit, pas une minute de plus.

C'est l'avantage d'être jeune : on récupère plus vite.

On *oublie* plus vite.

Quand il sera vieux, assis au coin du feu, Barnabé aura tout le temps de remuer les cendres des souvenirs en toussotant bruyamment, la faute à un rhume qui aura bien failli l'emporter.

Allez, debout !

Dans le miroir de la salle de bains, un visage au teint affreusement gris le scrute longuement. Barnabé hausse les épaules. Une douche brûlante lui fera le plus grand bien. L'eau est à peine tiédasse, bon sang, c'est quand même pas compliqué dans une baraque pareille d'avoir une chaudière digne de ce nom ! Barnabé fulmine tout en se frottant vigoureusement avec son petit pain de savon au lait d'ânesse et à la rose, sa mère ne jure que par cette gamme de cosmétiques. S'il ne tenait qu'à lui, il prendrait de l'AXE réveil détox (il aime aussi le Dark Machin qui sent le cookie au chocolat !), ça fait quand même moins mémé que ce truc au parfum pot-pourri. Vivement qu'il ait un peu de thunes et qu'il puisse au moins s'acheter son gel douche, ses slips (sa mère lui a pris des boxers trop petits), bref, vivement qu'il soit un peu plus indépendant.

Pourvu que son Amoureuse ne fasse pas la grimace quand elle lui déposera plein de baisers sur le torse, le ventre, les cuisses…

T'inquiète, les femmes aiment quand ça sent bon !

Barnabé pousse un grognement de satisfaction et repose la savonnette sur le porte-savon. Sam aussi lui avait donné ce conseil : l'hygiène, et être à l'écoute du désir de l'autre.

D'abord l'échelle, puis l'escalier de service, et enfin les deux étages : Barnabé, ses chaussures à la main, descend chaque marche avec une infinie précaution.

L'escalier a été ciré avec le plus grand soin, ce n'est pas le moment de glisser et d'attirer l'attention.

Si seulement ses vieux pouvaient se rompre le cou.

Mais non.

Ils montent, descendent, sans jamais déraper.

Lui, par contre, doit veiller à bien s'agripper à la rampe.

Parvenu (enfin) au rez-de-chaussée, il expire profondément. Du cabinet du père provient un murmure. Il s'approche, pire : il colle carrément l'oreille contre la porte (froide) du cabinet. Apparemment, il s'agit d'une patiente. Elle parle des études qu'elle souhaiterait reprendre. Sa voix tremble tellement qu'on la croirait en train de confesser un crime.

Clarisse aussi voulait retourner à l'école. Mais elle devait s'occuper de son connard de père. Le sujet revenait souvent lors de leurs disputes.

Bon, on se bouge ?

Barnabé, toujours en chaussettes, marche à reculons comme sur des œufs.

La mère se trouve dans la cuisine. Barnabé entend de la musique, un air des années 1950 qu'elle reprend de bon cœur. Sûrement un de ces chanteurs collabos dont elle raffole.

Au moins, personne ne l'entend sortir.

Il est sur le point de prendre la poudre d'escampette, mais la vue des rosiers le désespère. Quel gâchis ! Des dizaines de plans laissés à l'abandon.

On s'en branle de tes roses : quitte cet endroit, rejoins ta belle, il n'y a que ça qui compte. Tu vas te faire repérer.

Barnabé s'accroupit juste au-dessous du bow-window, de toute façon les rideaux sont toujours fermés. On se demande bien pourquoi. À moins que le père n'ait quelque chose à cacher. Peut-être que son cabinet lui sert de garçonnière. Si Barnabé était psy, il passerait son temps à faire l'amour avec ses patientes.

Il faudrait traiter les feuilles, pailler la terre et donner un bon coup de sécateur.

Au moment de se redresser, il tombe nez à nez avec le père. Assis dans son cabinet, dans son fauteuil de psy à deux balles. Impossible de distinguer le patient ou la patiente, pas même les pieds sur le divan !

Le père le fixe d'un air effaré.

Pourquoi les rideaux sont ouverts ?

J'avais essayé de te prévenir, mec.

C'est tout juste s'il ne s'est pas mis à courir. Se réfugiant à l'arrière du manoir (de toute façon, il n'aurait pas eu le temps d'atteindre le portail), dans la partie nord, sombre et humide. Là où s'épanouissent les hortensias. Même eux font triste mine avec leurs feuilles mouchetées de rouille et leurs tiges aussi sèches et cassantes que du bois mort.

Barnabé vient d'en faire l'expérience.

Crac.

Tout pourris, ces hortensias.

Crac !

Le père entre en scène. L'air vraiment furieux. Prêt à appeler une ambulance et à sangler le fils sur un brancard.

– Qu'est-ce que je t'ai dit ? De ne pas sortir.

Il va se calmer, le vieux, on n'est pas des clébards.

– Je peux pas rester toute la journée au grenier !

Barnabé aimerait pouvoir pleurer sur commande, peut-être réussirait-il à attendrir le père, mais le père a toujours été cet homme froid, distant. Jamais il n'a eu de geste tendre pour le fils, un mot qui ne soit une remontrance déguisée.

– Tu es malade, Barnabé.

– Même les malades ont le droit de prendre l'air, même en HP je pouvais sortir.

Sur le coup, le père ne dit rien, surpris peut-être par la repartie du fils.

– Il faut faire quelque chose pour les rosiers et de manière générale pour les fleurs, et aussi les arbres, la pelouse, la haie. Depuis quand le jardin est-il laissé à l'abandon ?

– Qu'est-ce que j'en sais, moi. Demande à ta mère.

– Je parie depuis que je suis parti.

Second silence.

On le tient… Maintenant : le deal.

– Laisse-moi au moins faire ce que je sais faire le mieux au monde.

– Je ne veux pas te voir fureter sous ma fenêtre !

– T'as qu'à tirer tes rideaux.

– Et si mes patients te voient ?

– Dis-leur que je suis le jardinier, je ne vois pas le problème.

Le père n'en revient pas. Quel toupet !

– On dirait un manoir hanté avec toutes ces fleurs à moitié mortes, des ronces de partout, une pelouse qui ressemble à un pré, moi je serais patient, ça me foutrait grave les jetons.

– Barnabé, tu n'es pas en train de suivre quelqu'un ?

Bien essayé, Sigmund, mais tu ne nous auras pas.

– Je suis sorti parce que ça me fait trop mal de voir votre propriété en cet état.

– Est-ce que tu prends ton traitement ?

*

THOMAS

Troisième espresso. Puis deux œufs au plat avec du bacon grillé et des toasts généreusement beurrés. Le café, c'est pour faire passer le mal de tête, le gras pour éponger l'alcool de la veille.

D'habitude, pour le petit déjeuner, Thomas se contente d'un thé noir, mais avec cette gueule de bois, il ne peut pas aller travailler l'estomac vide.

Alors il mange, se force un peu.

Par SMS il a prévenu sa coéquipière, Joanne, qu'il aurait un peu de retard. Elle a répondu sur-le-champ avec un smiley d'un visage lançant un baiser.

Heureusement sans les petits cœurs, il n'empêche, Thomas trouve cette familiarité un peu déplacée.

Ces derniers temps, elle ponctue chacun de ses messages de ce genre d'émoticônes.

Une vraie gamine !

Mais bon, tant qu'elle lui fiche la paix, et puis ce matin Thomas a autre chose qui le préoccupe.

Ou plutôt : *quelqu'un d'autre.*

Le type qui rentre pépère chez lui après avoir balancé sa copine du haut de la falaise.

Comme si de rien n'était.

Thomas n'en revient toujours pas. Heureusement que l'alcool (et l'ultime cône avant de se coucher) l'a plongé dans un sommeil lourd, profond, sans rêves, sinon il n'aurait pas fermé l'œil de la nuit.

S'il est bien un truc qui le met hors de lui, c'est l'impunité des harceleurs.

Et le non-professionnalisme de la police (nationale).

Et aussi la partialité de la justice.

Quelle bande de nazes. Pas un pour rattraper l'autre.

« Je te signale qu'il n'a pas été condamné ! »

Entre deux diatribes, Joseph s'est permis ce (petit et incontournable) rappel.

Condamné avec sursis pour harcèlement, mais jamais poursuivi pour meurtre, faute de preuves.

Faute de preuves ???

Mâchant ses toasts dégoulinants de beurre fondu, trempés auparavant dans le jaune d'œuf (avec du paprika fumé, comme l'inspecteur Lavardin), Thomas tente de se remémorer la chronologie de leur discussion. Ils se voient en moyenne une fois toutes les deux semaines, toujours au Rosebud.

Buvant pas mal (beaucoup), évoquant quelquefois (souvent) la carrière qu'ils auraient aimé embrasser.

Celle de grand enquêteur pour Thomas.

Celle de grand reporter pour Joseph.

En attendant de faire trembler le pouvoir, de révéler quelques scandales politico-médiatico-financiers, ou de courir le vaste monde pour rappeler qu'il va mal, Joseph doit se contenter du quotidien d'une petite ville côtière : comptes rendus d'assemblées générales et du conseil municipal, deux ou trois lignes sur telle ou telle manifestation sportive ou culturelle. Le localier est un véritable couteau suisse, aujourd'hui il doit savoir tout faire.

Heureusement que les faits divers le sauvent de l'ennui.

Accidents de la route (avec ou sans blessés), drames ou tragédies domestiques (avec ou sans morts), procès qui s'éternisent et qu'on peut feuilletonner à l'infini…

Il y a deux ans, Joseph a réalisé un reportage sur la police municipale que le maire avait décidé, dans un effort de générosité, de doter en armes à feu.

La citation du maire était (plus ou moins) la suivante : « Dans la mesure où les policiers sont en première ligne, qu'ils ont un contact direct avec la population, il est pour moi légitime de satisfaire leur revendication : de les rassurer en les armant. »

C'est à cette occasion qu'il a connu Thomas. Depuis, ils sont amis, du moins c'est ainsi que Thomas interprète leur relation.

À force de vivre cloîtré et de ne laisser entrer presque personne dans son intimité, Thomas a l'impression de ne même plus savoir ce que le mot *ami* signifie.

Hier soir la conversation a débuté sur une note de météo, cet hiver qui n'en finit plus. Pas vraiment froid, mais incroyablement humide et frissonnant. Encore une année comme ça et Thomas finirait par demander sa mutation dans le sud, au soleil. Avec un léger sourire au coin des lèvres, Joseph a répondu qu'il l'imaginait bien au cap d'Agde à verbaliser les couples dans les dunes !

Avec le recul, Thomas trouve l'exemple vraiment bizarre. Ou alors c'était une manière de lui exprimer sa passion pour le naturisme ?

Lui ne se foutrait jamais à poil devant des inconnus.

Et encore moins dans ces endroits où tout le monde baise. Où tout le monde mate !

Son ami Joseph s'est hâté de se justifier en expliquant qu'il avait vaguement regardé une émission à ce sujet : un été libertin au cap d'Agde.

– Au moins ça me changerait des papys qui font du hors-pistes sur les falaises, a conclu Thomas.

– À propos de falaises, t'es au courant pour le fils Chevallier ?

Voilà comment, de fil en aiguille, ils avaient débouché sur le récit de l'amoureux fou qui emmène son amoureuse au belvédère.

Amoureux fou, c'est gentil, limite inapproprié.

Pareil pour cette horrible expression « crime passionnel ». Comme si la passion était une excuse.

Un tueur.

Disons les choses telles qu'elles sont, sans chercher systématiquement à les enjoliver.

Un tueur, oui.

Si ça se trouve, il y a eu d'autres victimes avant, et il y aura d'autres victimes après.

Un tueur en série, donc.

Finalement, Thomas mange de bon appétit, il se demande s'il lui reste de la place pour un bol de céréales. Dans ses (bons) souvenirs de lycée figure le cours de sociologie où pendant plusieurs semaines il avait été question de la figure du tueur en série que le prof, un jeune type aux longs cheveux bruns et bouclés, portant un perfecto en cuir noir et des jeans trop serrés, avait problématisé de la manière suivante :

« En quoi la société américaine contribue-t-elle à la déviance des tueurs en série ? »

Essentiellement par sa géographie.

C'est parce que l'immensité du territoire lui permet d'exprimer sa folie meurtrière. Sans parler de la mauvaise coordination de la police fédérale d'un État à un autre.

En France, il est plus difficile au *serial killer* de se cacher et d'échapper aux autorités.

Mais c'était il y a presque vingt ans. Les temps changent, et la violence s'exporte partout sur cette planète.

(Thomas opte finalement pour une banane.)

Joseph n'est pas de cet avis.

Joseph est un optimiste, un idéaliste pour qui le crime en série appartient à la fiction !

« Tu regardes trop de films à la télé. »

Ça l'a vexé, Thomas, que son ami l'imagine avachi devant son écran plat à mater des séries policières mal doublées.

Thomas a tout simplement fait appel à sa logique, d'autant que le coup de la chute, du corps repêché au pied des falaises, est un grand classique.

Le crime parfait par excellence.

– Si j'ai une arme et que je menace de te tirer une balle en pleine poitrine si tu ne sautes pas, tu fais quoi ?

– T'as déjà envie de me tuer ?

Dans les yeux de Joseph, un éclair de malice. Visiblement, ça l'amusait beaucoup : attiser la curiosité de Thomas pour ensuite refréner ses ardeurs.

– Réponds à la question. Joseph.

– Je suppose que je sauterais en espérant, par miracle, échapper à la mort.

– Voilà.

– Ou alors, dans un ultime élan de désespoir, je me jetterais sur toi pour t'arracher ton arme et te maîtriser.

– J'ai plus de force que toi, laisse tomber.

– Dans ce cas, je préfère me jeter dans le vide, rétorque Joseph, toujours avec ce regard brillant, la voix tirant sur le mélo.

– Tu vois : j'ai raison.

– Peut-être, mais les gens se suicident aussi, c'est une réalité, Thomas. Il n'y a pas derrière chaque drame un tueur qui sévit dans l'ombre.

– Toi-même tu y as cru, admets-le.

– Comment ça ?

– Ne fais pas l'innocent, Joseph, j'ai lu tes articles, il y avait *crime* trois fois par ligne. C'est saoulant comme vous ne vous remettez jamais en question, vous, les journalistes.

– Déjà, *les* journalistes, ça ne veut rien dire. C'est comme *les* profs, *les* boulangers, *les* flics.

– Ne cherche pas à faire diversion. Jamais vous admettez la moindre erreur, vous vous croyez intouchables ou quoi ?

– Nous aimerions surtout être respectés et qu'on arrête de nous cracher dessus.

– Fallait faire pompier. Tout le monde aime et respecte les pompiers.

– Tu sais très bien ce que je veux dire.

– On vous crache pas dessus, essaie d'être objectif au moins une fois… On vous critique parce que les raisons de douter de votre compétence et de votre bonne foi ne manquent pas, hein.

– Tu généralises, Thomas, tu nous mets tous dans le même panier.

– Et toi tu bottes en touche. Au lieu de dire OK, j'ai merdé, tu joues les vierges effarouchées.

– C'est que je dois être encore un peu effarouché, alors que toi…

– Quoi, moi ?

Après un moment de flottement, Joseph a repris d'une voix plus douce.

– Bon, d'accord, si ma mémoire est bonne j'ai dû titrer « crime ou accident », et oui j'ai un peu abusé de la terminologie, je plaide coupable. Je te rappelle qu'une instruction avait été ouverte quand l'autopsie avait révélé de très légères marques au cou. Bref, je me suis emballé.

– Et puis crime c'est quand même plus vendeur.

– Oui, oui, si tu veux… Il faut bien faire tourner la boutique et c'est pas avec les deux ou trois abonnés qu'on s'en sortira.

– Bah je sais pas : proposez une info de qualité pour commencer.

– Tu vas pas t'y remettre !

– En tout cas, tu as avoué, c'est un bon début.

– J'ai l'impression d'être en garde à vue. Tu lâches jamais, toi.

– Jamais, non.

– Je n'aimerais pas que tu m'arrêtes.

– Ma collègue s'en chargerait, elle adore passer les menottes. En vrai, c'est une dure à cuire, bien plus que moi.

– Elle est mignonne en plus…

Profitant d'un bruit de verre cassé derrière le comptoir, Thomas a ignoré la remarque, préférant revenir à ses moutons.

– Le type pointe son arme, arrache le collier et lui dit saute. C'est comme ça qu'il opère, point barre. D'où les marques au niveau du cou.

– T'es un grand obsessionnel, toi (rires). Je te rappelle simplement qu'on n'a trouvé AUCUNE trace d'ADN du fils Chevallier sur la victime, ni sur le cou ni ailleurs.

Encore un bruit de verre qui se brise en mille éclats. Suivi d'applaudissements hilares.

– L'eau n'est pas censée effacer les empreintes ?

– Rien n'échappe à la police scientifique de nos jours, Thomas. Le crime parfait n'existe pas. Ou n'existe plus.

Malgré le petit déjeuner gargantuesque, Thomas se sent toujours aussi vaseux. Il avale deux Advil et se passe un peu d'eau froide sur la nuque.

Son iPhone vibre.

Ça va ? veut savoir Joanne.

Troisième SMS.

Merde, il est bien plus en retard qu'il n'aurait pensé.

*

CÉLIA

Je ne crois ni aux sauveurs ni aux prophètes, mais s'il existe un homme, un seul, connaissant Rosalie comme personne d'autre ne la connaissait, alors c'est ce psychiatre dont elle m'avait tant rebattu les oreilles…

Lui savait.

Lui (seul) pouvait proposer une tout autre version des faits. Parce qu'elle lui avait confié des choses personnelles et intimes sur son couple, son enfance, ses parents, que sais-je encore.

Ma première rencontre avec un psy m'a longtemps laissé un goût amer. Je devais avoir dix-huit, dix-neuf ans et un besoin irrépressible d'exprimer toute ma colère envers mon père, à une époque où nous ne pouvions passer plus de quelques minutes ensemble dans une pièce sans que l'atmosphère se charge immédiatement d'électricité, c'en était devenu au point qu'entendre respirer cet homme m'était un supplice. À mon grand désarroi, le psy au regard glacial, presque hostile, m'avait répondu que mon père menait une existence difficile, que mon jugement à son égard était bien sévère. Sévère, moi ? À dix-neuf ans ? Je n'en revenais pas. Pour autant j'ai enchaîné les séances pendant près de six mois, révélant des choses à propos de mon père que je n'aurais dites à personne d'autre.

Le thérapeute de Rosalie ne manquerait pas de nous éclairer. Qu'en pensaient mes interlocuteurs ?

L'avaient-ils seulement interrogé ?

Rosalie et son docteur Chevallier, pas une fois sans qu'elle y fasse allusion, même très brièvement. Oh, il fallait voir son cabinet ! Plutôt un cabinet de curiosités qu'un cabinet de consultation, avec des livres disséminés un peu partout, des objets qui donnaient le sentiment qu'il avait fait le tour du monde (comme Damien !), une passion étrange pour les poupées russes et les lampes kitsch. Elle s'y sentait bien, en sécurité, et avançait à son rythme, chacun progresse comme il l'entend, surtout dans une thérapie analytique. Elle m'avait confié avoir eu le « sentiment de renaître ». Quelle drôle d'expression, tout de même... Beaucoup trop théologique à mon goût. Je songeais à la résurrection du Christ, à son retour prochain auquel les chrétiens se raccrochent. Dans un genre moins biblique j'imaginais des hordes de morts-vivants débarquant le long des falaises, les escaladant en poussant de longs et douloureux gémissements, jusqu'à atteindre les maisons, les villages, jusqu'à se répandre dans le monde entier. Bien sûr que Rosalie entendait cette renaissance de manière symbolique, comme la nature renaît, ou le pelage d'un animal. Rosalie était loin, très loin d'avoir fait sa mue, s'épuisant, s'aveuglant, s'enlisant dans le mensonge d'une vie de couple épanouie.

Plusieurs fois elle m'a répété que, grâce à la thérapie, elle reprenait confiance en elle. Damien l'avait également remarqué, il la trouvait, je la cite, « moins pleurnicharde ».

À l'autre bout du fil, je me retenais de lui hurler dessus. Tu vas te réveiller, bon sang ! Chaque mot était un caillou lourd et pointu emplissant ma bouche, me blessant la gorge. Après coup, c'était si simple de s'indigner, de faire son petit sermon, d'imaginer une dispute avec des cris, des gestes. C'est sur le moment qu'il faut parler, qu'il faut agir. Qu'il faut dépasser sa peur, sa lâcheté.

Rosalie enchaînait, avec cette foi (ce déni) inébranlable, m'expliquant qu'avec son Chevallier elle avait travaillé assidûment sur ce problème de confiance en soi, et qu'à présent tout prenait du sens : sa timidité, sa phobie sociale, sa tendance à systématiquement se rabaisser... La preuve en était qu'elle avait enfin eu le courage de me contacter.

« J'avais peur de te déranger, Célia, pendant des années j'ai voulu t'appeler, t'envoyer un message, prendre de tes nouvelles, mais je n'osais pas. »

*

THOMAS

Entre la barre au niveau du crâne et ses pensées sans cesse parasitées par le fils Chevallier, impossible de se concentrer sur le programme de la journée.

Même conduire lui demande des efforts. Joanne, elle, est aux aguets. Fixant la route, fixant son collègue, tournant la tête tel un oiseau sur le qui-vive, échafaudant mille et une raisons, théories à sa mine déconfite.

« Thomas, tu es avec moi ? »

« Thomas, fais un peu attention, on a failli se prendre la voiture d'en face. »

« Bon, je vais conduire. »

« Tu es sûr que ça va ? Tu as une sale mine. »

Joanne le rappelant gentiment mais fermement à l'ordre.

À la fois inquiète et vigilante.

Comme si elle s'adressait à un gosse.

Avec ce ciel mouillé, le paysage ressemble à de la bouillie, des mois que ça dure. Quelle déprime !

– Tu es tout gris, Thomas, tu ne vas pas vomir dans la voiture, sinon je m'arrête…

– Ça va, je te dis.

– On dirait un mort-vivant.

– Sympa.

– Je te rassure, même zombie, tu restes sexy.

Joanne ne sait pas ce qui lui a pris. Elle se mord la lèvre inférieure. Feignant de ne pas avoir entendu, Thomas fixe de nouveau le morne décor qui file à travers la vitre. Et dire que les citadins le trouvent pittoresque ! D'accord, la mer est plutôt belle, même sous les gros nuages ternes qui lui donnent cette teinte cireuse, mais dès qu'on rentre dans les terres, c'est d'un glauque…

– T'es sorti hier, c'est ça ?

– Hum…

Thomas regrette de ne pas avoir simplement dit non.

– Ah oui ? Avec qui ?

– Un pote.

– Je le connais ?

– Je crois pas.

– Dis toujours !

Qu'est-ce qu'elle peut être curieuse ce matin. Et zéro psychologie. Plus il se tait, et plus elle insiste…

– Quel temps pourri, n'empêche, enchaîne Thomas, priant intérieurement que la conversation change de cap une bonne fois pour toutes.

– Oh, tu sais, je fais partie de ces gens insensibles à la météo.

– Ah ouais ? T'es pas de bonne humeur quand le soleil brille ?

– Je suis souvent de bonne humeur, contrairement à d'autres.

– J'ai pas assez dormi.

– Parce que tu es sorti avec ton pote.

– Bien vu, Sherlock.

– Tu sais, tout le monde connaît tout le monde ici, fait remarquer Joanne d'un ton faussement innocent.

– Sherlock est très insistant ce matin.

– Ne me masculinise pas, s'il te plaît.

– Tu préfères Miss Marple ? T'es pas si vieille pourtant.

Sa plaisanterie (lourdingue) tombe complètement à plat.

– J'aimerais un personnage de jeune enquêtrice souriante, métisse et française, de bonne humeur et redoutable.

– Pourquoi tu précises française ?

– On me pose souvent la question. Ici, quand tu n'es pas blanc de chez blanc, tu ne peux pas être français.

– Tu penses pas que t'exagères ? Moi, ça me viendrait pas à l'esprit.

– Tu fais partie de la minorité, Thomas.

– N'importe quoi ! La plupart des gens se foutent des origines.

– Sans trop m'avancer, je dirais que tu vis dans un monde parallèle.

– Sans trop m'avancer, je dirais que t'es un brin parano, Miss Joanne de France.

Joanne aimerait rebondir, mais change finalement de tactique.

– C'est Joseph ?

– Hein ? Quel rapport avec les origines ?

– Pourquoi tu refuses de répondre à ma question : c'était Joseph, hier soir ?

Thomas pense entendre au loin le frémissement de la mer, à moins que ce ne soit lui qui s'agite à l'intérieur.

– Pas du tout.

– Tu es sûr ?

Buenos Aires, Los Angeles, Tokyo, s'il habitait dans une mégapole, Thomas jouirait d'une existence anonyme. Libre.

– C'est quoi toutes ces questions, Joanne ?

– Je ne sais pas, moi…

Elle hausse les épaules, affiche une drôle de moue. Puis elle reprend.

– Bon, d'accord, c'est pour faire un peu la conversation, tu es tellement fermé !

– Faudrait que tu commences à t'habituer, depuis tout ce temps.

– Je ne crois pas qu'on s'habitue à un coéquipier quasi muet, même au bout de trois ans.

– Imagine plutôt le coéquipier divorcé, déprimé à mort, qui se plaint de son ex-femme, et tu verras qu'on s'en sort pas si mal.

– Tu es marié ?

– Tu m'as compris, Joanne.

– En tout cas tu mens très bien.

– Moi ?

– Une copine vous a aperçus hier soir au Rosebud. Toi et Joseph.

Encore une petite décharge entre les omoplates. Jamais sa coéquipière ne s'est montrée aussi indiscrète. Thomas inspire, son mal de tête ne passe pas, alors il se concentre sur un point lumineux quelque part dans son esprit (c'est son coach sportif qui lui a appris cette technique. Nicolas. Presque cent kilos de muscles et une bouille de bébé).

– Décidément, on ne peut rien te cacher.

– Je te l'ai dit : tout le monde connaît tout le monde ici.

– La prochaine fois, on ira boire des bières sur la plage, au moins on aura la paix.

– Elle pensait que vous étiez ensemble, c'est drôle, non ?

– Hilarant.

Ils roulent dans un silence pesant. Au bout d'une petite dizaine de kilomètres, Joanne coupe le moteur quelque part en bordure de bois, à deux pas d'un camp de migrants. C'est leur première mission du matin. Un *petit* campement, fort heureusement, avec quoi, deux ou trois tentes, un fil à linge où on avait accroché des vêtements d'enfants usés, troués par endroits. Qu'est-ce que ces gens fichaient là et d'où venaient-ils ? Syrie ? Soudan ? Afghanistan ? De toute façon, Thomas est incapable de pointer ces pays sur une mappemonde.

Les deux policiers sont à peine sortis de leur véhicule qu'un homme au visage grêlé et aux yeux presque noirs surgit de derrière l'une des tentes. Escorté de trois enfants. Il dit s'appeler Jaïr. Les mômes, tous des garçons, ont le visage crasseux et le regard implorant. Ils savent inspirer de la pitié, bientôt ils vont se mettre à chialer, mais Thomas et Joanne ne se laisseront pas amadouer.

Ils expliquent qu'il faut lever le camp au plus vite.

D'abord en français, puis dans un anglais approximatif, et enfin avec de grands gestes.

Ils rappellent aussi qu'eux sont des gentils, *nice people*. Si le type avec sa drôle de tête et ses mioches cracra ne se tirent pas au plus vite, leurs collègues de la nationale vont finir par débarquer. Et eux ne leur feront pas de cadeaux.

Bad cops.

(Thomas mime un geste incompréhensible au-dessus d'une des tentes.)

Do you understand ?

Allez, ouste !

Retour en périphérie de la ville, Thomas et Joanne ont la dalle, il est presque midi trente, mais ils aimeraient se débarrasser de la prochaine intervention au plus vite. Ils entrent dans un immeuble à la façade plus que décrépie. Avec le fric qui règne ici, on se demande pourquoi le bâtiment n'a pas été rasé. Ou alors (Thomas réfléchit tandis qu'il monte dans cette cage d'escalier aux relents de friture et de vieux mégots), ou alors ce genre d'endroit sert à rappeler que le déclassement est possible, même ici dans une charmante petite ville balnéaire.

Un problème de voisinage.

Classique !

Des voisins (étonnamment âgés) qui en viennent aux mains parce que l'un des deux regarde la télévision trop fort.

Thomas s'apprête à dire quelque chose, mais Joanne le prend de court. D'une voix ferme et déterminée, elle leur fait la leçon, usant du même argument qu'avec les migrants : à la prochaine altercation, c'est la *nationale* qui débarque.

Les deux papys baissent la tête. Ils se figurent déjà le GIGN défoncer leur porte à coups de bélier, puis mitrailler l'intérieur jusqu'à réduire chaque meuble en petits morceaux.

Bonne journée.

Et bon appétit !

L'après-midi se traîne un peu.

Les patrouilles dans les rues piétonnes leur semblent interminables. Thomas se montre plus renfrogné que jamais, et Joanne choisit de ne pas remettre une piécette dans le juke-box. Ce n'est pourtant pas l'envie qui lui manque. Elle se sent vexée, légèrement en colère qu'il la rabroue ainsi. Que jamais il ne lui fasse la moindre confidence.

Vers dix-sept heures, ils interpellent un jeune gars titubant sur un trottoir, une bière à la main. Des cheveux longs, bouclés et d'une blondeur devenue sale. Des ongles noirs. Ses yeux sont ceux d'un illuminé. Le maire (le grand patron de la police municipale) a produit un arrêté récemment : pas d'ivresse sur la voie publique.

Joanne, qui d'habitude s'en tient aux menaces, se montre intraitable.

« On va appeler les collègues de la *nationale* pour qu'ils vous placent en cellule de dégrisement. »

Pourquoi tant de zèle ? se demande Thomas. Depuis la famille de clandos, il ne peut plus en placer une.

– T'es sacrément énervée, dis-moi. Qu'est-ce qui t'a pris ? Le mec peut dessaouler chez lui, non ?

– Tiens, tu m'adresses de nouveau la parole ?

– Toi, tu lâches jamais, hein. Donc je répète : j'ai eu une sale journée, un gros mal de tête et des soucis, c'est quand même pas compliqué à comprendre.

– Pauvre chou : une migraine.

– Sympa, je retiens pour la prochaine fois.

– Je suis rarement malade.

– Ouais, ouais, jamais malade, toujours souriante, toujours ponctuelle.

– Essaie de me prendre comme exemple, rétorque Joanne avec ironie, c'est pas si difficile et ça te rendra la vie plus facile.

– OK, t'as décidé de me faire chier pour je ne sais quelle raison. Je vais rentrer et demain on n'en parle plus.

– T'es plus susceptible qu'une gonzesse, ma parole.

– Stop !

Tous deux inspirent profondément et font claquer leur portière presque au même moment.

Joanne insiste pour le raccompagner et tant pis pour le petit détour, ça lui fait plaisir.

– Repose-toi, Thomas, sois plus en forme demain, lui souffle-t-elle en stoppant la voiture pile devant chez lui.

– T'as raison, je vais me pieuter direct.

– Ça a l'air sympa chez toi, tente Joanne dans un ultime effort.

– À demain, collègue, répond Thomas avec un petit sourire forcé.

Joanne est sur le point de lui rétorquer qu'il devrait éviter de trop *fumer* pour ne pas entamer sa bonne humeur (c'est prouvé scientifiquement que consommer de la marijuana augmente le risque d'éprouver de l'anxiété), mais elle garde cette cartouche pour plus tard.

Plusieurs minutes sous le jet d'eau brûlante, jusqu'à ce que la peau de ses épaules rougisse. Juste avant il a effectué cinq séries de crunch et travaillé ses triceps. Plus quelques étirements du bas du dos. Joanne conduit vraiment trop mal, à chaque fois il a les lombaires en compote.

Pour dîner, (grosse) flemme oblige, il commande une pizza, malgré sa détestation de ces applis de livraison et l'écart dans son régime alimentaire.

Thomas a envie de se coucher tôt (il n'y parviendra qu'à moitié), peut-être bouquinera-t-il une petite heure ou deux. Il aurait bien envie d'une histoire violente et érotique comme celle du mois dernier, avec ce personnage qui se promenait de famille en famille (des familles bourgeoises où il se faisait passer pour un cousin éloigné), poussant chaque membre à se donner la mort après avoir eu des relations intimes avec lui.

Maquiller un crime en suicide reste le meurtre parfait par excellence, que Joseph le veuille ou non. D'ailleurs, après un rapide tour sur le Net, des faits divers où des ados, notamment, se lancent comme défi macabre d'en finir (par pendaison ou étouffement), il en existe des pages et des pages.

Contrairement à ce qu'il s'est imaginé, le livreur est un étudiant (français) au sourire pâle. Thomas, dans son immense générosité, lui donne un euro de pourboire.

Avec une pizza à la saucisse épicée, un mini (mini) joint s'impose. Une bière (légère) ne va pas le tuer non plus.

Son roman attendra : Thomas passe la soirée devant son écran à lire des articles sur le fils Chevallier. Barnabé… Quel prénom grotesque. Pour un jardinier de surcroît. On se croirait dans un dessin animé !

Et quelle drôle de tête, quelle flamme étrange au fond des yeux. Thomas est incapable de décider si ce Barnabé en question est doté d'un certain charme (ses traits sont fins et sortent de l'ordinaire) ou si quelque chose dans son regard le gêne.

Bon, après tout, il s'agit d'une photo en noir et blanc de piètre qualité.

Si l'on en croit les papiers rédigés par Joseph, notre jardinier était fortement apprécié. Tous louent sa discrétion, sa gentillesse et surtout son professionnalisme.

*

BARNABÉ

Le père a fini par accepter. Preuve qu'il n'est pas ce monstre décrit par le fils ! De toute façon, au moindre débordement, des sanctions seront prises.

(Telles que l'internement psychiatrique. Même s'il défend ardemment le soin par le langage, le père *sait* que dans cette catégorie de troubles, dans ce type de délire, la psychothérapie n'a malheureusement pas montré son efficacité.)

Barnabé devient donc officiellement le jardinier du manoir, à condition évidemment de jouer la carte de la discrétion, de ne parler à aucun patient, de garder ses distances.

Pour ce qui est des sorties éventuelles, achat de matériel, équipement, tenues de jardinage (Barnabé aurait bien besoin d'une nouvelle paire de gants. Ceux qui protègent les mains et les avant-bras, ceux qui résistent à l'abrasion, au sodium, à l'acide…), eh bien, ce sera la mère qui s'en chargera.

« Fais-moi une liste, Trésor, et je passerai à Jardiland ! »

Le message est clair : Barnabé peut évoluer dans les limites du manoir, mais pas question de dépasser la grille.

Ils ne veulent pas qu'on sorte du jardin ? T'inquiète, on les aura à leur propre jeu. On les envoie faire leurs emplettes, et ça nous laisse le champ libre.

La première commande de Barnabé est la suivante : deux paires de gants, du désherbant Allées et Terrasses, du Roundup (avec glyphosate), de la bouillie bordelaise, du désherbant anticochenilles (Cochenilles Express !), un fongicide pour éliminer les principales maladies des rosiers comme les taches noires, deux paires de GRANDES cisailles à l'acier trempé, et une jolie scie d'élagage dont il rêve depuis longtemps.

La mère note. Sur un post-it orange, puis sur un rose. Elle est assise à la table de la cuisine, Barnabé se tient juste derrière elle, debout, ses mains lourdement posées sur les épaules maternelles.

Il parle fort, répète plusieurs fois les mots *scie*, *cisailles* et *acier*. De la manière dont sa voix s'emballe et dont ses doigts s'agrippent, la mère sent l'excitation du fils.

Cisailles, cisailles, cisailles !

Depuis son réveil, la mère est en proie à une affreuse migraine, d'ailleurs elle aurait préféré rester couchée dans l'obscurité de sa chambre.

Cisailles, cisailles, cisailles !
La mine du crayon de bois se brise.

« Tu peux pas écrire au stylo comme tout le monde ? » s'impatiente Barnabé.

Lui aime beaucoup écrire au bic quatre couleurs, comme à l'école. Ça permet de mettre un peu de gaîté sur la feuille, en alternant par exemple le bleu et le rouge. C'est d'ailleurs ce qu'il a fait une bonne partie de la nuit.

Recommençant plusieurs fois, raturant, déchirant le papier.

Trop dur d'écrire un mot d'amour.

Plus dur en tout cas qu'un mot de haine, de mise en garde, de chantage !

Au petit matin, il a finalement péniblement réussi à aligner deux phrases. Puis il a plié le papier en quatre et l'a soigneusement rangé dans la poche arrière de son jeans.

La mère se lève et disparaît dans le vaste salon en quête d'un stylo. Dans sa frêle poitrine, le cœur bat plus vite que d'habitude.

Bien sûr qu'elle est heureuse de savoir son petit auprès d'elle, mais ce jardin est si grand… Pourquoi ne pas rester au grenier ? Elle pourrait avoir un œil sur lui, le nourrir, le dorloter, lui éponger le front.

Toute sa vie elle pourrait lui éponger le front.

En son for intérieur, elle sait qu'il n'est pas prudent de le laisser courir au grand air. D'autant que le père sera soit cloîtré dans son cabinet, soit en *rendez-vous à l'extérieur*. La dernière fois, il sentait si fort le parfum qu'elle en a eu la nausée. Il ne s'en cache même plus. À la prochaine étape, peut-être rentrera-t-il le front couvert de rouge à lèvres.

« Je rentre dans une heure, une heure trente max, mon chéri, ne t'inquiète surtout pas, ce ne sera pas long. »

Barnabé n'est pas inquiet. Au contraire. Maman à peine partie du manoir au volant de sa petite décapotable, il se précipite vers le muret.

*

CÉLIA

Mon pied me fourmillait. Afin de chasser l'engourdissement, j'ai tenté quelques flexions et extensions, ainsi que me l'avait vaguement conseillé l'urgentiste, mais une vive douleur m'en a rapidement dissuadée.

Pendant toutes ces années, Rosalie n'a pas *osé* renouer le contact, par peur de me déranger, disait-elle. Je suppose qu'à force d'être rabaissée et de perdre toute assurance, on finit par se persuader de n'être qu'un poids, une épine dans le cœur des autres. Je ne suis pas dupe : ce genre d'excuse était aussi une manière, consciente ou non, de me culpabiliser, me rappelant au passage que, pendant toutes ces années, je n'avais pas fait l'effort de m'inquiéter, alors que je savais.

Et vous, Célia, qu'elle est votre excuse ? me demandera la juge du tribunal de la Grande Culpabilité.

Je vous répondrai, votre honneur, que c'est le manque de temps, bien sûr, car le temps file à toute allure, il faut faire des choix parmi ses fréquentations, surtout quand on n'en manque pas, qu'on ne souffre pas de solitude ou qu'on possède le luxe suprême de pouvoir choisir la solitude plutôt que la subir.

La vraie raison était que je ne voulais pas, que je ne *voulais plus* entendre la complainte d'une victime consentante. Je ne devrais pas dire des choses pareilles, je suppose que je devrais avoir honte d'employer l'expression *victime consentante.* Mais accepter à ce point son sort, courber l'échine jusqu'à ramper aux pieds de ce type, c'était simplement trop pour moi. Surtout à notre époque, dans une société comme la nôtre. Celles et ceux qui fuyaient leur pays en proie à la guerre et qui risquaient leur vie avaient mille fois plus de courage que Rosalie. Je les connaissais, du moins je les côtoyais chaque jour, ils me racontaient leurs histoires effroyables de guerre civile, de villages rasés par quelque ethnie rivale, de massacres, de viols.

Qu'est-ce qui empêchait Rosalie de prendre ses valises et de partir ? Elle n'avait même pas son mari en semaine pour la surveiller. On me rétorquerait sûrement le manque d'argent, le manque d'autonomie, mais il existe des associations, même ici (je me suis renseignée, c'est absurde d'effectuer ce genre de démarche quand la personne n'est plus).

Pourquoi je ne lui ai pas parlé franchement ? Elle se serait peut-être fâchée, mais nous n'étions plus vraiment amies, aucune d'entre nous n'en aurait souffert.

Parce que ce n'était pas le moment.

Mais est-ce jamais le bon moment ?

Ma mère avait l'habitude de me dire qu'on ne frappe pas un animal à terre.

Quand je pense qu'elle n'exerçait aucune activité professionnelle, sauf s'occuper de ce site Web ridicule. Rédigeant çà et là quelques lignes de présentation ou s'improvisant photographe. La seule chose réussie du site, c'étaient les portraits de Damien, desquels émanaient une quiétude et un certain charme.

*

THOMAS

« Je ne veux pas me mêler de ce qui ne me regarde pas, mais tu es sûr que ça va ? »

Joanne pose la question entre deux bouchées d'un sandwich jambon-crudités (pas terrible, il faut bien l'avouer) acheté à la boulangerie-pâtisserie-chocolaterie du centre. Leur pause déjeuner, ils la prennent dans la voiture de patrouille, tandis que le brigadier-chef est allé, selon ses propres dires, « faire un tour pour s'aérer la tête ».

D'après Joanne, ça ne fait aucun doute : le chef a une maîtresse.

Mais là n'est pas la question.

La question est : pourquoi son binôme, Thomas, se comporte-t-il de manière bizarre ces temps-ci ?

Il y a deux jours, c'était l'excuse d'une soirée trop arrosée. Soit. Hier, elle a eu droit à une histoire alambiquée d'intoxication alimentaire suite à l'ingestion d'une pizza à la saucisse piquante (Joanne a failli éclater de rire, mais s'est retenue). Aujourd'hui, il lui a fait le coup d'un mystérieux virus qui le fatigue énormément. Thomas a surtout l'air d'être ailleurs. De manquer terriblement de concentration. Son regard se perd dans le vague, son front est lourd de soucis.

Quand cela a-t-il commencé ?

Joanne se pose la question pour la forme. Elle sait parfaitement (croit savoir) à partir de quel jour son binôme a commencé à changer d'attitude.

Jeudi.

Thomas n'a jamais été bavard ni friand de confidences, mais cette mine chiffonnée, cet air de porter un fardeau sur la tête, jamais il ne l'avait affichée auparavant.

Oui, jeudi dernier.

Lors de cette journée d'intervention devant des lycéens à propos de la sensibilisation au danger du harcèlement.

Thomas n'avait-il pas, ce fameux jeudi-là, franchi la limite ?

Encore une question purement rhétorique.

Bien sûr qu'il l'avait franchie.

Quelle déception pour Joanne ! Elle le voyait comme quelqu'un de distant, secret, un peu égoïste (les hommes le sont tous plus ou moins), mais de là à se placer du mauvais côté de la loi…

Joanne ressasse.

Elle est toujours du bon côté, là où l'on sait se tenir, où l'on se souvient du sens du mot *civilisation*, où l'on comprend la différence entre le bien et le mal.

Au lycée, Thomas s'est visiblement assis sur toutes ces distinctions.

Joanne ressasse et se dit qu'elle aurait dû avertir la hiérarchie, qu'elle est trop bonne avec son (beau) collègue.

Bien sûr qu'elle a tenté d'oublier. De se persuader que ce qu'elle avait pourtant vu de ses propres yeux n'était qu'une invention de l'esprit.

En vain. Joanne est une fille trop droite, trop sérieuse. Elle a néanmoins commis l'erreur de ne pas faire de rapport. L'a-t-il seulement remerciée ?

Lors de cette fameuse journée, donc, Joanne a surpris son collègue derrière le bâtiment ; il fumait un joint, et non une cigarette, comme il l'avait annoncé au sortir du déjeuner que Joanne et lui avaient partagé avec les professeurs à la cantine, dans une salle légèrement en retrait qui leur était réservée.

Son menteur de collègue qui, à peine son repas avalé (à côté, le sandwich jambon-crudités c'est de la grande cuisine), annonçait à la tablée qu'il avait besoin d'une clope.

Lui qui d'habitude ne fume jamais au travail…

Elle désirait l'accompagner, déjà prête à se lever et à débarrasser son plateau, mais un prof (de sport) assis en face l'avait retenue avec une question entendue déjà mille fois : comment font les femmes dans un milieu si macho ?

Quelle plaie.

Elle était sur le point de le héler, « Hé, attends, je viens avec toi », mais Thomas, assisté d'un autre professeur (de physique-chimie) qui, de son doigt pointé, indiquait une porte de service menant à l'arrière du bâtiment, où il pourrait « fumer tranquillement sans être embêté » (à rebours, elle se demande s'il ne s'agissait pas d'une sorte de code entre eux, un message crypté !), Thomas, donc, a rapidement quitté la table, et un instant plus tard la porte de service se refermait derrière lui.

Il a fallu à Joanne cinq bonnes minutes pour se défaire de la conversation et retrouver sa trace, à l'arrière du bâtiment. Il était caché par des buissons, auréolé d'un petit nuage de fumée à l'odeur si reconnaissable.

Tirant avec avidité sur son cône, les yeux plissés, tellement concentré qu'il ne l'avait pas remarquée.

Que lui aurait-elle dit sur le coup ?

L'hébétude était telle qu'elle s'est contentée de rebrousser chemin, encore incapable de donner un sens à ce qu'elle venait de voir.

– Je suis barbouillé, je t'ai dit. Et c'est pas avec ce sandwich dégueu que ça va aller mieux. Six euros en plus. De la mayo à la place du beurre : ils se foutent du monde.

– Tu donnes l'impression d'être hyper inquiet.

– Bah, c'est une impression, rien qu'une impression. Je chope toutes les saloperies en ce moment. Bientôt la grippe.

– Thomas, on travaille ensemble depuis trois ans, et je te connais un peu.

– Euh, je crois pas, non…

– On est collègues, on passe des heures ensemble.

– Et ça t'autorise à me dire que tu me connais ?

– T'es de mauvais poil ou quoi ?

– Lâche-moi un peu, Joanne, OK ?

Joanne n'en croit pas ses oreilles.

Elle qui essaie simplement de faire preuve d'empathie. D'être une oreille amie, une confidente, et lui de l'envoyer paître comme une vulgaire stagiaire.

On tape contre la vitre.

C'est tellement soudain que Joanne pousse un petit cri. Le brigadier-chef. Tout souriant, le front collé contre la vitre.

« Je vous ai fait peur, brigadier Joanne ? »

Joanne ramasse le petit bout de sandwich tombé par terre ainsi que sa serviette en papier. Leur supérieur veut savoir s'il leur prend un café à emporter. C'est sa tournée. Il en a pour moins de dix minutes.

Tandis qu'il repart en sifflotant, Joanne se redresse, arrange ses cheveux, expire, puis se tourne vers le visage impassible de Thomas.

Le beau Thomas qui manque cruellement de courtoisie à son égard.

Bref, il se fout de sa gueule.

« Tu as moins de dix minutes pour me dire pourquoi tu fumais de l'herbe l'autre fois au lycée. Au moins, j'apprendrai un peu à te connaître. Sinon, c'est simple : j'en parle au chef. »

*

CÉLIA

Au sujet du psychiatre, je ne devais me faire aucune illusion. Secret médical. Fin du suspense. « Nous l'avons interrogé hier lors d'une courte visite à domicile », a ajouté le *good cop*, en guise de justification. « Il nous a poliment mais fermement fait comprendre qu'il ne lâcherait rien. »

Quelques minutes passèrent, pareilles à des heures. Je restais sidérée, tandis que la lieutenante me fixait de son drôle d'air. Mes réactions paraissaient la fasciner au plus haut point. Brusquement elle a déclaré que les psys et les avocats sont de la pire espèce. Toujours à se réfugier derrière quelque privilège pour empêcher la police d'effectuer correctement son travail. Concluant par un « ça me fout en rogne » qui était peut-être une invitation à exprimer mon indignation, ma rage, ma tristesse, ou bien un piège qu'elle me tendait afin que je lui révèle une autre part de moi-même.

Jamais auparavant je ne m'étais posé la question du secret professionnel. Le droit de ne pas voir sa vie privée divulguée par le premier médecin venu m'a toujours semblé aller de soi. Mais si ce droit se heurte à une enquête criminelle ? Si Rosalie avait, en dépit du caractère confidentiel des séances, révélé des éléments clés qui aujourd'hui permettraient de faire avancer l'affaire ? Si elle s'était sentie inquiète, menacée, en danger ?

Aurait-elle joué la comédie ? Évité à chaque instant d'évoquer son mari ? Séance après séance, Rosalie, allongée sur le divan, discourant de tout et de rien, sans jamais atteindre le cœur du sujet.

Je refusais de m'y résoudre.

Le ressentiment que j'éprouvais à l'égard du psychiatre, que grâce aux descriptions de Rosalie je visualisais parfaitement (un vieux beau tiré à quatre épingles, lunettes, barbe, regard acéré, toute la panoplie des fouilleurs de conscience en somme), n'avait jamais été aussi fort. Pour la première fois, j'ai souri à la lieutenante.

*

BARNABÉ

Accroupi sur l'allée de gravillons, Barnabé vaporise le désherbant rapporté il y a quelques minutes à peine par la mère, tout essoufflée.

Pshit, pshit, pshit.

« Quel monde à Jardiland ! J'espère que tu ne m'y enverras pas tous les jours, mon beau. »

Barnabé ignore la complainte maternelle et se concentre sur les gravillons.

Pshit, pshit, pshit.

La mère est partie en tout et pour tout une heure. Barnabé a eu à peine le temps d'un aller-retour (et encore, en marchant hyper vite !) entre le manoir et la maison de son Amoureuse pour lui glisser un poème dans la boîte aux lettres.

Ni vu ni connu.

Il n'empêche que, la prochaine fois, il faudrait l'envoyer acheter un truc difficile à trouver ou faire découper du bois – ça prend toujours des plombes…

Pshit, pshit, pshit.

Quelle saloperie, ce désherbant, mais bon, au moins ça vous tue tout ce qui dépasse. Tant pis pour les alternatives *naturelles* comme l'eau mélangée au gros sel. C'était pourtant son concept de départ et le titre de l'entreprise montée avec Sam : Le Respect de la Nature.

Sam et Barnabé se sont rencontrés à l'hôpital de jour. Contrairement à Barnabé, Sam avait fait de la prison ferme pour trafic de cannabis et « un peu » de cocaïne.

Sam disait que c'était injuste d'envoyer les petits dealers (noirs) derrière les barreaux, tandis que les petits bourges (blancs) fumaient et se faisaient des lignes sur le capot de leur voiture sans jamais être inquiétés.

« T'en as même qui écrivent des bouquins, c'est tellement chic, la coke, et pendant ce temps nous on pourrit en tôle. »

Le Respect de la Nature. Tu parles ! peste intérieurement Barnabé.

Pshit, pshit, pshit.

Sam l'a bien embobiné avec ses belles paroles et son discours hyper rodé. En vrai, c'est Barnabé qui se coltinait tout le boulot : convaincre les clients en faisant du démarchage, puis en bossant comme un forcené. Sam, lui, s'occupait de la gestion, des factures, de la promo…

Barnabé, l'homme d'action, l'homme du désherbage, débroussaillage, taillage, élagage, abatage, tonte, entretien du potager, des allées, des haies, des arbustes, des massifs, des terrasses, des balcons !

Sam, l'homme de l'ombre, soi-disant expert-comptable, associé, ami, confident, et qui, du jour au lendemain, s'est volatilisé.

Avec le fric !

Si Sam n'était pas parti, Barnabé n'aurait pas été contraint de revenir habiter chez ses parents.

Si Sam ne l'avait pas trahi, Barnabé aurait toujours son entreprise, sa camionnette, sa putain d'indépendance.

Pshit, pshit, pshit.

À présent il brandit le sécateur flambant neuf. C'est maintenant ou jamais qu'il faut offrir aux rosiers une bonne petite coupe. Sinon, ils deviendront sauvages et piquants, avec de grosses boursouflures à la place des fleurs.

*

CÉLIA

Il m'arrive de croire qu'un amant vaut toutes les analyses du monde. Le plaisir engendre la confiance, il ne coûte rien, il est accessible à tous. Rosalie m'aurait répondu que son psy lui était en grande partie remboursé et qu'elle n'était pas le genre de femmes à chercher des aventures extraconjugales. Ce à quoi j'aurais rétorqué : tu es trop classique, Rosalie. Pourquoi n'avons-nous jamais eu cette conversation pour de vrai ? Me voilà condamnée à imaginer, à me repasser inlassablement le film. Oui, mais jusqu'à quand ?

Un très bon ami m'a un jour confié que, durant son entretien d'embauche, ses interlocuteurs l'avaient longuement cuisiné sur la notion de fidélité dans le couple. Avec des questions sans ambages, du type était-il de ces hommes qui cèdent facilement à la tentation, d'autant qu'il s'était marié jeune et que le couple s'érode sous le poids des années. Je n'en revenais pas d'un tel degré d'intrusion, pour moi la vie privée et l'intimité demeuraient les derniers remparts dans une société égocentrique, obsédée par la mise en scène de soi. Une société sans secrets est une société fasciste. Où allions-nous, si les employeurs s'y mettaient. Mon ami m'a rétorqué que, dans son cas, d'autres règles prévalaient, que l'organisme pour lequel il postulait appartenait au domaine de la défense et de la sécurité militaire, d'où cette obsession pour la fidélité. Ainsi que le lui avait expliqué l'un de ses interlocuteurs, c'est souvent après l'amour qu'on s'épanche, surtout auprès d'une maîtresse ou d'un amant. Qu'adviendrait-il si derrière l'amant ou la maîtresse se cachait un espion ? Si la sécurité du pays était compromise à cause d'une banale confidence sur l'oreiller ?

Souvent, je songe à cette histoire et je me dis que je préférerai toujours les espions aux psys, car les espions ont des comptes à rendre, *eux*, les espions prennent des risques, ils ne viennent pas lâchement se cacher dans l'ombre du secret professionnel.

Si Rosalie avait eu un amant, la police l'aurait convoqué sur-le-champ. Et pas d'excuses, cette fois, me suis-je contentée de dire à mes deux interlocuteurs. L'aveu de la lieutenante à propos des médecins et des avocats m'avait mise en confiance, grisée en quelque sorte, voilà pourquoi je me suis permis de faire cette remarque. Sans forcément réfléchir aux conséquences. La lieutenante a tout de suite rebondi. Elle a voulu savoir si, lors de nos échanges, il avait été question d'un amant. Encore une occasion de me taire. Pas à ma connaissance, non. Alors, pourquoi cette remarque de ma part ? Simple supputation, ai-je répondu tout en me demandant si ce terme n'était pas trop alambiqué.

Et vous ?

Après m'avoir considérée, la lieutenante a recouvré son visage de *bad cop*.

Comment ça, moi ? Voulait-on savoir si j'avais un amant ? La lieutenante a rétorqué que, si je la laissais finir sa phrase, ce serait plus simple pour tout le monde. Et que cela empêcherait toute *supputation*.

Bien, recommençons.

N'y avait-il jamais rien eu *d'autre* entre Damien et moi ? *D'autre* que des relations de travail ? Durant notre formation ou plus tard ? Peut-être que nous avions eu l'occasion de nous recroiser… La question m'a soufflée. Dans ma tête, des images, des scènes s'enchaînaient à une vitesse stroboscopique.

Bien essayé, madame la policière. Je m'en voulais d'avoir moi-même soulevé le sujet de l'infidélité. Et voilà que je finissais par endosser un tout autre rôle. De l'amie retrouvée, je passais à la maîtresse jalouse. Qui insistait à ce point sur le récit du mari violent. Sans témoins ni preuves. Une amante éconduite qui cherchait à se venger en faisant accuser Damien.

Ça se tenait.

J'ai répondu que je l'avais toujours détesté, qu'il me répugnait, et que cette question me choquait profondément.

Le *good cop*, léger sourire au coin des lèvres, a répété *détesté* et ajouté que c'était fort comme terme.

Après toutes ces années, vous le détestez encore ?

*

BARNABÉ

Une rose est en train de lui parler.

Il croit rêver

Il ne rêve pas.

C'est, bizarrement, la seule rose en fleur à cette période de l'année, d'une beauté éblouissante (rouge sang), enveloppée d'une pellicule de givre. En se rapprochant, il remarque que les pétales vibrent très légèrement, comme la surface d'une eau qu'un vent facétieux caresse.

La voix de la rose est douce, féminine, elle lui dit avoir reçu le poème et que c'est le plus beau poème jamais écrit.

Putain, l'hallu ! Profitons-en, car ça n'arrive pas tous les jours…

Clarisse avait essayé une fois de lui parler à travers le poste de télévision, mais son message avait manqué de clarté.

La rose conclut en récitant le poème à voix haute, puis elle supplie Barnabé d'en écrire d'autres, et pourquoi pas de venir en personne les déclamer.

« Barnabé, ça fait vingt minutes que tu es accroupi devant les rosiers. Tout va bien, Trésor ? »

La mère le tire brutalement de sa transe, se tenant à quelques mètres derrière lui, le front creusé par l'inquiétude. Ne l'a-t-elle pas entendu chuchoter à voix haute ? Comme si… comme s'il dialoguait avec un ami imaginaire.

C'est si violent que, durant quelques secondes (minutes ?), il ne sait plus où il se trouve, ne reconnaît plus la maison, ni les arbustes, ni à ses pieds l'herbe fraîchement coupée.

– Barnabé, tu m'entends ?

– Ça va, ça va… Pas la peine de gueuler non plus !

Bien sûr qu'il reconnaît le décor. Il a travaillé comme un forcené toute la matinée, coupant, bêchant, élaguant avec une vélocité retrouvée.

– Le déjeuner est servi, mon loup.

– Ça tombe bien, j'ai les crocs.

– Sans gâcher toute la surprise, il y a des œufs mimosa en entrée.

– J'arrive !

– Il ne me reste qu'à cuire la viande... Oups, pardon, j'en ai presque trop dit.

– Oui, bah, elle va pas se sauver non plus, faut que je range les outils, j'aime pas les laisser dehors même pour une heure.

– Eux non plus ne vont pas se sauver, mon canard !

– J'ai dit : j'arrive !!

Dans la remise, légèrement courbé au-dessus de l'établi, il considère longuement un maillet qui lui servira sans doute plus tard à remettre la clôture de bois en place.

Ou à remettre tes vieux en place une fois pour toutes !

– C'est pas facile à transporter...

Commence avec un sécateur, dans ce cas.

– Arrête, tu vas finir par me donner des drôles d'envies.

– Qu'est-ce que tu dis, mon lapin ?

Barnabé n'est pas du genre à sursauter pour un oui ou pour un non (pas comme ces bonnes femmes hystériques qui au moindre courant d'air sont capables de laisser tomber des piles d'assiettes sur le carrelage !), mais il a tout de même ressenti un léger frisson descendre le long de sa colonne. Avant de se retourner, il glisse le sécateur dans la poche de la grosse polaire que la mère lui a recommandé de porter.

– Tu parles tout seul ?

– Ça va pas, non !

– Ouh le menteur, je viens de t'entendre… Tu disais que *ça te donne de drôles d'envies…* Des envies de quoi ?

La mère (ou plutôt une silhouette se découpant en ombre chinoise sur le seuil de la porte) s'efforce de parler d'un ton léger.

– Faut croire que c'est toi qui entends des voix.

C'est maintenant ou jamais. Aucun témoin, des outils à profusion. On la plante et on se casse.

– Ça doit être ça, mon petit rat, ta pauvre mère qui déraisonne…

La mère renonce à argumenter.

On ne sait jamais.

Changer de sujet de conversation lui apparaît la meilleure solution.

– Tu dois être fatigué après cette matinée bien remplie. Allez, viens manger… Je t'ai préparé un steak ! Bien saignant, comme tu les aimes. Et des frites !

– Super, donne-moi deux minutes.

– Je préfère que nous y allions ensemble, si tu veux bien.

Barnabé souffle bruyamment.

– On peut jamais être tranquille, ici !

– Mais c'est qu'il est de mauvaise humeur, le petit.

Barnabé glisse une main dans sa poche. Il sent le froid des lames, et cette sensation lui procure une petite décharge au creux du ventre.

– C'est bon, on y va.

– Habillé comme ça ?

– Quoi, comme ça ?

– Tu veux rentrer avec cette polaire ?

– Euh, oui, pourquoi, il y a un nouveau *dress code* au manoir ?

La mère sourit innocemment.

– Pas du tout, c'est juste que des manteaux et des polaires, il y en a plein les armoires à la maison, celle que tu portes, on la laisse normalement dans la remise, tu comprends ?

Qu'est-ce qu'elle est casse-couilles quand elle s'y met. Toujours à chercher la petite bête, à le pousser à bout.

– Donne-la-moi, je vais la ranger.

– Laisse, je suis pas un gamin non plus.

– Décidément, tu es tout agité, tu dois *vraiment* avoir faim.

Avec une agilité propre aux mères, elle lui ôte sa polaire et se dirige vers un clou grossièrement enfoncé dans le mur, qui apparemment passe pour un porte-manteau.

– Tiens, tu as oublié quelque chose dans ta poche, Barnabé.

– Ah bon ? demande Barnabé le plus naturellement du monde.

*

Nous avons repris contact, Damien et moi, il y a quelques années de cela. *Quelques années*, c'est vague, presque flou. Pas aussi immémorial qu'*il était une fois*, mais c'est un bon début pour oublier. Ça a commencé par un banal SMS auquel je me suis juré de ne pas répondre. Puis un deuxième : Damien était de passage en ville et me proposait de prendre un verre. Ça lui ferait tellement plaisir après tout ce temps. De savoir comment j'allais (troisième ou quatrième SMS), puisque je n'avais pas donné beaucoup de mes nouvelles. Aucune, en réalité. Intérieurement, je pestais, me maudissant d'être joignable aussi facilement. Le simple fait de lire ses mots, ses phrases banales, vaguement culpabilisatrices, me mettait dans des états pas possibles.

Un verre, ça n'engage à rien, me soufflait ma voix intérieure. De quoi est-ce qu'elle se mêlait ? Personne ne lui avait demandé son avis. Et pourquoi insinuer que, de toute façon, je finirais par céder, m'installer à une terrasse ? Les *gens* comme Damien possèdent une puissance considérable de persuasion. C'est leur seul projet de vie : peu importe le sujet ou l'idée (le fait est qu'ils ont peu d'idées à défendre), l'important est d'avoir raison. De grands paranoïaques, voilà ce qu'ils sont. Leur tenir tête est difficile, voire impossible, et leurs réactions, imprévisibles.

J'ai cédé.

Rendez-vous dans un quartier touristique du centre, dans une brasserie grouillante de couples venus des quatre coins du monde, vêtements amples, chaussures de marche, comme si les rues de la ville étaient des chemins de randonnée rudes et caillouteux, appareils photo crépitants, du temps où le portable n'avait pas encore tout remplacé.

Un paranoïaque de la trempe de Damien ne peut agir en toute impunité sans deux atouts essentiels : un don inné de la manipulation et beaucoup de charme. À peine assis il engageait la discussion sur Rosalie, à qui je manquais beaucoup, « elle me parle souvent de toi, ça lui ferait plaisir que tu donnes de tes nouvelles ». Bien que rompue à ce type de discours, je me suis sentie coupable. Rosalie ne m'avait rien fait, nous ne nous étions pas fâchées. Le seul fautif était Damien, avec qui je bavardais, riais.

Et s'il avait tout bonnement changé ? Et si moi je n'avais pas fait preuve d'objectivité ? S'il n'avait dérapé qu'une fois ? Qui n'a jamais été aveuglé par la colère ? Les questions me taraudaient. Suivies par des arguments que je me répétais pendant que Damien et moi poursuivions, toujours souriants, en trempant nos lèvres dans nos jolis verres : on ne frappe *jamais* quelqu'un une seule fois, simplement parce qu'on a perdu son sang-froid. La violence n'est *jamais* un accident, une petite sortie de route avant de revenir dans le droit chemin.

Un collègue m'avait un jour reproché de ne pas être capable de donner une seconde chance. À propos d'un artiste qui avait battu sa compagne à mort. Que j'étais contre toute forme de réinsertion. De réhabilitation. Comme s'il fallait, à l'image de certains contes, couvrir le méchant de poix pour le restant de sa vie.

Avec le plus grand naturel du monde, j'ai répondu avoir revu Damien à l'enterrement. Entre-temps, je n'ai eu aucun contact avec lui. La lieutenante n'a laissé paraître aucune forme d'émotion pendant que je déroulais ma réponse. Je suis sûre qu'elle n'en croyait pas un mot, peu importe, elle ne pouvait prouver le contraire, et de toute façon qu'avais-je fait de si terrible à part passer une soirée en compagnie de mon ennemi ?

Je reste persuadée que, si j'avais raconté ces éphémères retrouvailles, les flics en auraient déduit que nous avions couché ensemble. Jamais je ne coucherais avec un homme pareil. Jamais. Même désespérément seule, même ivre morte. Mon père disait que la faim fait sortir le loup du bois. Il se trompait, bien que l'idée que le loup puisse aussi être une femme m'ait toujours séduite.

Damien s'était pris de passion pour l'Antarctique où il avait effectué plusieurs reportages plus « contemplatifs ». Je l'écoutais, assez fascinée je dois dire, me conter les terres de glace, la blancheur nue, immaculée, l'aridité où rien ne pousse vraiment, où survivre est une épreuve de chaque instant. Est venu le moment où j'ai eu une petite fenêtre de tir pour parler de moi. En quelques mots, sur ma reconversion. Selon Damien, il fallait du courage pour renoncer ainsi au journalisme et travailler dans le social. Courageuse, persévérante. Puis il a ajouté jolie, ce qui n'avait rien à voir, bien entendu, mais il tenait à me le dire. C'est important d'offrir un compliment, d'autant que c'était sincère. L'alcool me montait à la tête, Damien avait insisté pour recommander un cocktail écœurant dont j'ai oublié le nom, et bizarrement je ne parvenais pas à détourner le regard du sien. Brusquement, son pouvoir hypnotique m'a effrayée. De retour des toilettes, où j'avais plus ou moins repris mes esprits en me passant de l'eau froide sur le visage, j'ai prétexté une urgence. Mon fils était alors encore en bas âge ; qui douterait d'une excuse pareille ?

*

BARNABÉ

Hyper bon, le steak-frites : ça va lui donner des forces pour la suite. C'est sûr que c'est pas les végétariens, avec leurs racines à la con et leurs smoothies, qui pourraient faire le taf.

En parlant smoothie, la mère lui propose un milk-shake à la banane en guise de dessert, comme quand il était petit.

Du lait frais, entier, et *deux* bananes !

Elle insiste un peu trop lourdement, on devrait se méfier. Rappelle-toi son café au lait qui nous avait achevés…

Par prudence, Barnabé refuse. Poliment. À la troisième relance, ses nerfs lâchent.

– Tu m'emmerdes avec ton milk-shake dégueu.

– Mais tu adorais ça avant !

– Quand j'étais bébé, sans dents, oui, mais plus maintenant.

– Les bananes, c'est bon pour le potassium.

– J'aime pas les bananes, c'est si dur à envisager ?

– Bien sûr que tu aimes les bananes, je t'ai vu en manger une avant-hier.

– Pas mixée dans du lait, OK ? La prochaine fois, tu vas me proposer un biberon ?

La mère ne répond pas tout de suite. Elle semble perdue brusquement.

Bon, la haie ne va pas se tailler toute seule.

Barnabé se lève. Prêt à soulever des montagnes.

– J'y retourne, à plus.

– Tu ne veux pas te reposer avant ? Au moins t'allonger quelques minutes et prendre ton traitement ?

*

THOMAS

Parce qu'un Client a posté un avis négatif en ligne, H. est licencié de l'Entreprise sans préavis. Un agent de la sécurité le prie de bien vouloir débarrasser son espace de travail. Là, tout de suite. À peine le temps pour H. d'entasser pêle-mêle dans un carton quelques dossiers, une plante verte et une photo de famille. Dans le hall d'accueil, perchée derrière son comptoir, une hôtesse, froide et impassible, rappelle à H. de rendre son badge. Alors que, fébrile, il s'exécute, un jeune stagiaire le frôle et lui glisse un papier dans la poche arrière du pantalon. Dessus il est écrit le nom, le prénom et l'adresse du Client. Un immeuble des beaux quartiers.

Dès le lendemain, H. se poste devant l'entrée. Il a coupé sa barbe et teint ses cheveux pour ne pas être reconnu par le Client. Ils n'ont échangé que virtuellement, mais il y a une photo de H. sur le site de l'Entreprise – mieux vaut se montrer prudent. Quelques heures passent. Le Client apparaît enfin sur le parvis de l'immeuble. Visiblement de retour des courses, tirant son petit caddie à roulettes, sifflotant, heureux de vivre ! Dans l'ascenseur qui monte jusqu'au dernier étage, ils sont seuls. L'homme sourit au Client qui lui sourit en retour, ils parlent même du beau temps qu'il fait. Puis H. sort un couteau et plante le Client d'une cinquantaine de coups.

Sombre vengeance commence fort, se dit Thomas. Il a à peine lu trente pages que l'autre enflure se fait saigner comme un porc. Que nous réservent les deux cents autres ?

Presque vingt-trois heures. S'il veut être en forme demain, le mieux serait d'aller pioncer. Maintenant. Sinon, Joanne va encore lui donner des leçons de morale sur son manque de concentration, d'engagement, blablabla.

Quel culot, tout de même : le menacer de le balancer à la direction pour avoir tiré deux taffes juste après le déjeuner au lycée.

Elle bluffait, c'est sûr.

Malgré leur différence de caractère, ils s'entendent plutôt bien et ont, jusqu'à présent, réussi à bosser ensemble sans trop de problèmes. Combien de collègues qui ne peuvent pas s'encadrer, condamnés à partager un bureau, un open space ou l'habitacle d'une bagnole ?

Bien sûr qu'elle bluffait.

Joanne est une fille droite comme la justice, hyper sérieuse, hyper concentrée. Jamais une erreur, jamais un pas de côté. Logiquement, elle devrait rapporter le comportement de son collègue à la hiérarchie, en son âme et conscience elle DOIT le faire.

Risquerait-elle, en conséquence, de se voir attribuer un nouveau collègue ?

Thomas fait le pari que non.

Non, pas pour deux misérables lattes.

Dans le doute, il a parlé. Offrant à Joanne un récit qui éclairerait son comportement de junkie de campagne.

D'une voix légèrement tremblante, Thomas a évoqué le drame que son frère avait vécu, adolescent, au lycée.

Le harcèlement quasi quotidien par une bande de petits machos de merde qui ne le trouvaient pas assez costaud, pas assez viril, pas assez mec, pas assez TOUT. Cinq ou six salopards dont le passe-temps favori était les insultes, les petites tapes sur la nuque, les coups de pied, les coups de coude. Les coups de poing ! Il y avait toujours un truc qui les dérangeait, un geste, la voix, un vêtement, comme ce jour où ils lui avaient craché dessus parce que, selon eux, il portait des chaussures de fille.

Son frère qui a fini au bout d'une corde dans le garage.

Voilà pour le traumatisme originel.

Thomas s'est entendu dire que, si la vie était un roman, alors son frère ne serait pas mort.

(Et s'il était mort, il ressusciterait !)

Dans un des romans de Thomas, son frère aurait changé de nom, d'identité, puis, après avoir retrouvé la trace de ses bourreaux, tous devenus des pères de famille et des époux respectables, il leur aurait fait payer.

Cher.

TRÈS cher.

Comme dans *Sombre vengeance.*

Thomas n'a pas pu s'empêcher de continuer de lire, alors que ses paupières tombaient. Plus tard, il n'aura plus sommeil et passera une partie de la nuit à cogiter...

Sans une once de suspense, le livre déroule des scènes de violence aussi gratuites qu'hypnotiques. Le Client a survécu mais, après des semaines d'hospitalisation, il revient chez lui, diminué, aveugle d'un œil, incapable de vivre sans la visite quotidienne d'un infirmier. Mais lorsque, aux beaux jours, ce dernier s'accorde un bref congé mérité, son remplaçant n'est autre que le Client, vêtu d'une blouse légèrement tachée, portant une mallette lourde d'instruments de torture.

En se confiant ainsi à Joanne, de manière aussi intime, Thomas a pris la bonne décision. Il fallait la jouer finaud pour qu'elle passe l'éponge.

(Qu'est-ce qu'il est gore, ce livre !)

L'esprit de Thomas est branché sur deux fréquences simultanées : sa lecture et le ressassement de la journée. Tant qu'il ne s'emmêle pas les pinceaux et que ce n'est pas Joanne qui débarque en pseudo-infirmière (rire nerveux) et qui, après l'avoir ligoté (nu) sur une chaise, lui arrache un ongle après l'autre malgré ses supplications.

Je te jure, Joanne, que je n'ai pas d'autres secrets à te confesser.

Thomas repose délicatement *Sombre vengeance* sur la table de nuit. Une chose à penser à la fois, c'est plus prudent.

À mesure qu'il déroulait le fil de son histoire personnelle, les yeux de Joanne ont commencé à briller. Et lorsqu'il a eu fini et qu'un silence religieux s'est installé au-dessus de leur tête, elle ne souhaitait qu'une chose : le serrer fort dans ses bras. Quel destin funeste que celui de son frère ! Et quelle souffrance cela avait dû être pour Thomas…

La tragédie du suicide, c'est qu'il frappe toujours et instantanément les autres du sceau de la culpabilité. Cela n'a rien à voir avec la religion, mais plutôt avec la croyance (l'illusion) universelle que nous pouvons, que nous *devons* sauver l'autre (et empêcher la mort d'advenir !).

Pauvre Thomas…

Pas étonnant que leur intervention dans cet établissement ait ainsi ravivé la douleur. Comme verser du sel sur une plaie encore à vif.

Peu s'est était fallu que Joanne éclate en sanglots.

Certes, fumer de l'herbe dans l'arrière-cours d'un établissement scolaire est interdit (et passible d'un an de prison ferme et de 3 700 euros d'amende), mais compte tenu des nouveaux éléments apportés à l'enquête, Joanne promet à Thomas de ne rien dire aux supérieurs.

Pour cette fois.

Mais qu'elle ne l'y reprenne plus.

Promis, juré, craché.

*

CÉLIA

Ils m'ont proposé de faire une pause. Si je souhaitais boire un café, il y avait un distributeur au deuxième étage, tout au fond du couloir, celui du premier ne fonctionnait pas très bien, parfois il avalait votre monnaie en échange d'un gobelet vide. Je pouvais aussi sortir m'aérer la tête, mais il me faudrait repasser par le service de sécurité. À l'heure de pointe. J'ignorais qu'il existait une heure de pointe dans un commissariat, un moment béni où tous les délinquants se faisaient arrêter. Le *good cop* s'est rattrapé en précisant qu'avec les manifs il y avait pas mal de « monde », voilà tout. Le café du deuxième était tout bonnement infect, j'ai regretté de ne pas avoir pris l'air. De retour dans le minuscule bureau, la lieutenante a fait remarquer que cette audition « partait un peu dans tous les sens », qu'apparemment cette affaire me troublait énormément, ce qu'elle comprenait, bien sûr.

S'agissait-il d'un reproche grossièrement maquillé ? Une manière de me signifier que je me montrais trop émotive, pas assez concentrée sur l'essentiel ? Je n'étais pas étonnée, froide comme elle l'était, qu'elle utilise l'argument de l'émotion, c'était sûrement le genre de femme à voir des hystériques à tous les coins de rue.

S'est ensuivi un silence assez longuet durant lequel j'ai cherché une réplique. Puis, comme sorti d'un chapeau, le lieutenant a déclaré que le dénouement était tout proche.

Comment ça ?

J'aurais dû me sentir soulagée après ces heures à devoir peser mes mots, de crainte qu'ils ne soient mal interprétés. Il y a pourtant eu cet instant fugitif où j'ai pensé qu'ils allaient m'arrêter, qu'ils voulaient simplement me voir souffler d'aise pour ensuite me prendre de court. Les journaux ne manquaient pas d'exemples de détentions arbitraires. Si un flic décidait de vous retenir au commissariat, puis de vous relâcher sans aucune poursuite, libre à lui. Le sang martelait mes tempes. C'était si absurde, si loin de la vérité, pourtant je sentais mes veines bouillonner à m'en faire mal.

Un suspect venait d'être placé en garde à vue.

Je me suis retenue de pousser un grand soupir de soulagement. La lieutenante a précisé qu'il s'agissait du jeune homme aperçu à plusieurs reprises devant le domicile de la victime. Quelqu'un se disait prêt à témoigner.

Un témoin ? S'agissait-il de Solange, cette voisine envahissante ? Ma première réaction a été de me dire qu'en participant aussi activement à l'enquête elle connaissait enfin son quart d'heure de célébrité. Je m'en veux aujourd'hui d'avoir nourri de telles pensées, mais comment aurais-je pu savoir qu'elle serait victime d'un terrible accident ?

*

BARNABÉ

Le grand sécateur entre les mains, Barnabé élague sans relâche l'allée de buis plantée au beau milieu du jardin, à l'arrière de la maison.

Clac, clac, clac.

Le sécateur est neuf, tailler des branches est un jeu d'enfant.

Les lames sont si tranchantes que Barnabé pourrait facilement couper des têtes.

Clac, clac, clac.

L'idée de cette allée vient du père, c'était il y a bien longtemps (Barnabé était encore un enfant). Planter deux rangées de troènes pour donner un peu de structure à cet immense terrain sans âme.

Alors qu'il y aurait eu largement la place pour faire pousser un labyrinthe…

De grandes idées comme celle-là, Barnabé en reçoit plusieurs par heure, voire par minute !

Jamais il ne s'est senti aussi créatif. Et physiquement aussi fort. (Ne pas boire ce milk-shake sûrement empoisonné s'est révélé une excellente idée.)

Oui, un labyrinthe pour méditer. Se perdre. Jouer à se poursuivre, à s'attraper en s'esclaffant bruyamment. C'est d'ailleurs ce qu'il est en train de faire : rire à gorge déployée.

Créatif, fort et lucide.

Extralucide, putain...

Clac, clac, clac.

Ou alors un labyrinthe de haie dissuasive. Faite de rosiers soyeux qui n'ont de soyeux que le nom : des aiguillons plats et pointus, rouge et noir, qui font penser à de grosses tiques gorgées de sang.

Oui, un labyrinthe pour punir ceux qui vous ont fait du mal, condamnés à errer en se piquant, s'égratignant, se débattant au milieu des tiges brusquement douées de volonté propre, aux mille et une épines clignant comme autant de petits yeux fous.

Comme quoi l'arrêt du traitement s'est révélé salutaire. Il se doutait bien que c'était de la saloperie.

Sam l'avait suffisamment mis en garde.

Et ce dès leur première rencontre à l'hôpital de jour.

« La pire privation de liberté, c'est les médocs ! » disait-il.

« Encore pire que la prison, crois-moi, mec. »

« Au moins, en prison, tu bouges un peu, tu fais des rencontres, t'as Canal+, la bibli, et tu peux même baiser ! »

« Dès que tu as un traitement, c'est foutu, tu finis en légume. »

Mais y échapper n'était pas si simple.

À l'hôpital, le traitement était directement injecté dans la fesse droite. Pas moyen de dissimuler le cacheton sous la langue pour le recracher par la suite en loucedé.

Des heures passent. Barnabé effectue plusieurs allers-retours du nord au sud et d'est en ouest, poussant sa brouette chargée à ras bord. Lorsqu'il s'arrête, c'est devant un trou d'une taille impressionnante, un trou rectangulaire de près de trois mètres de profondeur dans lequel s'entassent les feuilles de buis, branches, mauvaises herbes et tout ce qu'il brûlera plus tard. Juste à côté, posée sur l'herbe spongieuse, une pelle collante de terre.

Est-ce lui qui a creusé ?

Impossible de se le rappeler.

En même temps, ce n'est pas le pape ou le Saint-Esprit. Faut peut-être que je me prenne une pause, j'ai un de ces coups de barre !

La mère se prépare à ressortir pour la énième fois de la maison. Depuis la fenêtre, elle épie le fils qui se tient au fond du jardin, debout face à l'immense trou sur lequel il s'est acharné un peu plus tôt. On aurait dit un film en léger accéléré. En deux temps, trois mouvements, Barnabé avait fini.

Le tout en parlant fort, à voix haute, et en ponctuant son monologue de petits rires étranges.

La tombe est prête… avait-elle songé en frissonnant.

La mère hésite.

Descendre au jardin ou monter au grenier ?

Aller à la rencontre de Barnabé, lui proposer une délicieuse citronnade maison accompagnée d'une belle assiette de bons cookies tout juste sortis du four (avec un cœur fondant), ou pousser la porte de la chambre ? Inspecter chaque tablette de médicament, compter et recompter le nombre de cachets.

Elle choisit la seconde option.

Lentement, ses paupières s'ouvrent. Quelques secondes pour réaliser qu'il s'était assoupi.

Allongé sur un confortable lit de feuilles humides.

Allongé dans la terre, dans une putain de fosse, oui !

Au-dessus de lui, des nuages passent en riant de bon cœur.

Il voudrait se redresser, mais aucun de ses membres ne répond. Comme paralysé !

Il voudrait crier à l'aide, mais ses lèvres ont été collées à la Super Glue. Un gémissement étouffé, animal, lui écorche la gorge.

D'autres nuages se pressent. Plus sombres. Cette fois, ils ne sourient plus.

Elle va nous enterrer vivant, c'est ça que tu veux ?

Dans sa tête, les pensées s'agitent, s'affolent, se cognent aux parois comme des insectes apeurés.

Mais, bordel, laissez-moi sortir !

Une larme roule sur sa joue.

– Barnabé, tout va bien ?

Le visage de sa mère penchée sur la tombe. Après le détour par la chambre, elle a rapidement repris son poste d'observation, derrière la fenêtre de la cuisine, et a constaté avec horreur la disparition de son fils.

Et s'il lui était arrivé un malheur ?

En réalité, terrassé par une fatigue aussi soudaine que brutale, Barnabé s'est littéralement effondré sur sa couche improvisée de mauvaises herbes.

À présent, pleinement réveillé, fixant le visage ahuri de la mère, il est pris d'un fou rire.

– Je croyais que j'étais mort et enterré !

– Barnabé, Trésor.

D'un bond il se relève. Sa mère recule d'un pas ou deux. Son instinct lui dicte la plus grande méfiance, cependant elle n'en laisse rien paraître, et sourit.

– Mais enfin, mon beau, qu'est-ce que tu fichais là ?

– Ça se voit, non ? Une sieste.

– Une sieste... dans ce... dans ce trou ?

– J'aime être proche de la nature, ça te va comme explication ?

– Barnabé, tu m'inquiètes, tu sais. Est-ce que je peux te demander si tu prends bien ton traitement ?

– Tu viens de le faire et la réponse est oui.

– Tu es sûr ?

– T'as pas plutôt un truc à becqueter, j'ai la dalle. Genre des cookies.

– C'est très important de le prendre tous les jours, mon Trésor.

– Hmm, ça sent le chocolat, t'as préparé des cookies avec un cœur qui coule au milieu ?

– Si tu prenais ton traitement devant nous, cela nous rassurerait, tu sais, même moi, et Dieu sait que je ne suis pas une adepte des médicaments, mais là...

– Tu commences à me les briser avec cette histoire de traitement.

– Surveille ton langage. Je ne t'ai pas élevé comme ça.

– OK, madame la comtesse, sachez que vous me poussez à bout et que j'aimerais avoir mon cookie !

– Tu DOIS prendre ton traitement, mon cœur, sinon…

– Sinon quoi ? Je risque de vous enterrer dans le jardin, toi et papa ? Au moins, je n'aurais plus de problèmes d'argent.

– Voyons, Barnabé, ne dis pas ce genre de choses ! Tu irais en prison pour le restant de tes jours…

– Ça, c'est pas sûr… Je m'arrangerais pour faire passer tout ça pour un suicide. J'ai l'habitude, je vous le rappelle.

– Oh, mon Dieu, pardonnez-nous.

– Je blague, c'est bon. Et puis je suis innocent, hein, faut pas l'oublier…

– Rentre à la maison, de grâce…

– Eh oh, y a pas le feu non plus. Je dois encore vaporiser les rosiers, OK ?

– Je te prie de bien vouloir m'obéir !

Barnabé saisit la pelle et d'un geste rageur la plante dans la terre humide. Le bruit est délicieux. La mère réprime un frisson.

« D'abord les rosiers, OK ? Prépare-moi une belle assiette de tes cookies, ça t'occupera.

*

CÉLIA

L'audition n'était pas terminée. L'élève obéissante que j'étais m'a soufflé de me rasseoir, la mine penaude.

Ce n'est pas parce qu'un suspect avait été appréhendé que je pouvais décider, de mon propre chef, de quitter le bureau. Mes deux lieutenants avaient encore « plusieurs » questions à me poser. Je notais que leur ton avait changé. Plus pressant, plus direct.

Rosalie avait-elle remarqué la présence d'un rôdeur dans le voisinage ?

Je n'ai pas hésité un seul instant, j'ai répondu que non.

Mes interlocuteurs ont tenté de cacher leur déception comme ils le pouvaient.

« Vous êtes sûre ? »

J'étais sûre à cent pour cent, oui.

J'ai aussi soigneusement évité d'évoquer la lettre que Rosalie avait trouvée dans sa boîte aux lettres. *Un mot d'amour*, comme elle me l'a répété deux ou trois fois.

« Tu te rends compte, Célia ? C'est la première fois que je reçois un mot d'amour. »

Un filet de tristesse coulait dans sa voix, mêlée à une joie régressive, celle de l'enfant qui entend *je t'aime* pour la première fois et dont le cœur trépigne d'enthousiasme.

*

BARNABÉ

Il n'en revient toujours pas.

De longues minutes sous une douche glacée pour éteindre cet incendie, ce feu de ouf parti du creux du ventre pour se propager jusqu'à la pointe des pieds, la pointe des oreilles… même ses ongles le brûlaient, bordel !

Son Amoureuse, apparue devant lui de manière limite surnaturelle, souriante, hyper (trop) bavarde, l'invitant carrément à le rejoindre chez elle.

Elle a utilisé le pronom *nous* à plusieurs reprises, elle a même parlé de son *mari*, mais Barnabé a immédiatement oublié ce détail.

C'est elle qui est venue, elle qui a craqué l'allumette. C'est tout juste si elle ne s'est pas jetée sur nous !

Barnabé est de plus en plus rouge. On dirait un écorché vif. L'eau froide a perdu tout pouvoir, l'idéal serait de plonger sous la glace d'un lac gelé ou de se rouler nu dans de la neige fraîche.

Seule la neige soulage.

Seule la neige console !

Il revoit la scène avec une extraordinaire netteté.

Il se la repassera jusqu'à son dernier souffle.

Penché au-dessus des rosiers, pulvérisant généreusement les feuilles, surtout celles tachetées de noir.

Pshit, pshit.

Essayant de se vider la tête après l'échange tendu avec sa mère. Réalisant qu'elle continuera de lui prendre la tête avec son obsession pour le traitement.

Pshit, pshit.

Quant au père, il rêve probablement de voir son fils croupir au fond d'un cachot. Avec une porte et un judas à travers lequel il pourrait l'observer se taper la tête contre les murs suintant d'eau excrémentielle, tandis qu'au loin les rats feraient claquer le bout de leur longue queue luisante comme de petits fouets.

Clac-clac-clac.

Alors qu'ils pourraient vivre dans une relative harmonie sous un même toit.

Pshit, pshit.

Ce ne serait pas si difficile pour Barnabé de trouver du travail dans le voisinage avec toutes ces résidences secondaires. Faut les faire cracher, les Parigots. Les culpabiliser à mort. Leur faire croire que si l'arbre du jardin penche trop dans celui du voisin, ce sera l'apocalypse.

Ici, au moins, Barnabé pourrait se refaire une santé.

En échange, il remettrait le terrain du manoir en état. Tout le monde serait gagnant. Il faut juste que les vieux ne vivent pas encore des plombes. Qu'il puisse aussi jouir un peu de l'endroit, de la vue.

Lui et son Amoureuse.

Lui, son Amoureuse et plein d'enfants. Il faudra bien qu'elle trouve une occupation.

Pshit, pshit, pshit, pshit, pshit.

Dans un monde idéal, les darons meurent le plus rapidement possible. Ce serait un peu triste (la mère a quand même un sacré coup de main en cuisine, même les plats les plus banals se révèlent chaque fois délicieux), mais, vu la baraque et tout le fric amassé de génération en génération, Barnabé n'aurait jamais plus besoin de pulvériser la moindre petite rose.

Pshit, pshit, pshit.

Étrangement, il pense à Cendrillon, au moment où (vers la fin du conte) les deux salopes de demi-sœurs tentent le tout pour le tout : pour rentrer dans la petite et délicate pantoufle d'or et espérer épouser le prince, elles s'amputent respectivement l'orteil et le talon, encouragées par leur mère : *Quand tu seras reine, tu n'auras plus besoin d'aller à pied.*

Moi non plus je n'aurai plus besoin d'aller à pied quand j'hériterai de ce foutu domaine. J'aurai plein de serviteurs, de jardiniers, et même un chef. Pourvu qu'il sache préparer des cookies qui coulent à l'intérieur !

Barnabé éclate d'un fou rire.

Est-ce qu'avec le traitement on aurait ri autant ?

Pshit.

Non, très clairement.

Heureusement qu'il a eu la présence d'esprit d'arrêter.

Le courage, tu veux dire.

Oui, le courage. De s'opposer à ces bouffons de psys, à ces guignols de juges.

« La prochaine fois, ce sera la prison ferme, vous comprenez ? »

La juge était une vieille femme obèse avec un regard aussi dur que les pierres. Alors que, pendant le procès, elle n'avait fait que lui lancer des œillades provocantes. Ça devait beaucoup l'exciter de le forcer à bouffer des médocs qui l'abrutiraient et le transformeraient en loque. Ce gros crapaud tranquillement assis derrière sa table de justice, avec ce pouvoir hallucinant de décider de l'avenir de Barnabé.

« Monsieur Chevallier, comprenez-vous ce que je viens de vous dire ? »

Pshit !!!

Juste après l'audience, tandis qu'ils marchaient d'un pas alerte dans les couloirs du tribunal, son avocate lui avait déclaré qu'il avait eu beaucoup de chance. D'abord parce que l'enquête n'avait pas pu conclure à autre chose qu'un accident (un affreux et tragique accident…), et que, concernant l'accusation de harcèlement sur la personne de Clarisse, celle qu'il avait aimée comme jamais il n'avait aimé personne, bref, concernant le DÉLIT de harcèlement, Barnabé ne ferait pas de prison ferme.

Est-ce qu'il comprenait ?

Qu'est-ce qu'elles avaient toutes à lui demander s'il comprenait ? Il n'était pas sourd ni stupide.

« J'ai capté, oui », voilà ce qu'il lui avait répondu à son avocate relou avant de disparaître aux toilettes. Il avait besoin de calme pour réfléchir à ce qui lui arrivait.

Sursis… Obligation de soins.

Assis sur le battant de la cuvette, la tête entre ses mains, Barnabé aurait aimé verser une larme ou deux, mais son cœur était sec. Bientôt, promis, il offrirait un bouquet de larmes à Clarisse.

« Barnabé, est-ce que tout va bien ? »

L'avocate appelait.

Bon sang, ces gonzesses ne lui laissaient JAMAIS la possibilité de souffler. Jusqu'à le poursuivre dans les chiottes ! Combien de fois avait-elle tenté de le séduire, celle-là ? Avec ses chemisiers légèrement transparents, ses longues jambes fines qu'elle s'empressait *toujours* de croiser pour que ses jupes *toujours* trop courtes remontent et attisent sa convoitise.

Le psy, lui, n'avait rien tenté.

Seules les femmes le pourchassaient.

De toute façon, si un mec essayait quoi que ce soit, même de l'effleurer, Barnabé le casserait en deux.

Rien que pour cela, il était heureux d'avoir échappé à la prison.

Le psy, ce blaireau, lui avait expliqué que désormais il devait se présenter toutes les semaines à l'hôpital de jour pour y recevoir son traitement, qu'il n'y avait aucune alternative, en gros que ça ne guérirait pas tout seul, qu'une thérapie ne suffirait pas et que, cerise sur le gâteau, ce serait une piquouse : juste pour être sûr.

Le blaireau lui avait aussi fortement conseillé de s'inscrire dans l'unité de réhabilitation sociale.

La quoi ?

C'est pour vous aider à vous réinsérer, Barnabé, à vous accompagner dans vos démarches.

Pshiiiiit.

Merde, y en aura bientôt plus.

De toute manière, il commence à avoir plein le dos des rosiers.

Et qu'est-ce qu'elle fout, l'autre, avec ses cookies ? Elle est partie au moulin pour moudre la farine ?

Encore un fou rire.

Qu'est-ce qu'on se marre, mec !

Barnabé n'avait pas besoin d'aide pour se réinsérer. Il reprendrait ses activités de jardinier. Mieux : il monterait sa propre entreprise. Le père l'aiderait financièrement. C'est d'ailleurs ce que les pères font de mieux : plutôt que donner un peu d'amour, de compassion, ils signent des chèques.

Barnabé s'installerait à deux pas de l'hôpital de jour, dans cette autre ville située à près de cent cinquante kilomètres de celle où vivent les parents. La distance (l'excuse) idéale pour se voir le moins possible.

Ainsi, tout se déroulerait pour le mieux dans le meilleur des mondes.

Puis il y a eu la rencontre avec Sam, l'illusion d'une amitié sereine, désintéressée.

Bref.

Ça y est, le pulvérisateur est vide. Les rosiers quasi tous traités. Barnabé a vu juste. Question quantités, il ne se trompe que très rarement, d'ailleurs ses clients l'en ont toujours félicité, surtout les vieux, ceux qui à l'approche de la fin de leur existence ne savent plus parler que de gaspillage, comme si grappiller sur tout leur assurerait des points de vie supplémentaires.

Barnabé s'accroupit au pied des rosiers pour arracher de petites mais costaudes mauvaises herbes. Foutu chiendent avec ses feuilles sans prétention et ses racines qui rampent jusqu'au centre de la terre. Même un mec fort comme Barnabé doit s'y reprendre à plusieurs fois.

Je t'ai eue, saloperie !

Le cri de la victoire. De sa main gauche il essuie son front, quand soudain un bruissement derrière lui : des pas sur les gravillons.

C'est idiot, mais Barnabé a eu peur. Son cœur a bondi comme dans un manège à sensations.

Quand il se retourne, il la voit.

Son Amoureuse.

Si maigre, si délicate, si fragile qu'on a envie de se précipiter vers elle pour la protéger. De la pluie, du vent, des mauvaises ondes, des pensées sales, d'un nuage, des hommes, des épines de roses ou d'une parole de travers.

Bizarre, tout de même, ces grandes lunettes noires en l'absence de soleil.

À moins qu'elle ne soit une femme vampire.

Barnabé n'a absolument rien contre les vampires. Au contraire, lui aussi aimerait en être un.

L'Amoureuse lui tend une carte avec son adresse qu'il connaît déjà, qu'il connaît par cœur. Tout en passant la langue sur ses lèvres, puis elle les mordille avec insistance.

Stop ! Barnabé est au bord du vertige.

Elle lui parle de la beauté des roses, mais il ne l'entend pas.

Elle lui parle de couleurs, de parfums, de l'ivresse des fleurs, mais un léger voile se dépose devant ses yeux.

Putain, elle est floue ! Tu peux pas te concentrer un peu ?

L'Amoureuse lui dit de passer demain ou dimanche.

CHEZ ELLE !

Barnabé, après d'incommensurables efforts, finit par fourrer la carte dans sa poche et se met à bredouiller.

« Je, je dois y aller. »

*

CÉLIA

Personne ne m'a jamais écrit de mots d'amour ni de poèmes. Du moins pas depuis l'école, et encore je n'en suis pas sûre. Je crois me souvenir de ces bouts de papier pliés en je ne sais combien de morceaux, sur lesquels on gribouillait des insultes ou de prétendus secrets à propos d'untel, et qu'on se passait le plus discrètement possible. Et aussi d'une scène à l'école primaire. Nous étions quatre ou cinq fillettes à avoir jeté notre dévolu sur le même garçon, et régulièrement, pendant la récré, nous l'emmenions au fond de la cour, derrière un buisson, où nous lui demandions (comment ? en exerçant sur lui un doux chantage ?) de nous embrasser à tour de rôle sur la bouche.

J'ignore pourquoi nous n'avons pas pu, pas su garder ce pouvoir, celui de choisir, de nous imposer auprès des garçons. Peut-être avons-nous oublié de nous soutenir entre femmes, trop occupées à nous chercher des poux dans la tête. Peut-être qu'à force nous nous sommes trompées d'ennemi.

Rosalie me parlait régulièrement de son jardin. Qu'il fallait absolument trouver quelqu'un pour l'entretenir. Un jardinier. Elle répétait « jardinier » avec ce ton petit-bourgeois qui sonnait horriblement faux, elle y tenait beaucoup, son jardin n'avait pourtant rien d'extraordinaire, l'entretenir ne demandait, je suppose, pas beaucoup de travail. Au cours de la réception funéraire, j'avais eu l'occasion d'y jeter un coup d'œil furtif : un carré de pelouse mal fichu, assez grand certes, envahi de mauvaises herbes, quelques arbustes enlacés de ronces.

Est venu le jour où elle a trouvé, je la cite, « la perle rare ». Un jeune homme qui officiait chez son Chevallier de psy, voilà plusieurs fois qu'elle le croisait en sortant de séance. Elle lui avait donné sa carte et l'attendait de pied ferme durant le week-end. Ce même week-end où elle avait disparu.

Je n'avais pu m'empêcher de me demander ce qui pouvait bien être écrit sur la carte de quelqu'un qui n'avait quasi jamais travaillé et se contentait de vivre dans l'admiration et l'ombre de son mari.

*

BARNABÉ

Il ouvre les yeux.

Allongé, ou plutôt recroquevillé dans son lit. Dehors le soir s'est posé. Un vent charriant une bruine fine et piquante tape avec insistance contre l'œil de la lucarne.

Qu'est-ce que je fous couché à cette heure ?

Il se souvient de la longue douche froide sur sa peau bouillante. Des roses et de son Amoureuse. Sa voix, son sourire, l'invitation à la rejoindre dès que possible.

Elle a dit samedi ou dimanche…

Juste après la douche, la poignée de la porte a commencé à s'agiter.

La mère, d'une voix inquiète, demandant pourquoi l'eau coulait depuis près d'une heure.

Une heure ?

N'importe quoi.

« Qu'est-ce que tu fabriques aussi longtemps sous la douche, Barnabé ? »

Puis la mère frappant énergiquement contre la porte (boum boum boum), prête à l'enfoncer s'il le fallait (dans ces moments-là, sa force décuplait, quelle énergie, quelle endurance !), obligeant Barnabé, serviette nouée autour de la taille, à ouvrir sur-le-champ.

La mère, témoin il y a à peine quelques minutes d'une scène aussi effrayante qu'hallucinante : son fils en pleine discussion avec une patiente.

Tout ce que les parents cherchaient à éviter depuis le début.

La mère, une assiette pleine de GROS cookies à la main, avait cherché son fils au jardin, puis, subitement, elle s'était rappelé (*mais quelle idiote je fais*) qu'il voulait absolument traiter les rosiers à l'avant du manoir…

La mère avait alors hâté le pas, courant presque, avertie par un terrible pressentiment (l'instinct maternel), veillant tout de même à ne pas renverser ses PRÉCIEUX cookies, et voilà qu'au loin elle voyait se dessiner la silhouette d'une femme.

Oui, d'une femme.

Cette femme qui parlait à cet enfant et lui tendait ce qui s'apparentait à une carte de visite.

Puis le fils qui se précipite dans la maison, monte quatre à quatre l'escalier, s'enferme dans la salle de bains, l'eau coulant à flots pendant près de quarante minutes.

La mère exagère quand elle prétend qu'il s'est écoulé une heure. Mais tout de même : la facture risque d'être salée. Entretenir un manoir familial, c'est avant tout une affaire d'avarice.

La mère préfère le mot *sobriété*, surtout en termes d'énergie !

Heureusement que le fils a fini par la laisser entrer dans la salle de bains. Dieu sait ce qu'elle aurait fait dans le cas contraire.

Heureusement qu'il s'est ensuite jeté sur les cookies. Dévorés à même l'assiette. Debout face au miroir, et elle souriant dans son dos. De bons cookies maison pour calmer ses ardeurs.

« Oh, mon agneau, tu t'es mis du chocolat partout ! Tu ne veux pas plutôt aller dans ta chambre pour les manger tranquillement ? »

Le fils acquiesce, il en profite pour donner congé à sa mère, en la prenant doucement mais fermement par le bras, l'exfiltrant de la salle de bains et lui souhaitant une bonne après-midi.

« Ne remonte pas avant ce soir, OK ? »

Se tenant sur le bord de son lit, Barnabé sent que la tête lui tourne un peu. Manque de sucre et trop d'effort : logique.

Arrête de te gaver, surtout, respire entre deux bouchées.

« Lâche-moi un peu, j'ai besoin d'énergie, là ! »

– Barnabé, tout va bien ?

Barnabé sursaute. Un cookie lui échappe des mains.

Elle campe derrière la porte ou quoi ? Il va vraiment falloir qu'on trouve une solution.

– Ouais, ouais, je suis crevé, c'est tout.

– Je peux entrer ?

– Comme si ma réponse comptait !

– Qui était cette femme ?

Jouons les innocents, ça marche toujours.

– Euh, qui ça ?

– Pas avec moi, mon petit. Je vous ai vus en grande discussion.

– Tu nous observais ?

– Je suis encore chez moi, j'ai le droit de regarder où ça me chante, Trésor.

– Elle m'a proposé du taf, voilà.

– Tu as refusé, j'espère.

– Pourquoi, c'est mal de travailler ? J'ai besoin de thunes vu que vous m'en filez pas.

La mère ignore cette remarque.

– Tu lui as dit quoi sur toi ?

– La vérité : que je suis votre fils, votre fils unique et accessoirement un *serial killer*, pourquoi ?

– Oh ! Barnabé !

La mère pousse un cri animal et se protège le visage, comme si la foudre lui tombait dessus.

– C'est une BLAGUE, maman, je me suis évidemment fait passer pour le jardinier. Redescends un peu, je sais pas moi, prends un Xanax...

– Et toi, ton traitement, tu le prends, au moins ?

– C'est quoi le délire de poser cette question vingt fois par jour, c'est un pari que tu as fait avec papa ?

– Ton père et moi t'avions pourtant répété de ne pas traîner devant la maison et encore moins de parler aux patientes ! Ce sont des gens parfois très mal dans leur tête, que la moindre interaction peut perturber.

– Ça y est, t'es devenue psy aussi ?

– Il n'est pas question que tu reparles à cette femme.

– J'ai besoin de travailler, pourquoi c'est si difficile à comprendre ?

Et d'aimer, de rire, de baiser, d'être vivant, bon sang !

– Tu avais l'air bouleversé en rentrant dans la maison, tu as laissé tous tes outils en plan et presque couru jusqu'à ta salle de bains. Ça ne te ressemble pas.

– Un besoin urgent.

À cet instant, la mère pressent qu'il n'est pas nécessaire de relancer la conversation, pourtant c'est plus fort qu'elle.

– Tu peux utiliser les toilettes du rez-de-chaussée, tu sais. Pas celles de l'entrée, juste à côté du cabinet de ton père, les toilettes à côté de la cuisine.

– Il fallait que je me branle tout de suite, OK ?

Encore un cri !

Une sorte de couinement. Puis les joues de la mère s'empourprant violemment. Les yeux écarquillés, secouant la tête, elle parvient néanmoins à articuler :

– Oh, Barnabé, pourquoi cette vulgarité ? Tu sais à quel point ça me fait du mal d'entendre ce genre de phrase…

– T'as qu'à pas insister lourdement non plus. Sinon, je te rassure, j'ai pris une douche froide, ça te coûtera pas trop cher.

– Comme si un tel détail m'importait ! Tout ce que je souhaite, c'est que tu ailles mieux. Mais si tu ne prends pas ton traitement et que tu t'approches trop des patientes de papa, tu ne guériras jamais.

La vision du corps de la mère s'écrasant devant le perron, sur les gravillons blancs devant les rosiers, est si forte que Barnabé se demande s'il ne vient pas de balancer le corps à travers la lucarne.

Mais non.

La mère est bien vivante.

Pour le père, un coup de sécateur dans le dos fera l'affaire.

– T'as raison, faut pas hésiter à se servir des outils qui nous tombent sous la main…

– Barnabé ?

– Euh, ouais, pourquoi tu répètes sans cesse mon prénom ?

– Tu as eu comme une absence. J'étais en train de te parler et c'est comme… comme si tu étais figé sur place. Et c'est quoi, cette histoire d'outils ?

– Rien, laisse tomber. En même temps tu parles trop, du coup je te zappe.

– Tout ça ne me rassure pas, Trésor. PAS DU TOUT !

– Bon, maintenant, tu arrêtes ton cinéma, j'en peux plus, là.

Cette fois, il l'attrape violemment par les épaules, la soulève légèrement. La porte claque.

Sur le palier, la mère pleurniche tout en frottant ses muscles endoloris. Qu'a-t-elle donc fait de mal ? Tout ce qu'elle demande, c'est un peu d'harmonie dans cette maison. Un peu d'amour au sein d'une famille qui a déjà tant souffert… Avant de redescendre, elle demande d'une voix éraillée ce qu'il veut manger ce soir.

« Du gratin dauphinois ! » répond Barnabé presque sur-le-champ.

La mère esquisse un sourire.

*

THOMAS

Encore une patrouille sous un crachin glacial. Une heure que ça dure. Thomas est frigorifié. Et puis on n'y voit que dalle. La plage, les berges, le front de mer que Joanne et lui sont censés surveiller ont commencé à perdre leur contour. À force, ils vont eux aussi devenirs flous et disparaître dans le paysage.

S'il n'était pas en (mini) sevrage, il s'en serait roulé un petit juste avant.

Avec un (mini) joint, même la pluie d'épines ressemble à une caresse.

Ça fait des plombes qu'il n'a pas fumé au bord de la mer, assis (puis couché) sur le sable mou, hypnotisé par le bruit du ressac.

La communion avec la nature existe, à condition d'être défoncé comme il faut.

– À quoi tu penses, Thomas ?

– Je me disais qu'on a la chance de faire un taf où on n'est pas obligés de rester cloîtrés dans un bureau.

Depuis sa confession auprès de Joanne, Thomas joue le rôle du coéquipier modèle.

– Mais tellement ! Respirer les embruns, et cette petite pluie rafraîchissante… Tu n'as pas froid, au moins ?

– Pas du tout, au contraire.

– Dis donc, t'es d'une super bonne humeur, ça fait plaisir.

– Je dors bien en ce moment. Et je m'entraîne beaucoup.

– Tu fais quoi déjà comme sport ?

– Un peu de muscu à la maison, j'aime bien courir aussi, nager quand on se les gèle pas trop, en gros un mois dans l'année.

– Tu m'impressionnes ! Toute cette énergie…

Thomas souffle intérieurement. Il suffit de continuer sur cette lancée. Se montrer enthousiaste, éviter les faux pas.

– Ça te dirait de prendre un verre un de ces quatre ?

La question devait être posée un jour ou un autre. Elle est jolie, Joanne, c'est aussi une fille de caractère, intelligente, directe. En général, ça fait peur aux mecs. Pas à lui. Joanne n'est juste pas son type. Il pourrait s'expliquer, gentiment se justifier, mais ça lui demanderait un incommensurable effort.

Parler de soi n'est pas un exercice dans lequel Thomas se sent particulièrement à l'aise.

En thérapie ce serait l'enfer. Des séances à ne rien lâcher, à entendre le son de sa respiration et du tapotement impatient des doigts du psy sur le gros accoudoir en cuir du fauteuil.

Jamais Thomas ne s'est confié sur ce qu'il ressent au plus profond de sa chair, de son être.

À lui-même, uniquement sous l'emprise de la drogue (douce) et en se promettant de tout oublier au réveil.

– C'est pas grave, Thomas, tu me répondras plus tard, c'est une question qui mérite réflexion. Ne t'inquiète surtout pas, hein.

Joanne se force à dissimuler sa déception sous un trait d'humour.

Pourtant, il lui semblait de bonne humeur.

Reposé, presque souriant.

Pour quelle raison ? Ah oui, un meilleur sommeil. Peut-être a-t-il rencontré quelqu'un. Une fille pâle et blonde qu'il soulève de ses bras musclés avant de la déposer sur le moelleux de ses draps.

Au belvédère, Joanne propose de faire une pause.

« J'adore cet endroit, la vue est hallucinante, et quand la mer est agitée comme aujourd'hui, ça me rend plus forte ! »

Alors que d'un leste mouvement de genoux elle dépasse la limite autorisée, Thomas lui fait remarquer que tous les ans un touriste ou deux sont victimes d'un accident pour avoir enjambé cette barrière.

Il y a aussi quelquefois des meurtres.

Joanne ne relève pas. Hypnotisée par le ciel gris, granuleux comme du béton, si lourd, si plombant, et par le bruit des vagues tapant rageusement contre le flanc des falaises.

– Tu devrais pas t'approcher trop près, lui lance Thomas.

– Viens, tu vas voir, c'est tellement bon comme sensation !

Pas question, se dit Thomas. Il n'a pas envie de tomber bêtement à cause d'un coup de vent ou d'une brusque perte d'équilibre.

– Reviens, s'il te plaît, Joanne, ça ne m'amuse pas.

– T'inquiète, je te tiendrai la main.

– Très drôle !

– Tu ne risques rien, je t'assure.

– Tu connais l'affaire du fils Chevallier ?

Joanne, après d'interminables minutes, a fini par revenir du bon côté de la barrière, souriante, les joues empourprées, plus déterminée que jamais, comme si un sang nouveau faisait battre ses veines.

Tant pis si son collègue ne l'a pas rejointe.

Tant pis s'il hésite à prendre un verre en sa compagnie.

C'est elle qui a demandé.

Les hommes sont de grands peureux : pas fichus de se rapprocher du vide ou de dire oui à une simple invitation qui n'engage à rien.

Rien du tout.

Zut, elle a perdu le fil.

Quelle était la question, déjà ?

L'affaire Chevallier. Bien sûr qu'elle la connaît. Ce jeune gars qui harcelait sa petite amie, la poursuivant jusque chez elle, l'observant depuis sa cache des heures et des heures durant, immobile, de nuit comme de jour. Joanne a lu les articles, elle se souvient encore du portrait du harceleur. Visage candide, presque adolescent, et ce regard exorbité et vide.

Pour la première fois depuis le début de leur patrouille, Joanne réprime un léger frisson.

Elle ne veut pas penser à cette histoire.

C'est celle (à peine écrite) avec son (beau) collègue qui l'intéresse. Pourquoi n'a-t-il pas répondu oui sur-le-champ ? Quoi de plus normal que de prendre un pot après une journée de travail ?

– Chevallier ? Jamais entendu parler, pourquoi ?

Thomas reprend l'histoire depuis le début.

Joanne écoute d'une oreille distraite. Elle préfère se concentrer sur le ciel brouillé. Son collègue, de toute façon, prend trop de libertés. Dans sa version, le fils finit par tuer sa petite amie, aujourd'hui il revient en quête d'une nouvelle victime.

Or (Joanne a une excellente mémoire), être harceleur ne fait pas forcément de vous un tueur.

Sinon, la plupart des hommes seraient des criminels.

Car la plupart dépassent trop souvent les limites, insistent lourdement, feignent de ne pas comprendre les signes.

Avec Thomas, c'est tout le contraire.

C'est elle qui doit faire le premier pas.

Quitte à se ridiculiser.

– Je me souviens vaguement. Le type est jardinier, il paraît qu'il bosse très bien.

– Hein ? C'est quoi le rapport ?

– C'était écrit dans un article.

– Pour quelqu'un qui se souvient « vaguement », c'est plutôt détaillé.

– La victime s'est peut-être tout simplement suicidée. Il s'agissait, je crois, de quelqu'un d'assez instable.

– Genre déprimée ?

– Genre déprimée, gothique, victime de violence familiale.

– Si toutes les personnes déprimées et violentées pendant leur enfance se jetaient d'une falaise, on serait en train de mater une montagne de cadavres. Il l'a poussée, c'est évident.

– Tu n'as aucune preuve, Thomas.

– Des erreurs, des manquements, des enquêtes bâclées, ça existe, Joanne.

– Dans les livres, oui.

– Pour toi, la police est irréprochable ? Je veux dire : dans la vraie vie ?

– Ne déforme pas mes propos. Des gens qui mettent fin à leurs jours, ça fait partie de la triste réalité. Il ne faut pas forcément y voir un complot.

– Personne ne parle de complot mais de meurtre.

Thomas perçoit une légère crispation dans sa poitrine.

Mieux vaut changer de sujet. Quelle mauvaise foi venant de quelqu'un qui enquêterait sur le moindre accident domestique, dont l'œil acéré a souvent permis de résoudre des affaires, si minimes soient-elles. Joanne ferait une excellente enquêtrice de PJ, d'ailleurs qu'est-ce qu'elle fout à la municipale ?

Jamais il ne lui a posé la question.

– Au fait, pourquoi tu t'intéresses à ce jardinier fou ?

– Les mecs qui harcèlent, c'est pas trop ma tasse de thé, je te rappelle. Et encore moins les crimes impunis. Tu vas rire, mais j'aime assez peu l'injustice.

Joanne aurait pu répondre que les injustices font partie du monde, que leur rôle à eux est simplement de les rendre plus supportables, et non de les éradiquer de la surface de la Terre (jusqu'à preuve du contraire, les superhéros n'existent pas), mais elle préfère s'abstenir. Il a l'air si remonté, son Thomas. Prêt à sauver la veuve et l'orphelin.

– Tu m'as dit que ton frère fréquente quel lycée, déjà ?

La question prend tellement Thomas par surprise qu'il manque de glisser. Il faut dire que le chemin des douaniers est particulièrement boueux.

– Pourquoi tu me demandes ça ?

– Simple curiosité. J'étais si touchée par ton récit la fois dernière ! En fait, je n'arrive pas à me le sortir de la tête…

– Faut pas non plus que ça t'atteigne trop. C'est à moi de régler ça.

Thomas n'en revient pas d'avoir prononcé cette phrase.

– Et donc, ce lycée ?

– Oh, tu sais, c'était il y a vraiment longtemps…

– Thomas, tout le monde se souvient du nom de son collège, lycée, même de l'école primaire. C'est comme les noms de ses animaux domestiques : ça ne s'oublie pas.

– Colette…

– Le lycée Colette ?

– Non, c'est comme ça que s'appelait notre chatte.

Il espère qu'avec cette précision (il vient d'inventer, d'improviser ! Jamais ses parents n'ont eu de chats, son père les haïssait) sa collègue lui foutra la paix.

Au contraire. Joanne poursuit avec cet air inquisiteur, ambiance agent du FBI dans une série du samedi soir.

– Et donc, le nom du lycée ?

Bien sûr qu'il se rappelle le nom : Jules-Vallès !

Et après ?

À quoi cela lui servirait, à Joanne ? Détournant la tête vers l'impressionnante haie bordant le sentier, il aperçoit un toit d'ardoises rouges sous lequel, en plein milieu, apparaît un énorme œil de cyclope.

Cette fois, c'est tout son corps qui se crispe.

Il aurait juré que quelqu'un, ou quelque chose, le regardait…

– Thomas, tu comptes me répondre ou rester bloqué en plein milieu du chemin ?

*

BARNABÉ

Attendre jusqu'à demain lui semble plus long que l'éternité !

Demain, samedi : le plus beau jour de sa vie, où il sonnera à sa porte, où elle le fera entrer, le guidera jusqu'à sa chambre…

Pourquoi ne pas y aller tout de suite ?

Oui, pourquoi ? Plutôt que faire les cent pas au grenier.

La lune est presque pleine, on dirait un fruit trop mûr tellement elle est grosse, prête à éclater ! Et si proche… Depuis la lucarne, on pourrait presque la décrocher.

De toute manière, avant d'entreprendre quoi que ce soit, il faut qu'il mange ! La mère lui a promis son gratin maison, qu'elle prépare non pas avec de la crème ou du lait, mais avec de la sauce béchamel. Très forte en goût avec de l'ail et de la noix de muscade.

(Et un ingrédient dont seule la mère a le secret.)

Merde, il n'y avait pas pensé. Barnabé n'a pas envie d'empester l'ail quand il plantera sa langue dans la bouche de son Amoureuse.

Toc toc toc.

C'est tout juste si Barnabé ne saute pas de joie : « Entre, maman ! »

Chaque fois qu'elle entend *maman*, la mère ravale des sanglots, tandis que son être se serre d'une ineffable extase.

Gratin et saucisses de Francfort. Deux paires, bien grillées, légèrement caramélisées, et un peu de salade verte avec une vinaigrette moutardée comme il l'aime.

« Merci, maman », insiste Barnabé en se jetant sur le repas.

Il repense aux conseils de Sam. Rien de tel que de jouer les gentils, les naïfs. Mieux encore : les victimes.

Sam l'a peut-être trahi, c'est peut-être le plus beau des salauds, mais question tactique pour endormir l'ennemi, c'était le roi.

Tu m'étonnes, il est parti avec la caisse.

Qu'est-ce qu'on se marrait, n'empêche.

Barnabé prend brutalement conscience qu'il n'a pas, ou plutôt qu'il n'a *plus* d'amis. Un seul ami suffit parfois à vous donner la force de vous lever. Un ami ne vous quitte pas pour un autre, il ne cesse jamais de vous aimer, un ami n'est pas infidèle.

Entre deux bouchées, Barnabé soupire. Ce gratin qui fond dans la bouche et le goût fumé des saucisses… Par contre, il ne voit pas pourquoi il a eu le droit à de la salade, d'autant que la vinaigrette a un goût de détergent.

Le psy avait insisté pour que Barnabé suive des cours d'écriture thérapeutique. Sans la présence de Sam à ses côtés, Barnabé se serait levé et aurait fichu une bonne trempe à l'autre débile d'animateur, soi-disant écrivain qui passait chaque début d'atelier à pérorer sur l'importance de la fiction. Ses consignes étaient grotesques. Toutes, sans exception. Barnabé se souvient par exemple d'avoir dû écrire sur une maison hantée ou un voyage dans l'espace. Alors que tous ne rêvaient que d'une chose : écrire le réel, écrire le quotidien, écrire la souffrance, l'enfermement, l'imaginaire bridé. Après vérification sur le Net, Barnabé en avait appris davantage sur cet écrivain. Ces publications (dans l'indifférence générale) comprenaient notamment un récit de loup-garou attiré aussi bien par les femmes que par les hommes (du grand n'importe quoi) et une saga sur un bébé dragon obligé de traverser l'océan sur un radeau.

C'est lui qui aurait dû être interné.

– Encore dans tes pensées, mon astre ?

Une femme d'âge indéterminé (elle pourrait avoir quarante, cinquante, soixante-quinze ans), au regard empli de miséricorde et qui semble porter le poids du monde sur ses frêles épaules, est en train de lui parler.

C'est ta mère, je te rappelle.

– Barnabé ?

– Désolé, oui, je repensais à quelqu'un.

– À qui ?

Il a envie de lui répondre mêle-toi de ton cul et de verser la vinaigrette sur son chignon parfaitement exécuté.

– À un ancien ami.

– Quel ami : raconte ! Pour une fois que tu te confies à ta maman. Elles sont bonnes, les saucisses, non ?

– TROP BONNES, et ton gratin déchire.

– C'est grâce à la sauce béchamel et au beurre demi-sel que j'incorpore à la fin. Et donc, cet ami ?

Plutôt qu'évoquer Sam, Barnabé exhume un vieux souvenir avec un ancien camarade de collège, Julien. Du temps où Barnabé avait encore le droit d'aller à l'école sans passer pour le déséquilibré de service.

Un voyage scolaire en un mois de mai caniculaire quelque part en Angleterre, dans une de ces villes industrielles glauques, tout en ciels gris et en briques rouges.

Avec Julien, ils logeaient dans une famille d'accueil : un couple vieillissant au sourire jovial et aux joues marbrées de couperose. Leur intérieur était si étroit qu'on se cognait souvent aux meubles et il y avait (Barnabé s'en souvient parfaitement) de la moquette PARTOUT. Limite jusqu'au plafond. Et sur la lunette des chiottes.

Il n'y avait que deux chambres à coucher. Celle des vieux alcoolos et la chambre d'amis, qu'il fallait partager avec Julien.

La mère, fascinée par tant de détails, et aussi rassurée d'avoir un meilleur goût en aménagement d'intérieur, éclate d'un rire franc. Depuis quand n'ont-ils pas partagé quelques souvenirs ensemble ? Bien sûr, elle ignore que, chaque nuit, Barnabé observait son petit camarade dormir, s'approchant parfois au plus près de lui, jusqu'à sentir la chaleur de son souffle ou voir se gonfler sa frêle poitrine au rythme de sa respiration.

– Oh, je vois très bien de qui tu parles, s'extasie la mère. Un garçon adorable.

– Si on veut, oui.

– Et mignon comme tout.

– Ah bon ? Il avait quand même des yeux globuleux et des doigts atrocement longs, comme des griffes…

– Pas du tout, Barnabé, qu'est-ce que tu vas encore chercher : ce Julien était beau comme un soleil.

– Sympa pour moi.

– Tu ne serais pas un peu jaloux par hasard ?

– De ce petit con à tête de poisson ? Pas du tout.

– Barnabé, enfin.

– En vrai, ce qui me dérangeait, c'était son côté vicelard.

– Comment ça, vicelard ?

– La nuit, il me matait en secret. Il s'approchait de moi et parfois il me frôlait avec ses doigts interminables. Je te raconte même pas les ongles.

– Pas possible.

– Si, je te jure.
– Ce petit être si doux, alors ça, je n'en reviens pas.
– Ce mec est un voyeur, je te dis !

*

THOMAS

Joanne ne le lâchera pas. Elle veut absolument connaître le nom du lycée. Thomas avait raison de se demander ce qu'elle fiche dans la police municipale, avec une telle obstination elle pourrait faire craquer n'importe quel gardé à vue.

– C'est la baraque des Chevallier, non ? demande Thomas dans un effort (assez grossier) pour détourner l'attention.

Joanne hausse les épaules.

– Ce que j'en sais, moi. Tu t'imagines que je connais le nom de tous les riches qui possèdent une maison dans les environs ?

– Le corps d'une jeune femme, une dénommée Clarisse, a été retrouvé à quelques mètres d'ici, un peu plus bas, au pied des falaises. Il y a très exactement quatre ans.

– Encore cette affaire, Thomas !

– Bah oui, encore. Et la victime était harcelée par le fils Chevallier : tu vois pas le lien ?

– Tout à l'heure je t'ai dit qu'il s'agissait vraisemblablement d'un suicide.

Joanne ne croit pas davantage à la thèse du suicide qu'à celle du meurtre. Le fait est qu'elle s'en moque.

Pour le moment, tout ce qui lui importe, c'est de savoir pourquoi son binôme botte ainsi en touche.

– Apparemment, le fils vient tout juste de rentrer au bercail, enchaîne Thomas, tout en pointant de son doigt l'œil de la lucarne.

– Et selon toi, il n'en aurait pas le droit ?

– Tout de suite les grands mots ! Bien sûr qu'il a le droit, mais moi j'appelle ça de la provoc.

– Il n'a peut-être nulle part où aller.

– Attends, on va le plaindre ?

– D'abord, comment as-tu appris qu'il est revenu vivre à cette adresse ?

– J'ai mes sources.

Sur le point d'ironiser, Joanne se ravise. Ça doit être l'autre petit reporter du dimanche qui lui a glissé l'info, Joseph. Elle n'a jamais pu le sentir. Un vrai serpent, toujours à semer le doute, à nourrir le conflit, à monter les uns contre les autres.

– Tu ne m'as toujours pas dit pour le lycée.

C'est plus fort qu'elle. Depuis toute petite, Joanne repère le moindre grain de sable (un mot, un geste, une attitude) et s'empresse de l'étudier sous tous les angles.

Quoi de plus fascinant qu'un grain de sable…

Quasi invisible à l'œil nu et capable d'enrayer toute une vie.

– Mais parce que de toute façon tu connaîtras pas ! Il est à plus de deux cents bornes d'ici, en plein dans les terres.

– Détrompe-toi, je suis hyper calée en géo. Et j'adore cette région.

Dans un des romans que Thomas affectionne tant, celui (celle !) qui pose trop de questions aurait disparu à ce moment précis de l'histoire.

Tout à l'heure, il a laissé passer sa chance au belvédère, Joanne se trouvait si près du bord…

Dans un roman, le petit crachin serré se transformerait en tempête, charriant de lourds nuages, puis des torrents de pluie. Impossible d'y voir à plus d'un mètre. Un ciel complètement brouillé. Et les vagues se fracassant dans un assourdissant tumulte au pied des falaises. Puis, tout en haut du manoir, à travers la lucarne, une silhouette serait apparue. Noire, à contre-jour.

Seules brilleraient deux flammes orange à la place des yeux.

– Jules-Vallès : le lycée Jules-Vallès, ça va, t'es contente ?

*

CÉLIA

Le visage assombri, le *good cop* a simplement répondu « on arrive ». Raccrochant brutalement, il s'est penché vers sa collègue pour lui murmurer quelques mots à l'oreille qu'il m'était impossible de deviner.

Tous deux se sont levés, d'instinct je les ai imités.

« Nous reprendrons demain. »

En disant cela, le *good cop* m'a à peine regardée, sa collègue était déjà en train d'ouvrir la porte.

« Comment ça, demain ? »

J'étais censée prendre le train en fin d'après-midi et retrouver mon fils.

D'abord, ils ont ignoré ma remarque, me pressant à travers les couloirs, puis m'indiquant la porte de l'escalier de secours. Ma grimace et mon doigt pointé vers ma cheville n'y ont rien fait ; selon eux, l'ascenseur prenait « trop de temps ». J'ai levé les yeux au ciel, c'était plus fort que moi, j'ai aussi plusieurs fois poussé un petit gémissement de douleur, simplement pour leur rappeler leur manque de tact.

« On ne fait pas exprès », a fini par lâcher la lieutenante.

Ni pour l'escalier ni pour les retrouvailles familiales qu'il faudrait retarder.

« C'est juste qu'il y a plus urgent, vous comprenez ? »

Jamais je ne l'avais sentie aussi tendue, je crois que ses yeux brillaient légèrement, alors j'ai simplement hoché la tête et je me suis hâtée vers la sortie.

Ma valise reposait dans un coin du hall de l'hôtel. Moi qui pensais simplement passer la récupérer avant de foncer vers la gare, voilà que je patientais devant le minuscule comptoir, tandis qu'une jeune employée, que je n'avais jamais vue auparavant, fixait l'écran de son ordinateur en fronçant les sourcils à cause du logiciel « qui faisait des siennes ». Elle portait des lunettes aux montures immenses, un effet de mode sans aucun doute. *Oversize* et rétro, comme en raffole cette génération. Rien à voir avec Solange qui devait être plus aveugle qu'une taupe sans ses loupes.

J'avais « de la chance », paraît-il : il restait en tout et pour tout une seule et unique chambre de libre. Comment cet hôtel pouvait-il afficher complet à une telle période de l'année ? J'avais sûrement pensé trop fort, car mon interlocutrice m'a rappelé que c'était justement en semaine que l'établissement « faisait le plein » : beaucoup de clients en déplacement professionnel, en formation, sans compter les congrès, les salons comme celui qui se tenait aujourd'hui même sur l'intelligence artificielle.

« C'est la cinq cent cinq, au dernier étage. Attention à ne pas vous cogner au plafond sous pente. »

Sur le site de l'hôtel, ces chambres étaient baptisées « chambres d'amis ». Décrites comme « cocoon et astucieusement aménagées ».

Une chambre simple, de dix mètres carrés à tout casser, avec un lit une place et une salle de bains « ouverte », soit une cabine de douche en guise de table de nuit. Qui dormait encore sur des lits une place, à part les enfants ? Aucune chance de passer une folle nuit d'amour dans cet espace restreint, sans intimité aucune. Ou alors il fallait se serrer très fort et ranger sa pudeur au placard.

Arthur semblait ravi que je prolonge mon séjour. Était-ce à cause des flics ? Qu'à son âge il emploie le mot *flic* plutôt que *policier* me mettait mal à l'aise. Que savait mon fils de cette affaire ? Pas grand-chose. Comme tout parent, je tentais de le protéger au mieux. La veille de mon départ, j'avais brièvement évoqué une audition à propos d'une « amie lointaine » qui avait eu un « accident ». Pour le moment, la presse n'avait rien sorti, il suffirait, bien sûr, à Arthur de quelques clics pour se confronter à la réalité, du moins à une réalité dont je souhaitais le tenir éloigné le plus longtemps possible, consciente néanmoins qu'il s'agissait, à l'heure d'Internet, d'un vœu pieux. Trois enfants sur cinq, d'après une étude, sont déjà tombés sur un contenu « inapproprié à caractère sexuel ». Que pouvions-nous faire ? Par *enfant*, l'enquête entendait de dix à dix-sept ans. Interdire de regarder un écran à dix ans passe encore, mais ensuite ? J'imagine la tête d'Arthur si je lui confisque son smartphone. Ou alors il faudrait se retirer dans des zones blanches. Vivre dans un hameau reculé sans aucune connexion. Le soir : séances de lecture au coin du feu.

« Si ça continue, tu vas finir en prison, et j'aurai l'appart pour moi tout seul. » J'ai fait l'effort de rire. L'humour préado demande aux parents d'être bon public, de ne jamais sembler las des éternelles plaisanteries qui font rimer absence plus ou moins symbolique des parents et paradis terrestre. Arthur a enchaîné sur autre chose, mais je ne saisissais qu'un mot sur deux. Le réseau, au dernier étage dans cette chambre de poupée, ne devait pas être très bon. « Tu peux répéter ? » Détachant exagérément chaque syllabe, mon fils a continué sur sa lancée : quand je serai en taule, il viendra me rendre visite et m'apportera des gâteaux. Cette fois, je lui ai rétorqué qu'il serait bien embêté de ne plus avoir de mère pour lui préparer ses plats préférés. Après un léger flottement, il m'a rétorqué que l'argument se tenait, mais que la mère de Théo, l'ami chez qui il dormait, « faisait trop bien la bouffe ».

*

BARNABÉ

T'as vu l'heure ? Je te rappelle qu'on est censés rejoindre notre Amoureuse.

Barnabé émerge péniblement, encore engourdi par le sommeil. Il s'étire, bâille à s'en décrocher la mâchoire, s'étire de nouveau. Marcher jusqu'à la lucarne lui demande un effort. Encore un réveil vaseux… Comme s'il s'était pris une cuite la veille.

Ou que quelqu'un avait mélangé des médocs dans un gratin ou une vinaigrette, par exemple.

Barnabé ne veut pas y croire. Pas aujourd'hui en tout cas. Il ferait bien, pourtant, de rester sur ses gardes.

(Pourvu qu'un jour elle ne l'envoie pas au cimetière à cause d'un surdosage.)

L'air frais du dehors lui fait du bien. Il se penche un peu plus au-dessus de la lucarne, ferme les yeux et inspire profondément. Barnabé se sent déjà mieux, il a juste dormi comme un loir.

Néanmoins il ne touchera pas au plateau de petit déjeuner qui trône sur le bureau (le café est froid, signe que sa mère est passée depuis au moins une demi-heure… pendant qu'il dormait à poings fermés !)

Le croissant à la frangipane lui fait pourtant (trop) envie… mais non. De toute façon, la frangipane lui donne des brûlures d'estomac.

Sous la douche, il se frictionne vigoureusement et passe un bon moment sous un filet d'eau froide. Une fois encore, il rêve de neige, d'un grand manteau de flocons, d'un froid cuisant qui lui remettrait les idées en place.

Un calme presque irréel règne au rez-de-chaussée. Barnabé ne sait plus très bien si le père consulte les samedis. Ou s'il rend visite à ses maîtresses.

La mère doit être au marché, à arpenter cent fois l'allée principale (et unique), comparant inlassablement le prix au kilo des pommes de terre ou des choux-fleurs, n'hésitant pas à marchander au moindre petit défaut, jouant la Cosette avec une telle conviction qu'elle finit par susciter une vague pitié chez certains commerçants.

Un rapide coup d'œil dans le garage le conforte dans son pressentiment : père et mère sont bel et bien absents.

Parfait.

Avant de quitter la propriété, impossible de résister à la tentation. Pour une fois que la maison est déserte ! La porte du cabinet est légèrement entrouverte… Si ce n'est pas un signe…

Cette pièce lui a toujours filé le cafard : sombre, surchargée, une odeur d'encens genre patchouli flottant dans l'atmosphère. Le papier peint, avec ses motifs Art nouveau (un entrelacs épuisant de tiges et de pétales sans aucune profondeur de champ), accentue un peu plus ce sentiment d'étouffement.

La bibliothèque est, il faut bien l'avouer, impressionnante, avec ses centaines de livres courant du sol au plafond et ces objets étranges qui semblent avoir été glanés aux quatre coins du globe (il y a même un animal empaillé, des statuettes de guerriers noirs atrocement datées, des poupées russes et des œufs Fabergé aux couleurs vives, des icônes orthodoxes, un presse-papier sphérique et transparent qui rappelle une boule de cristal), alors que tout le monde sait que le père ne voyage jamais.

Barnabé demeure quelques longues minutes à contempler la grande bibliothèque, puis, lentement, il lui tourne le dos pour prendre place derrière le bureau. Fouillant délicatement chaque tiroir, il finit par dénicher une chemise cartonnée à élastique (l'élément jure cruellement avec le raffinement des objets et la qualité des livres – la plupart richement ornés de cuir) sur laquelle on peut lire, inscrit au feutre noir, *Rosalie M.*

Notre Rosalie… La future femme de nos enfants.

À l'intérieur de la chemise, une bonne vingtaine de feuilles volantes noircies de notes.

Des notes illisibles, bien entendu. Des pattes de mouche que personne (sauf peut-être l'auteur ?) n'est foutu de déchiffrer.

Il faudrait des heures, des jours pour y arriver.

Barnabé veut quand même faire l'effort de lire quelques pages. Dix minutes, on ne sait jamais.

Barnabé a envie d'abattre son poing sur le bureau, de saisir un objet et de le fracasser contre le mur. Une rage aveugle vient de le frapper tel un éclair de foudre.

Respire...

À force de concentration, il parvient à comprendre quelques mots griffonnés durant une séance qui remonte à plusieurs mois. *Mari violent. Pervers. Peur de le quitter, déni complet. Ne pas la brusquer inutilement. Comment l'amener à comprendre ?*

Ne pas froisser le papier, ne pas corner l'extrémité de la feuille, ne surtout pas transpirer des doigts et laisser une empreinte. Si le père apprend que Barnabé a lu ses notes, il lui arrachera les yeux et l'abandonnera en pleine mer sur un radeau.

L'idéal serait maintenant de trouver l'arme.

Le père a toujours possédé une arme, cadeau du grand-père qui avait fait fortune dans l'horlogerie et nourrissait une passion pour la chasse à courre.

Une arme se révèle toujours utile dans une maison : à tirer par accident sur un membre de la famille ou à en finir avec soi-même.

Ou à sauver une femme qui t'aime des griffes de son époux.

Un grondement de tonnerre dans son crâne, suivi d'un éclair si éblouissant qu'il doit se tenir aux extrémités du bureau pour ne pas tomber à la renverse.

L'arme : où est-elle ?

De mémoire, il n'a jamais vu le père avec. Il sait seulement qu'elle existe, quelque part, dans une boîte en bois de noyer, de celles qui renferment des jeux de société pour les dimanches pluvieux (dominos, cartes, dames, backgammon). Ça y est, Barnabé se souvient : il devait avoir six, sept ans, et il était comme aujourd'hui entré en catimini dans le cabinet. Il avait fouiné avec frénésie, enthousiasme, mû par une force qu'il ne parvenait pas à contrôler : quelque chose d'effrayant et de délicieux à la fois.

Dans sa tête résonnaient les mots *objet interdit*, *objet interdit*, *objet interdit*, *objet interdit*, *objet interdit*, *objet interdit*, *objet interdit*, *objet interdit*, *objet interdit…*

Un peu plus tard, le père débarquait dans le cabinet, furieux (inquiet !) de tomber sur son fils qui avait un petit revolver scintillant à la main.

L'arme n'était heureusement pas chargée.

Barnabé se souvient encore de la douleur cuisante sur sa joue.

Eh merde : le bruit des pneus sur le gravier. Barnabé se faufile hors de la pièce et, tandis que l'auto (celle du père ou de la mère ?) avance précautionneusement dans le garage, il sort par une porte de service.

Quelques minutes plus tard, il marche tête baissée sur la route de la corniche. Plus que deux kilomètres et il sera auprès de sa belle. Grâce à son hoodie, il passe incognito. Le vêtement appartenait à Sam. Au moins, Barnabé possède quelque chose du type qui lui a tout pris.

Une maigre revanche, mais une revanche quand même.

Sam s'était incrusté dans la vie de Barnabé en un temps record, arguant qu'il n'avait pas un rond ni de toit pour dormir. Quand il tentait d'amadouer sa fille, qui vivait au Brésil, pour la taper d'un peu d'argent, elle se bornait à rétorquer des choses comme *c'est dur pour moi aussi.*

Difficile de dire non à quelqu'un qui peut du jour au lendemain se retrouver à la rue.

Même le père n'avait pas eu le cœur de chasser Barnabé. Laisser les gens dormir dehors devrait être passible de prison !

Ou pire…

Barnabé accélère le pas.

Que le souvenir de Sam revienne régulièrement le hanter commence grave à le saouler. Pourquoi ne pas simplement effacer les gens qui vous ont fait du mal de sa mémoire ? Se faire installer, par exemple, une grosse ardoise magique dans le cerveau ?

La colère le réveille, lui remet les idées en place. Il y a encore une heure, il n'aurait pas parié sur sa capacité à s'extraire du pieu et à se bouger le cul. Et pourtant il est parvenu à s'échapper de sa prison et à en apprendre davantage sur son Amoureuse. Pas étonnant qu'elle lui ait sauté dessus de cette manière : cette femme cherche désespérément à échapper à son connard de mari.

Elle sait que *seul* Barnabé saura la sauver.
Une fois qu'il aura accompli sa mission, elle lui mangera dans la main.

Il espère simplement qu'ensuite elle ne changera pas d'avis.

Si les femmes étaient un peu moins girouettes, peut-être qu'elles contrôleraient le monde.

L'ancienne amoureuse lui avait fait un sale coup.

L'attirant dans ses filets pour l'en relâcher brutalement.

Et après on s'étonne de retrouver son cadavre à moitié bouffé par les crabes.

Je ne l'ai pas poussée !

En es-tu vraiment sûr ?

Quelquefois, Barnabé doute.

Souvent, il doute.

Après tout, il incarnait le coupable idéal.

Et Clarisse, la victime parfaite.

Combien de SMS lui avait-il envoyés ? Quelques centaines ? Presque un millier, madame la juge, avait rappelé ce connard de procureur. Sans parler des appels et des innombrables fois où Barnabé avait passé la nuit en embuscade devant la maison où Clarisse habitait avec son père.

– Monsieur Chevallier, pourquoi vous être posté des nuits durant à proximité du domicile de Clarisse Fournier ?

– Pour la protéger.

– Pour la protéger de quoi ou de qui ?

– Pour la protéger de son père.

– Avez-vous été témoin d'une agression, monsieur Chevallier ?

– J'ai entendu des choses.

– Pouvez-vous être plus précis ?

– Des cris, des pleurs. Je pense qu'il la battait.

– Vous *pensez* ou vous l'avez vu de vos propres yeux ?

– J'en suis sûr.

– Une certitude n'est pas une preuve, comprenez-vous la différence ?

– Je ne suis pas débile.

– Personne ne vous traite de débile. Pourquoi ne pas avoir appelé la police si vous aviez la *certitude*, monsieur Chevallier, que Clarisse Fournier courait un quelconque danger ?

– À votre avis.

– Nous vous posons la question.

– Parce que je n'ai pas confiance en la police.

En un quart de seconde, de sauveur il était passé à bourreau. Parce qu'on ne reste pas planqué des heures durant, en pleine nuit, devant une maison. Surtout après avoir *harcelé* (c'est le terme qu'ils ont employé) la victime.

Si on ne peut plus protéger la femme qu'on aime contre la violence des hommes, alors où va-t-on !

Monsieur Fournier était bien connu pour sa fréquentation assidue des bars, PMU et autres établissements de vente et de consommation d'alcool. Il suffisait d'en choisir un au hasard pour apercevoir sa longiligne silhouette (l'homme se rapproche du mètre quatre-vingt-quinze, son visage émacié, ravagé, creusé de rides fait penser à celui de Chet Baker vieillissant, tout comme ses cheveux tirés en arrière, luisants de gomina) assise au comptoir, le dos légèrement voûté, en tête à tête avec une pinte de bière brune.

Quand le vieux finissait par rentrer, à des heures indues, Barnabé, depuis sa cache, voyait bien combien il titubait. Cherchant fébrilement ses clés, manquant de tomber à plusieurs reprises et de se fracasser le crâne sur le perron.

Si seulement.

« Clarisse, putain, viens m'ouvrir ! »

Puis, lorsque Clarisse accourait :

« T'en as mis du temps, salope ! »

« Ça te plaît, hein, de me faire poireauter et de me foutre la honte devant tout le voisinage ? »

Barnabé avait tout vu, tout entendu. Les insultes, les cris, les pleurs, les coups, les objets qui volent, se brisent.

Voilà la vérité.

Mais la justice a préféré s'acharner sur le jeune homme éperdu d'amour.

Parce que l'amour est un motif valable pour vous suspecter des pires saloperies.

L'alcool, la violence domestique, le putain de patriarcat : non !

Tout au long du procès, monsieur Fournier portait ses habits du dimanche. Barnabé l'avait à peine reconnu. Sans parler du masque d'affliction flambant neuf, acheté pour l'occasion. Assorti de larmes et de hoquets à chaque évocation de sa fille aimée, de sa fille chérie, de son unique enfant.

Quel acteur minable, le pire c'est que tout le monde y croit…

À son avocate, Barnabé avait dit : pourquoi ils ne l'ont pas interrogé, lui ? Et placé en garde à vue ? Ce type est un poivrot, il a l'alcool mauvais, je l'ai vu et je suis sûr qu'il y a d'autres témoins.

Barnabé est presque arrivé à destination.

Trois quarts d'heure qu'il marche, au lieu des vingt minutes prévues. Il est encore un peu dans le coaltard, et toutes ces scènes, si vivantes, si vibrantes, le font se tromper de route.

Ruminer n'est jamais bon quand on a déjà un sens de l'orientation proche du néant.

Des plombes qu'il n'avait pas repensé au procès et à l'autre alcoolo de service.

Que lui avait répondu l'avocate ?

Barnabé doit se concentrer, c'est quand même fou d'avoir une mémoire en gruyère à son âge. Encore une preuve, s'il en fallait une, de la nocivité du traitement. À ce rythme-là, à trente ans il aura chopé Alzheimer.

L'avocate nous avait rétorqué que, de toute façon, le père avait passé la soirée et la nuit au pub. Ça s'appelle un alibi en béton. Tout comme le tien, puisque ta mère a juré par tous les dieux (alors qu'ici, contrairement à l'Amérique, on ne jure pas de dire la vérité, toute la vérité, rien que la vérité) que tu avais dormi à la maison.

L'avocate t'avait rappelé à plusieurs reprises que tu étais jugé pour harcèlement *et non pour* homicide, *puisque l'enquête n'avait pas fourni assez de preuves.*

L'avocate, non sans une certaine ironie, avait conclu par un vous remercierez votre mère, monsieur Chevallier. *Son témoignage semblait suffisamment crédible pour être versé au dossier. La plupart des gens l'ignorent, mais, devant un alibi du genre* il a dormi chez moi toute la nuit, *c'est au bon vouloir des policiers d'y croire ou non, puisqu'ils ne peuvent pas confirmer ces assertions.*

*

JOANNE

Le cœur tambourinant contre ses côtes, sous le coup d'une drôle d'excitation, Joanne relit plusieurs fois le message de Thomas : « On peut prendre un pot si tu veux ce soir au Rosebud ? Pas trop tard, vers 18 h, suis crevé en ce moment. »

La possibilité d'une plaisanterie, ou plus précisément d'une blague potache, lui effleure l'esprit. Thomas ne brille pas toujours par sa délicatesse ni par sa grande finesse psychologique.

De là à envoyer un faux message…

Ils ne sont plus au lycée.

En parlant lycée, Joanne a essayé plusieurs fois de joindre quelqu'un au lycée Jules-Vallès, tombant immanquablement sur la même personne à l'accueil. Voix traînante, nasillarde. Étouffant à peine un soupir afin de rappeler qu'un pouvoir, même infime, reste un pouvoir.

« Rappelez plus tard, monsieur le proviseur est en réunion. »

Que Joanne fasse partie de la police municipale n'avait pas l'air d'impressionner l'interlocutrice.

En parcourant une énième fois le SMS, Joanne y voit un signe : son obsession à tirer cette histoire de lycée au clair pourrait la mener droit dans une impasse. Pourquoi ne pas plutôt se concentrer sur le présent, le concret, et profiter de cette soirée ?

« Pas trop tard, vers 18 h. »

Drôle de précision. Comme si elle se traînait une réputation d'oiseau de nuit, buvant des *shots* jusqu'à la fermeture des bars, puis se faisant raccompagner par ses amants, éméchée, la démarche titubante, jusqu'à sa porte.

Joanne ne peut s'empêcher de refréner un rire nerveux.

Thomas ne la raccompagnera pas, d'où la précision.

Il se lève tôt.

Il est « crevé ».

Pauvre petit Thomas, toujours fatigué, déprimé, malade. Comme beaucoup d'hommes, il devrait se marier avec une infirmière.

Elle aussi se lève tôt, mais de ça il s'en fiche.

Le jean *skinny* la boudine. Elle qui a toujours été fière de ses jambes musclées, parfaitement dessinées, faites pour courser n'importe quel type en délit de fuite pendant de longs, d'interminables kilomètres, sans jamais manquer de souffle, ses jambes, donc, lui paraissent énormes.

Une robe ?

Ridicule.

Ce n'est pas un rendez-vous galant. De toute façon, elle n'en porte qu'à de rares occasions. Sûrement pas à un simple « rendez-vous » entre collègues.

Un pantalon en velours légèrement évasé au niveau des chevilles, rétro comme elle les aime, et une veste, en velours aussi, hyper cintrée, couleur rideau de théâtre. On dirait Madame Loyal, lui murmure son miroir, quel horrible accoutrement !

Dans ce cas, un tailleur ultraclassique, noir, pantalon à coupe stricte, chemise blanche. Cette fois, on dirait la vice-présidente des États-Unis, mais Joanne ignore la remarque.

Alors qu'elle s'apprête à pousser la porte rouge et vitrée du Rosebud, Joanne suspend son geste. Thomas est assis au comptoir du bar, légèrement voûté, même de loin elle reconnaît sa silhouette entre mille. On dirait bien qu'il discute avec sa voisine, une femme aux cheveux blond vénitien tombant sur ses épaules en de belles boucles ondulées. C'est un blond chatoyant malgré la lumière timide du lieu (essentiellement éclairé à la bougie, les murs sont recouverts de vieux posters, et il y a toujours ce piano droit que Joanne affectionne tant, qui lui rappelle ses leçons du temps où elle caressait l'espoir de devenir pianiste ou même chanteuse !).

De si beaux cheveux…

Difficile de distinguer clairement ses traits, l'inconnue paraît plus âgée, sûrement dans la fin de la quarantaine, voire un peu plus. Joanne se rappelle cet article parcouru à la hâte dans une salle d'attente médicale. Un peu honteuse, elle s'était emparée du magazine (un truc féminin ou de développement personnel) avec un dossier spécial couple. Pourquoi les hommes préfèrent les femmes âgées ? La réponse tenait en quelques poncifs : *plus expérimentées*, *décomplexées*, *confiantes*, *honnêtes* (Joanne se souvient parfaitement de ce terme, *honnête*, qu'elle trouvait particulièrement déplacé), et surtout *débarrassées du désir de maternité*.

L'éventualité aussi extravagante que ridicule que Thomas puisse vouloir fonder un couple avec une quinquagénaire effleure l'esprit de Joanne.

Contrairement aux jeunes, les femmes plus âgées savent ce qu'elles veulent…

« Vous… vous voulez entrer ? »

Une voix jeune, polie, dans son dos. Brutalement arrachée à son état hypnotique, Joanne se retourne et tombe nez à nez avec une étudiante, souriante. Aucun signe d'impatience sur son visage, dans son ton. Pourtant la policière vient de rester presque cinq minutes devant la porte, le front collé à la vitre, parfaitement immobile, fascinée par cette scène au comptoir entre la blonde et Thomas.

Joanne s'excuse, bafouille (cela ne lui ressemble pas !), tout en faisant un léger pas de côté pour laisser passer la jeune femme. Il n'y a pas grand-monde ce soir, d'ordinaire les clients se seraient montrés moins placides.

La main de l'inconnue aux boucles d'or se posant sur celle de Thomas.

Il ne peut s'agir que d'une hallucination, mais Joanne est tout près, elle a pris son courage à deux mains, traversant la salle clairsemée jusqu'au bar. C'est tellement ridicule à son âge de parler de courage. Elle n'est plus adolescente, parler à un garçon (un homme !), l'approcher, lui sourire, le séduire, paraître désirable sans se faire marcher dessus, elle sait faire. Des années de pratique, de confiance en soi qu'on superpose comme de petites briques. Et voilà que le mur s'effondre.

La main de la créature sur les doigts délicats de Thomas, qui ne semble pas plus gêné que cela.

(Il la retire dans les dix secondes, esquissant un petit sourire gêné, mais le temps pour Joanne s'écoule différemment, avec une épouvantable et implacable lenteur.)

*

THOMAS

Joseph ne répond ni aux appels ni aux SMS.

À croire que tout le monde lui en veut se soir.

D'abord, Joanne qui lui pose un lapin au Rosebud.

S'excusant à peine, genre hyper froide, alors qu'il a attendu des plombes, forcé de faire la conversation avec l'autre touriste. Non pas qu'elle ait été désagréable, mais ses remarques sur le serveur ont fini par l'agacer.

Je crois que le barman vous aime bien, avait-elle murmuré en posant sa main sur la sienne comme s'ils étaient potes, ou frère et sœur, et que l'instant était super grave.

Comme s'il avait besoin de ce geste pour lui donner du courage, de la force.

Vous devriez lui donner votre numéro, allez, ne soyez pas timide...

De quoi je me mêle ?

Pourquoi vouloir à tout prix donner un conseil quand l'autre ne vous a rien demandé ? Typique de certaines meufs qui, sous prétexte de lire de temps à autre un article de magazine psycho à la con, se prennent pour des thérapeutes.

Et sinon, que fait-elle dans le coin ?

Il est marrant, cet accent, il vient d'où ?

(Changer de conversation à tout prix...)

Elle est allemande, voilà pourquoi.

Allemande ?

Thomas feint la surprise.

En vérité, les Allemands sont dingues de la région. Les ciels plombés, la cuisine au beurre, les après-midi à la plage où on se les pèle même au mois d'août : la panoplie complète pour le vacancier masochiste.

Elle connaît la ville depuis qu'elle est gamine, son père (allemand) avait eu un amant (français, un marin qui vivait dans un petit village, à deux pas), et tous les ans ils passaient l'été au camping des Flots bleus.

D'ailleurs il existe encore, désormais on y loue surtout des bungalows, avant c'était plus sauvage (elle prononce *sauvage* avec une telle détermination qu'un frisson léger mais glacé saisit Thomas à la nuque). Jamais elle ne se lassera des falaises ventées qui dominent les plages de sable blanc.

Jamais !

Un amant français ?

Thomas a sûrement mal entendu, *amante* et non *amant*, c'était une simple histoire de voyelle. Il n'était déjà plus très frais, et elle éclusait le blanc comme s'il s'agissait d'une simple boisson rafraîchissante. On dit les Allemands plus libérés, surtout sexuellement. Plus à l'aise avec leur corps, toujours partants pour se foutre à poil à la moindre occasion.

Un second frisson l'a électrisé, il songeait à Joseph et à son allusion au naturisme.

Ce bar rend dingue, voilà la conclusion.

Thomas avait poussé la porte du Rosebud en avance, vaguement stressé. Histoire de ne pas poireauter seul à une table, il s'était assis au bar, sirotant une pinte généreusement offerte par le barman, lequel n'arrêtait pas de sourire bizarrement.

Puis sa voisine avait engagé la conversation, d'abord sur la météo, puis sur l'atmosphère si particulière qui régnait dans le lieu.

Qu'est-ce qu'elle fichait, Joanne ?

Déjà quinze minutes de retard, et la Teutonne qui commençait à le saouler.

Quand, tout à coup, un SMS, plus laconique tu meurs : « Empêchement de dernière minute. On se voit demain. »

Pas d'« au revoir » ni de smiley, que dalle.

Pour une fois qu'il lui proposait de papoter en dehors du taf. Après de longs moments de tergiversation, Thomas avait conclu qu'un verre en tout bien tout honneur faisait partie du travail en équipe. Et peut-être qu'ainsi Joanne se révélerait un peu moins fouineuse. Qu'est-ce qu'elle lui avait pris la tête avec son frère, le nom du lycée, l'adresse !

Thomas renvoie un troisième (quatrième) SMS à Joseph. Dieu qu'il déteste se montrer à ce point insistant. Quitte à choisir la solitude plutôt que donner l'image d'un homme qui mendierait des miettes d'amitié.

Et en plus le frigo est désespérément vide.

Une demi-heure plus tard, la sonnerie retentit.

Le livreur a la tronche typique de l'étudiant qui a encore foi en l'humanité. D'une jovialité suspecte. Ouf. Thomas redoutait, une fois de plus, de se retrouver face à l'éternel migrant au sourire triste et au vélo déglingué. Thomas n'est pas un esclavagiste, il a juste envie d'un bon kebab, qu'est-ce qu'il y peut si les patrons ne déclarent pas leurs employés ou s'ils les logent à quinze dans des préfas pourraves ?

Le jeune devra patienter, car Thomas ne trouve pas la monnaie.

« C'est sympa chez vous ! »

C'est bien la première fois qu'il entend le mot *sympa* associé à son intérieur.

Ou alors c'est la première fois que Thomas autorise quelqu'un de l'extérieur à pénétrer ainsi dans son intimité.

Au moment où Thomas s'apprête à donner une piécette ou deux à Jonathan (c'était écrit sur l'appli : *Jonathan a accepté votre commande*, *Jonathan a récupéré votre commande*, *Jonathan est en route*, *arrivée imminente de Jonathan*, etc.), ce dernier aperçoit l'arme de Thomas.

Zut, Thomas a encore oublié de la laisser dans son casier… Il sait pourtant que la porter après le service est strictement interdit.

Et comme il n'a pas remonté la fermeture éclair de son hoodie, difficile de cacher quoi que ce soit.

« Pitié ! ne me faites pas de mal ! »

Thomas n'en revient pas.

Comme si posséder un pistolet semi-automatique faisait de vous un dangereux criminel. En Amérique, tout le monde possède un *gun*. Logique quand le premier commissariat se trouve à des dizaines de miles.

Ici c'est un peu pareil avec des flics en sous-effectif (tout le pays est en sous-effectif, un jour, c'est sûr, ça va finir par péter), mieux vaut prendre ses précautions donc…

Surtout avec des cambrioleurs, des drogués, des accros au crack débarqués d'on ne sait où.

Il a fallu que Thomas use de toute sa force de persuasion et de négociation pour ramener le jeune éphèbe au calme, lui expliquant que policier est son métier et qu'un policier ne quitte jamais son arme.

Thomas a simplement dit *policier.*

Au vu du succès de l'exfiltration de Jonathan depuis l'entrée du pavillon jusqu'à la selle de son vélo électrique, Thomas aurait largement mérité de travailler au GIGN !

Le kebab a beau être tiédasse, Thomas se régale. Au fond, ce genre de soirée lui convient tout à fait.

Qu'ils aillent tous au diable : Joanne, Joseph, Jonathan, la blonde et ses conseils de drague COMPLÈTEMENT à côté de la plaque.

La solitude lui va parfaitement.

*

BARNABÉ

Il n'ose pas.

Mais puisque je te répète que c'est elle *qui a insisté, que c'est* elle *qui veut nous voir…*

Devant la maison de Rosalie, il y a une deuxième voiture garée. Et de la musique qui s'échappe de la meurtrière de la cave. Forte à faire trembler les habitations des alentours.

Et alors ? C'est pas ce que TU voulais : sauver la pauvre princesse des mains du méchant prince pervers ? C'est l'occasion : montre ce que tu as dans le bide.

Pas facile, en plein jour, d'entrer chez des inconnus et de ravir une femme à son époux.

Surtout sans arme.

Restons un peu, le mari partira peut-être et nous aurons le champ libre.

Les mains dans les poches, la capuche enfoncée au point qu'il en deviendrait presque aveugle, Barnabé fait les cent pas sur le trottoir d'en face. Une fois de plus le voilà face à une énigme.

Et cette énigme se nomme la Femme.

Acte 1 : elle lui propose de venir chez elle.

Acte 2 : le jour où il se pointe, surprise, son mari est là lui aussi.

Acte 3 : ?

– Je peux vous aider ?

Le son de la voix est proche.

Juste derrière nous, essaie de ne pas sursauter !

Barnabé se retourne et sursaute comme un chat qu'on ébouillante.

– Ça va pas de faire peur aux gens comme ça ?

Tous deux se toisent longuement. Au fond d'elle, elle ressent de la déception en découvrant ce gamin à l'air perdu et légèrement dérangé (et en même temps, il pourrait se révéler dangereux, qui sait…).

De son côté, Barnabé ne sait pas très bien s'il doit se méfier ou non de cette (grosse) femme en salopette (il a cru durant quelques secondes à peine qu'il s'agissait d'un homme), chaussée de sandales de randonnée d'où dépassent des ongles épais et légèrement difformes. Ses cheveux sont gris, dressés sur la tête, comme si elle venait de s'électrocuter. Derrière les verres épais de ses lunettes, des yeux agrandis, globuleux, brillant d'une drôle de lueur.

– Je vous ai posé une question, jeune homme.

– Bah ça se voit, non ? Je me promène.

T'as raison : comme les politiques, il faut tout oser. Ça fait juste dix-huit fois qu'on repasse devant la maison.

– Vous êtes au courant qu'il existe d'autres rues, d'autres quartiers, qu'il y a même la mer pas très loin ?

– J'aime bien cette route, OK ?

– Vous êtes du coin ? Votre tête me dit quelque chose.

– Et vous, vous êtes flic, ou quoi ?

– Non, mais je peux les appeler en disant qu'un type vient de passer exactement *dix-huit fois* au même endroit avant de s'arrêter *dix-huit autres fois* devant la maison d'en face. Ils se feront un plaisir de débarquer, vous savez, ça les changera des chiens errants et des touristes qui se perdent dans les sentiers de randonnée...

– Dix-huit fois ?

– J'ai compté, oui.

– Vous n'avez rien d'autre à foutre que d'espionner les gens ?

– C'est l'hôpital qui se moque de la charité.

– Hein, quoi ?

– C'est pourtant clair : un type passe dix-huit fois dans la même rue, c'est un peu *suspect*, non ?

– Suspect ?

– Oui, suspect : vous comprenez le sens de ce mot ?

– Je suis pas encore totalement attardé.

Solange le considère de nouveau.

Attardé serait sans doute exagéré, mais mieux vaut ne pas le provoquer inutilement. Il ne manque pas de charme, pourtant quelque chose dans son regard l'effraie. L'attire. N'importe quoi, voilà qu'elle se met elle aussi à dérailler. Reprendre le dessus, lui rappeler que c'est lui qui se comporte de manière étrange.

– Vous parlez à haute voix depuis une dizaine de minutes en serrant les poings et en faisant des mouvements de tête bizarres.

– Et ça vous donne le droit de poser un diagnostic ?

– Entre nous, il n'est pas très difficile à poser.

– Donc, vous êtes psy.

Une psy en salopette. Elle doit proposer le forfait analyse et vidange.

– J'ai été institutrice et formée à reconnaître des comportements *suspects* parmi mes élèves. Ça m'a beaucoup aidée pendant ma longue et passionnante carrière. J'ai pris ma retraite l'année dernière après trente-huit années de bons et loyaux services.

Quand on reviendra cette nuit, on va lui faire bouffer le balai chiotte qu'elle a sur sa tête avant de l'achever d'une balle dans le bide. On la regardera se vider lentement de son sang tout en fumant une clope.

– Je fume pas, j'ai jamais fumé et je fumerai jamais !

– Pourquoi vous me dites ça ?

Finalement, ce gamin est givré. Solange est presque rassurée, au moins elle tient son coupable. Le *stalker* de ses nuits. Elle va pouvoir appeler la police (plus tard, quand il sera reparti, confiant) et TOUT lui raconter.

– Je me parlais à moi-même, OK ? Bon et puis j'ai pas à me justifier. Je me casse !

– Excellente décision, mon petit. Et n'oubliez pas de faire un tour sur la plage, le paysage est charmant et l'air vous fera du bien.

Barnabé s'éloigne d'un pas rapide, agacé. Il se retient de hurler. Et comme si ça ne suffisait pas, au moment de bifurquer à droite, rue des troènes, voici qu'une voiture, roulant au pas, approche.

« Barnabé ! »

Ses parents.

La loi des séries, mec.

Il ne se souvient pas de les avoir vus ensemble sous un même habitacle. Peut-être quand il était enfant. Sûrement quand il était enfant et qu'ils formaient une famille à peu près normale.

Le père tire une tronche de quinze mètres.

La mère porte un chapeau ridicule.

– Barnabé, monte dans cette voiture immédiatement.

– Ça ne peut plus durer.

– Tu veux t'attirer des ennuis ?

– Tu veux NOUS attirer des ennuis ?

– Tu veux NOUS FAIRE DU MAL, Barnabé ?

– Gare à toi si tu refuses de monter !

– Eh bien, ton père et moi envisageons sérieusement une admission en institut spécialisé, et Dieu sait que je n'étais pas d'accord, mais si c'est la seule manière de te faire revenir à la raison…

– Interner, si tu préfères.

– Oui, nous en avons le droit.

– Et même le DEVOIR !

– Oui, mon grand, nous crions.

– Nous crions de colère.

– Nous crions de dépit.

– Nous crions, car nous t'avons accueilli à la maison et fait confiance. Et voilà comment tu nous remercies.

– La portière est mal fermée, bon sang.

– Même pas fichu de claquer une portière.

– Boucle ta ceinture…

– Nous roulons vite, car ton père est pressé de rentrer au cabinet. De plus, il connaît la route par cœur. Inutile d'essayer de changer de sujet, Barnabé. Oh et puis ASSEZ !

– Qu'allais-tu chercher chez l'une des patientes de papa ?

– Réponds, Trésor.

– J'ai dit à ton père que je vous avais vus discutailler et qu'elle t'avait donné sa carte. Comment ça, de la délation ? Tout de suite les grands mots, mon cœur. Collabo ? Tu me peines beaucoup en m'accusant ainsi, après tout ce que j'ai fait pour toi…

– Ta femme n'est pas une collabo.

– Je voulais dire : ta mère n'est pas une collabo. Ma langue a fourché, ça arrive aux meilleurs d'entre nous.

– Tu lui as fait du mal ? Tu l'as forcée à faire des choses ?

– Réponds !

– Que comptais-tu faire à deux mètres de chez cette pauvre femme ?

– Ça ne t'a pas suffi la dernière fois ?

– Tu veux aller en prison, c'est ça que tu veux ?

– Ou pire : sur la chaise électrique ?

– Bien sûr que la chaise électrique existe dans certains États.

– À ta place, je n'en serais pas si certain, Barnabé. Ne crois pas que c'est parce que c'est en Amérique que ça n'arrivera jamais chez nous.

Barnabé ne comprend pas très bien pourquoi il irait en prison (ou qu'il se ferait frire le cerveau) simplement pour s'être promené dans cette fameuse rue. Il repense à la femme obèse en sandales et en salopette dégueu. À son regard de voisine folle furieuse. Un profil à découper des cadavres d'enfant dans une salle de bains aménagée pour l'occasion dans son sous-sol.

Le père continue de rouler avec des accélérations dans les virages à quatre-vingts kilomètres à l'heure.

La mère continue d'agripper son chapeau tout en tirant à l'aide de sa bouche-mitraillette ses phrases en rafales.

– Ne joue pas au plus malin, Barnabé, désormais tu ne sortiras plus de la maison.

– Et tu prendras ton traitement. Ton père a raison : il te faut des médicaments. C'est lui qui te fera les injections.

– Ou peut-être moi, qui sait, ce n'est pas très compliqué. Je pensais que l'amour d'une mère suffirait mais, apparemment, l'amour n'est JAMAIS tout à fait suffisant.

– En te piquant, nous serons sûrs.

– Ça fait un peu mal, oui, mais c'est pour ton bien.

– Mais l'amour ça reste important, et nous t'aimerons toujours, mon lapin. Surtout moi.

– De toute façon, tant que tu es sous notre toit, c'est à nous de décider ce qui est bien pour toi.

– Même si tu es majeur.

– Même si tu vas sur tes vingt-six ans.

– Vingt-six ans, certes, mais pas vingt-six d'âge mental !

– Tant pis si tu es blessé.

– Il faut parfois regarder la vérité en face.

– C'est ça ou la porte.

– C'est ça ou l'hôpital psychiatrique !

– C'est ça ou la prison.

Barnabé et ses parents viennent de passer la grille dans un dernier sprint. Le père freine dans un crissement de pneus et de poussière, tandis que la mère pousse un ultime petit cri.

Retour à la case maison.

Peu importe, puisque c'est décidé : ce soir, Barnabé fera le mur. D'abord, il devra trouver l'arme.

Et gare à celui (ou CELLE) qui se mettra sur son chemin.

Ni tes parents ni personne, personne, tu entends, ne nous empêcheront de vivre notre amour.

*

THOMAS

Couché trop tôt, et voilà le résultat : impossible de se rendormir et le radioréveil n'affiche *que* trois heures quarante-cinq. La veille, après les pintes, le kebab et les deux (trois) minijoints, il s'est écroulé à dix heures. Sombrant dans un sommeil lourd, transpirant abondamment, respirant fort.

Heureusement que personne ne partage son lit, sinon il (ou elle) aurait pris ses jambes à son cou. L'odeur de sueur et de linge mal lavé est si forte que Thomas décide d'ouvrir la fenêtre, tant pis pour le froid et l'humidité. Sous le halo discret de sa petite lampe de chevet, il remarque un livre ouvert, page 71, dont il n'a strictement aucun souvenir. *Vindicte d'Outre-Tombe* : qui a bien pu laisser passer un titre pareil ? D'après la quatrième de couverture, l'histoire est celle d'un jeune gars fauché qui épouse une dame extrêmement riche, retrouvée, quelques jours plus tard, pendue dans le grenier. Malgré une enquête approfondie, le séduisant veuf est lavé de tout soupçon et part s'installer dans un manoir cossu, dans une petite ville balnéaire, pour profiter de ses rentes. Jusqu'à une nuit où il entend *quelque chose* gratter sous les toits.

Bof.

Encore une histoire de fantômes. Le passé qui revient hanter le personnage, rien de bien original, pas étonnant que Thomas ne se le rappelle plus.

La caresse humide du vent sur son visage finit par lui remettre les idées en place. Il sait qu'il ne se rendormira plus. L'image du livreur lui revient, son visage effrayé (de beaux yeux clairs écarquillés) au moment où Thomas (sans le faire exprès, combien de fois devra-t-il le répéter !) exhibait son *gun*. Il faudrait retrouver la trace du livreur, lui envoyer un message pour s'excuser de nouveau.

À l'occasion lui proposer de boire une bière ? S'il attend le retour de Joseph, ça risque de prendre des plombes.

La chambre sent le frais et la terre mouillée.

Après trois séries de pompes (triceps et grands pectoraux), Thomas saute sous une douche glacée en poussant de grands cris rauques. Puis il avale deux espressos.

Quatre heures trente du matin. Le soleil ne se lèvera pas avant des plombes. Le moment parfait pour une petite balade.

*

CÉLIA

Avec une cheville enflée, rien de tel qu'un petit lit où les pieds dépassent. Toujours savoir tirer un enseignement positif de chaque situation, telle était la devise de ma mère. J'ai souri. Ce genre de sagesse populaire m'avait longtemps hérissée. Venant de ma mère, surtout. Des réflexions profondes, des débats passionnés et passionnants sur le monde, voilà ce que j'aurais aimé avoir. J'enviais mes amis d'école aux parents intellos. Ce à quoi ma mère aurait répondu qu'il faut se contenter de ce qu'on a. J'admets aujourd'hui qu'elle n'avait pas tort, pas toujours en tout cas, quant à moi je m'étais montrée bien des fois injuste à son égard.

Un peu avant vingt heures, un jeune (charmant) serveur m'a menée à une table légèrement en retrait, vous serez tranquille ici, madame. Sa manière de prononcer *madame* m'amusait. Le relais de Maître Kanter, situé à moins d'un kilomètre de mon hôtel, était le seul établissement qui, en semaine, servait tard (vingt-deux heures). La plupart des tablées avaient déjà commandé leur dessert, je devais être parmi les derniers clients. Côté menu, la carte proposait un nombre vertigineux de plats : moules-frites, entrecôtes, saumon en cocotte, tartares, choucroutes, carpaccios, Saint-Jacques, plateaux de fruits de mer, assiettes de fromages, de charcuteries, ou mixtes. On venait visiblement beaucoup entre collègues de boulot. De mon petit coin *tranquille*, légèrement en retrait, j'observais plusieurs groupes parler et rire fort, je plaignais les rares couples venus chercher un peu de quiétude ou de romantisme – la femme et l'homme assis un peu plus loin, à ma droite, se parlaient à peine et mangeaient à toute vitesse, chacun le regard rivé sur son portable.

J'ai opté, comme chaque fois que je doute de la qualité de la cuisine, pour une salade de chèvre chaud. Bien que le mélange d'antidouleurs et d'alcool ne soit pas recommandé, j'ai demandé un verre de bourgogne. Puis un deuxième. Le serveur se montrait curieux, toujours avec un joli sourire accroché au coin des lèvres. Il voulait bien sûr savoir ce que je faisais dans le coin et d'où je venais. Je n'avais pas une tête à habiter ici, c'est sûr !

Je restais vague, évoquant une amie *retrouvée* des années après, puis, presque dans un murmure, j'ai ajouté que j'habitais Paris. J'osais à peine le dire. Depuis quelques années, la tension était palpable au moment d'avouer qu'on habitait la capitale, comme si on devenait dans l'instant coupable de la concentration des pouvoirs, des richesses, des médias. Le serveur a haussé les épaules. Lui n'habiterait jamais une ville aussi bruyante et polluée. Ensuite il a voulu savoir à quel hôtel j'étais descendue. Celui proche de la gare ? Au fait, il s'appelait Dan. Je n'ai su que répondre. Trop d'informations à la fois. Peut-être était-ce un jeune tueur en série qui choisissait ses proies au moment de tendre la carte des desserts. Poliment, j'ai décliné, bien que l'envie d'une coupe de glace régressive (colonel, banana split, tutti frutti) me mît l'eau à la bouche.

Dan paraissait à la fois si innocent et si sûr de lui à draguer ostensiblement et maladroitement une femme plus âgée d'au moins dix ans. Il connaissait bien l'établissement, car le propriétaire était un ami de son père. Je nous ai imaginés dans le lit minuscule, nous contorsionnant comme de jeunes amants fougueux. Si j'avais été un homme, je n'aurais pas hésité une seconde, et cette idée m'a rendue si triste que j'ai commencé à parler des falaises abruptes, du temps pourri qu'il faisait avant de demander l'addition. Pas même de café. Dan m'a tendu un petit papier avec son numéro de téléphone griffonné dessus. Au cas où j'aimerais me promener le long des chemins, a-t-il précisé.

Dans ma chambrette, sous les toits, juste avant d'éteindre la lumière (il n'y avait qu'un seul interrupteur au-dessus du lit), j'ai déplié de nouveau le papier. Une minuscule larme a coulé sur ma joue.

Puis j'ai rêvé que Dan m'embrassait longuement dans une impasse étroite et sombre, ça ressemblait à New York, ou plutôt à un polar urbain avec New York en toile de fond. Quelqu'un nous observait. Je notais le rougeoiement d'un bout de cigarette. Un lampadaire s'est allumé, éclairant l'imposante silhouette. Solange ! J'ai voulu parler, prévenir Dan, mais le décor avait changé. Au belvédère, Solange se penchait vers moi, me répétait qu'elle m'aimait, que je devais me laisser faire, mais je ne voulais pas, non, où était Dan ? Sous une pluie battante, Solange, bizarrement chauve, me criait qu'il fallait, puisque j'étais indigne d'amour, que je saute.

Allez, Célia, du nerf !

Bon sang, je m'étais rendormie. Pour une raison que j'ignore, l'alarme de mon portable ne s'était pas déclenchée. Je me suis précipitée sous une douche glacée tout en me brossant les dents. Dans l'ascenseur, j'ai passé un peu de fard sur mes paupières. Le cauchemar, où Dan métamorphosé en Solange m'obligeait à faire le saut de l'ange du haut des falaises, m'avait brutalement sortie de mon sommeil un peu avant l'aube, et je n'avais pas eu le courage de me lever si tôt. Neuf heures cinquante. Dans une salle de petit déjeuner déserte, l'employée s'activait à ranger le buffet d'un air satisfait. Selon elle, j'étais « la dernière », et il n'y avait plus d'œufs, ni de croissants, ni de jus de pamplemousse. Me forçant à ne pas lever les yeux au ciel, j'ai répondu qu'un café ferait très bien l'affaire, de toute manière je n'avais pas beaucoup de temps.

*

BARNABÉ

Les parents ont dit qu'ils l'attendaient dans exactement quinze minutes. Le temps de prendre une douche et de soulager les tensions accumulées toute cette putain de journée.

L'eau est tiédasse, limite froide.

Eh merde !

Sa mère a sans doute tripoté le chauffe-eau, simplement pour le plaisir de le rendre dingue.

Fermons les yeux et concentrons-nous sur Rosalie, sa jolie maison en crépi beigeâtre, imaginons sa chambre, le parfum sur son oreiller, son corps entièrement offert.

Barnabé s'exécute, mais c'est le fantôme de Clarisse qui lui apparaît, recouvert d'algues, ses orbites vides d'où sortent une nuée de petits crabes tigrés.

C'est quoi ce délire ?

Inspire, ça va passer.

Clarisse a disparu.

Ouf.

Barnabé ne croit pas aux fantômes. Contrairement à Sam. Bon sang, faut-il en plus qu'il repense ENCORE à cet enfoiré qui, à la première occasion, lui avait planté un couteau dans le dos ?

Sam et ses croyances absurdes.

Sam qui, un jour, et avec le plus grand sérieux, avait expliqué à Barnabé qu'il possédait le don de *voir les morts*. Pas tous les morts. Seulement ceux dont l'âme inapaisée les obligeait à revenir hanter les vivants. Comme sa sœur jumelle qui s'était suicidée dans le grenier de la maison familiale à l'âge de sept ans. Pour mieux apprivoiser son don, Sam s'était abonné à des revues spécialisées dans l'ésotérisme, l'ufologie, la spiritualité ou les mondes parallèles. Son préféré (Barnabé s'en souvient encore) s'appelait *Aux frontières de l'invisible*.

– Barnabé : tu descends ?

Le père est assis à la table de la cuisine face à un grand verre de whisky japonais.

La mère leur tourne le dos, debout et légèrement courbée sur son plan de travail. Avec ferveur et entrain, elle presse des citrons dont elle prend soin d'ôter chaque pépin. Puis elle verse le jus dans une grande carafe d'un liquide clair à la surface duquel flottent trois feuilles de menthe.

– Un peu de citronnade, Trésor ? Préparée avec les citronniers du jardin.

Sans attendre de réponse, elle remplit le verre du fils à ras bord. Le père, entre-temps, se ressert. Après s'être raclé la gorge, il se lance dans un long discours que Barnabé écoute sans écouter.

Son sevrage lui permet de filtrer la parole.

Surtout la parole du père.

Des bribes lui parviennent çà et là.

Comme s'il flottait dans une autre dimension, loin de cette cuisine.

– Je t'ai pourtant dit de ne pas parler aux patients.

Barnabé reste coi.

– Et encore moins aux patientes.

Cause toujours.

– L'une d'entre elles m'a confié que vous avez discuté durant quelques minutes et que tu la fixais d'une drôle de manière. Une drôle de manière, ça veut dire avec insistance. Une drôle de manière, ça veut dire que les gens ressentent par exemple de la gêne.

Barnabé a envie de répondre que pas du tout.

Que c'est *elle* qui lui a collé sa carte entre les mains.

La carte où accessoirement il y avait son adresse, si ce n'est pas une invitation, alors quoi.

– Dis quelque chose, mon cœur.

L'amour n'a pas besoin de mots…

– Ta mère et moi pensons que, contrairement à ce que tu prétends, tu ne prends pas ton traitement. Ce qui signifie en clair que tu as abusé de notre confiance.

– Tu comprends ce que cela signifie ?

L'amour n'a pas besoin de confiance. Il est au-delà de la confiance, au-delà de tous ces questionnements à la con.

La mère n'a visiblement plus de citrons à épépiner, car elle vient de prendre place à côté du père. Se contentant de hocher la tête. Et toujours avec ce sourire de sainte-nitouche dont elle garde jalousement le secret.

– Tu ne bois pas, mon grand ? Tu devrais au moins goûter, et en plus ça te donnera des forces.

Goûter au délicieux poison fait maison, non merci !

Barnabé a tout de suite remarqué qu'elle s'est bien gardée d'y toucher, elle. Faisant mine de tremper ses lèvres...

– Et toi ? Pourquoi t'en bois pas, hein ?

– Oh, mon petit, mais bien sûr que j'en bois : regarde, je me suis versé un verre juste avant que tu descendes, c'est juste que j'avais trop trop soif.

Qu'est-ce qu'elle peut être agaçante quand elle imite les jeunes !

Barnabé finit par laper une toute petite gorgée. Il ne peut pas se résoudre à donner du crédit à ces histoires d'empoisonnement.

Sur ce coup-là, la voix se trompe.

Je ne me trompe jamais !

D'autant que la citronnade ne manque pas de saveur. Pas trop sucrée, juste ce qu'il faut d'acidité.

– J'ai cru que tu voulais m'empoisonner, dit-il avec le plus grand sérieux.

– Mais enfin, Barnabé, que vas-tu chercher là ?

– J'ai pas fini de parler ! lance le père, agacé.

Le voilà qui reprend de plus belle. Barnabé soupire et se projette de nouveau dans son autre réalité. Où les mots sortent de la bouche du père et meurent instantanément. De temps à autre, sa main caresse distraitement sa barbe, tripote les branches de ses lunettes, genre pour se donner un air.

L'éventualité que cet homme ne soit pas son père frappe brusquement Barnabé, telle la foudre.

N'importe quelle personne de l'extérieur, même avec la meilleure volonté du monde, ne trouverait aucune ressemblance entre ces deux hommes.

Pour la simple et bonne raison que : le père est grand, maigre, maniéré, visage émacié, front profondément entaillé de rides, yeux marron, presque noirs, cheveux épais, très bruns, et grosse barbe dégeu.

Tandis que Barnabé est trapu. Une petite boule de muscles, de jolis yeux verts, des cheveux tirant sur le blond et une tête de poupon toute ronde.

Ce n'est *objectivement* pas possible qu'un même sang coule dans leurs veines.

D'ailleurs, quand Barnabé feuillette un album de photos de famille (même s'il ne se souvient pas exactement à quand remonte la dernière fois), le père est toujours absent du cadre.

Comme par hasard !

Si ça se trouve, le père a reconnu l'enfant par pur acte de charité.

Le voici qui tape brusquement le poing sur la table. Les verres frémissent. Celui de la mère déborde.

– Tu peux te concentrer deux minutes ?

La mère se précipite vers l'évier. Une demi-seconde plus tard, à l'aide d'une éponge flambant neuve, elle tamponne la table avec une infinie précaution, comme s'il s'agissait d'une blessure.

– Est-ce que tu m'as compris, Barnabé ?

Merde, du coup, il n'a rien suivi.

– Ton père est en train d'expliquer que nous attendons qu'une place se libère.

– Une place où ça ? demande Barnabé.

– À l'institut psychiatrique de Sainte-Marthe.

Il a pas perdu de temps, le vieux. Sitôt arrivé, sitôt dégagé.

– Hein ? Vous êtes malades !

Un court instant, il balaie la cuisine du regard, cherchant tout objet susceptible de servir d'arme, même si s'en servir lui paraît soudain particulièrement difficile… N'y avait-il pas un porte-couteaux en bois de bambou posé à côté de l'évier ? C'était il y a longtemps… Depuis son retour, il a fouillé les tiroirs à plusieurs reprises.

Encore un coup de sa paranoïaque de mère !

– C'est toi, mon beau, qui es malade…

Barnabé éclate d'un rire franc.

– Je vais vous la faire courte : plutôt crever qu'aller en HP, OK ?

– Barnabé, murmure la mère faussement indignée, ne dis pas des choses pareilles, même pour plaisanter.

Le visage de Barnabé se transforme. Son regard devient dur et menaçant. Sa mâchoire se crispe.

– J'ai l'air de blaguer ? Hein, regardez-moi : j'ai l'air DE BLAGUER ?

– Ne crie pas, pour l'amour de Dieu.

– Lâche-moi avec ton Dieu.

– Il veille sur nous, Barnabé !

– Je m'en bats les couilles : c'est plus clair comme ça ?

La mère pousse un petit couinement horrible (on dirait un animal qui vient de naître), puis elle fond en larmes. Jamais elle n'a aussi bien incarné son rôle de grande tragédienne. Autour de son cou, sa petite croix brille d'une ferveur nouvelle.

– Je suis sérieux, reprend Barnabé : faudra me passer sur le corps.

– Tu seras bien suivi à Sainte-Marthe, c'est une institution de grande renommée.

Le père parle sans grande conviction. Il n'a pas le même talent d'acteur que son épouse.

– Je m'en branle de la renommée.

– BARNABÉ !

La mère se bouche les oreilles.

– Branler, branler, branler, branler, branler.

L'air abattu, le père lorgne la bouteille, se demandant si c'est bien raisonnable.

– Hier vous avez parlé d'une piqûre, alors pourquoi ne pas en finir et me faire piquer, hein ? Ce serait plus simple pour tout le monde, non ?

– Nous évoquions ton traitement, c'est pour que tu ailles mieux, mon loup. Ton père et moi, nous voyons bien qu'en ce moment quelque chose ne tourne pas rond.

C'est eux qui ne tournent pas rond, eux qui sont atteints de démence, ne l'oublie jamais !

– Bon, je reprends : JE N'IRAI PAS À SAINTE-MACHIN.

– Sainte-Marthe.

– C'est grotesque comme nom. Ça fait couvent. Vous allez m'enfermer dans un couvent à la con, c'est ça ?

– Ne jure pas, Barnabé !

– Putain, putain, putain.

– Barnabé, ça suffit, ne parle pas comme ça à ta mère.

– Branler, branler, branler.

Barnabé a de nouveau une crise incontrôlable de fou rire. Au point de recracher un peu de citronnade sur la table.

Puis, soudainement, son humeur change.

Un couvent…

Dans la vision aussi fugitive que terrifiante qui le saisit, Barnabé se voit sanglé sur un lit, entièrement nu, entouré par une horde de religieuses aveugles qui lui promettent les pires sévices tout en lui effleurant le nombril du bout de leurs ongles crochus.

– Regarde ce que tu as fait, Barnabé ! se lamente la mère avant de se relever promptement. Il va falloir repasser un coup d'éponge.

Le père attrape la bouteille de whisky et conclut :

– En attendant qu'une place se libère, tu auras ton injection chaque jour, à compter de demain, dès que nous serons passés à la pharmacie.

Avant de remonter au grenier et d'attendre sagement son repas, Barnabé tente le tout pour le tout et se faufile dans le cabinet du père.

C'est risqué, mais il n'a pas le choix. Si cette nuit il veut sauver son Amoureuse et si, par un malheureux hasard, il se retrouve nez à nez avec le monstre déguisé en mari, Barnabé aura besoin de l'arme.

Grouille.

Pour le moment, le père n'a pas quitté la cuisine. Barnabé entend sa voix nourrie d'exaspération.

Des reproches adressés à son épouse entre deux bruits de vaisselle.

« Tout ça, c'est ta faute, toi et ta charité à la con », lâche le père.

T'occupe, je t'ai dit. T'es sûr de savoir où le vieux la cache ?

Bien sûr qu'il sait.

Le souvenir est remonté à la surface comme une bulle d'air. Il y a vu la scène où, enfant, il jouait avec la boîte contenant l'arme. Dans le petit meuble bas près du bow-window, un meuble laqué (hideux) d'inspiration japonaise avec des illustrations de type montagnes au loin, cerisiers en fleur, meufs en kimono s'éventant en riant, et tous les clichés du genre.

Tandis que Barnabé s'approche de la fenêtre, le père continue sa complainte. Comment peut-il travailler en toute quiétude ? Un thérapeute a besoin de créer un espace de confiance et non d'être sans cesse aux aguets, de craindre le pire avec un fils pareil sous un même toit !

Brusquement les yeux de Barnabé se remplissent de larmes.

Pleure pas, ça sert à rien. Prends le revolver et tirons-nous d'ici !

Il renifle, s'essuie rapidement les joues et ouvre le tiroir du bas, comme quand il était enfant…

*

CÉLIA

En dépit de mon léger retard pour cette troisième audition, je n'ai essuyé aucune remontrance. La lieutenante avait visiblement perdu de son assurance. Son ton, d'habitude si tranchant, s'était émoussé. Elle paraissait épuisée, son visage était gris, ses yeux cernés d'ombres qui me faisaient penser à de la suie. Je me suis demandé si un policier n'a jamais dormi paisiblement.

Leur unique témoin avait succombé à ses blessures, ont-ils fini par avouer, presque dans un murmure. Sous-entendu qu'il ne restait plus que moi, et le peu que je savais sur Rosalie, ou plutôt, le peu que j'étais prête à leur offrir. Solange était morte ? Il m'a fallu quelques minutes pour rassembler mes idées. Le paracétamol commençait à faire effet, la douleur s'estompait peu à peu. Puis je me suis rappelé brusquement l'article parcouru à la hâte dans le canard local au petit déjeuner. Un accident de voiture terrible survenu la veille, le genre de fait divers dont on préfère oublier les détails sordides. Le chauffeur roulait à une vitesse folle et, après avoir percuté une première fois la victime, il avait enclenché la marche arrière et était repassé sur le corps à plusieurs reprises.

Beaucoup de conducteurs, y compris parmi mes proches, ont un rapport ambigu avec la vitesse et par extension à la violence. Une fois la clé dans le contact, ces amis, si adorables soient-ils, se changent parfois en des personnes qui ont perdu tout sens de la politesse, de la prudence, de la civilisation. Prêts à en venir aux mains, à couper la route d'un automobiliste pour le sortir ensuite de son véhicule et le rouer de coups.

Mon interlocutrice m'a demandé de bien réfléchir. Est-ce que j'étais *vraiment* sûre qu'à aucun moment Rosalie ne s'était sentie observée, épiée, voire menacée ? Solange l'avait mise en garde, et ce à maintes reprises. Contre cet inconnu, ce rôdeur louche, cet homme « trapu », vêtu d'une sorte de survêtement à capuche. Au passage, le fait qu'il soit trapu innocentait *de facto* le mari.

Damien mesure presque un mètre quatre-vingt-dix, personne ne l'aurait décrit comme un homme « trapu », mais Solange aurait confondu un enfant et un renard. Il était vain d'insister, je le savais, je le sentais, mais l'innocence du mari restait à prouver.

Celle qui s'acharnait, malgré la fatigue et cet air de moins y croire, était la lieutenante. Que Rosalie ne m'ait jamais parlé de cet « incident » semblait improbable.

« Et pourtant, elle ne l'a pas fait », ai-je rétorqué calmement.

J'ai menti pour les punir d'avoir ainsi négligé la seule piste sérieuse. De l'avoir négligée depuis le début. Parce qu'une voisine à moitié aveugle avait vu une ombre qui ne correspondait pas, selon elle, à la taille de Damien.

J'ai menti pour pouvoir rentrer chez moi, me répétant que j'en avais assez de ce cirque. Ce n'était pas un cirque, mais une petite ville paisible où il y avait eu deux « accidents » (deux homicides) en quelques jours à peine. Et dont les victimes étaient liées.

Les doigts du *good cop* résonnaient fort sur le clavier pendant qu'il tapait ma déposition. Son air affable avait disparu. S'il avait pu me changer en statue de pierre, il l'aurait fait. Ensuite j'ai demandé si cette fois ils en avaient fini, si je pouvais partir, car j'avais un train à prendre dans une heure.

*

THOMAS

La maison des Chevallier !

Thomas feint de jouer la surprise.

Comme si le hasard l'avait conduit juste devant le portail. Collant son front entre les barreaux glacés, il scrute un bon moment les ténèbres.

Dans son for intérieur, Thomas sait, il *sent* que quelque chose de terrible va advenir.

Soudain, une lumière extérieure s'allume et éclaire le perron. Probablement un spot détecteur de mouvements. Puis une ombre furtive. Thomas recule et bondit sur le côté.

Où se cacher ?

Le crissement des pas sur les graviers.

Tant pis, il n'a guère de choix. Soit c'est le fossé, soit il détale, mais il risque fort de se faire remarquer.

(Ce ne serait pas très courageux de fuir…)

Sans plus réfléchir, Thomas se couche sur le bas-côté. Le fossé est humide, collant comme de la poix.

Les pas sont proches, très proches. Le cœur de Thomas cogne fort contre sa poitrine. Il a l'impression que son arme a doublé de volume, heureusement qu'il a pensé à la prendre.

L'ombre passe juste à côté de lui, cette fois Thomas, le front écrasé contre un lit de feuilles mortes mouillées, retient sa respiration. Heureusement que dans ce trou perdu il n'y a pas d'éclairage. Son corps se fond parfaitement au fossé, il est le caméléon du bas-côté. Quelle aventure !

Lentement il se redresse.

Merde, elle est passée où, la silhouette ?

Il perçoit (croit percevoir) un bruit sur sa droite, là où la route de la corniche continue dans les terres, où les maisons bénéficient d'une vue moins spectaculaire qu'ici.

Il hésite un quart de seconde, s'essuie le front, le visage d'un revers de la main et se met en route.

*

CÉLIA

Et si l'auteur du poème n'était autre que Damien ? Parce qu'il n'avait pas trouvé d'autre biais pour s'excuser. Quelques vers, certes maladroits, mais d'une touchante beauté, dans l'espoir secret de faire oublier leur « grosse dispute ».

On aurait dit une gamine. C'était lors de notre dernière conversation, alors que j'avais à deux reprises annoncé que je devais raccrocher. Sa voix devenue mièvre, atrocement aiguë. Rosalie avait attendu la toute fin pour me servir une nouvelle fiction : Damien rédigeant des poèmes et, la nuit tombée, les apportant en catimini à sa bien-aimée.

Une amie m'avait avoué que, en séance d'analyse, elle guettait discrètement le cadran de sa montre, et quand la fin approchait dangereusement, consciente qu'il lui faudrait ensuite rentrer chez elle et affronter de nouveau le monde, le réel, les « emmerdes », elle lâchait brusquement tout ce qu'elle avait sur le cœur, chaque fois elle entendait avec une indicible satisfaction le bruit du stylo de son psy courir sur son carnet.

Cet ultime échange où Rosalie avait, avec le plus grand sérieux du monde, caressé la possibilité que Damien fût aussi poète à ses heures perdues. Sans réfléchir, ne serait-ce qu'un quart de seconde, je lui avais demandé si elle plaisantait. « C'est une blague, j'espère, tu ne crois pas sérieusement que ton mari irait te déposer un poème dans ta boîte aux lettres ? »

Ça l'avait vexée. Sortant les griffes, comme chaque fois qu'on osait émettre une once de critique à l'égard de son *gentil* mari. Sa réplique m'est sortie de la tête, mais puisque, à ce moment-là, elle parlait comme une enfant, il s'agissait de quelque chose de vaguement blessant et de régressif. Je l'imaginais, à l'autre bout du fil, me tirer la langue.

« S'excuser » faisait partie de leur routine.

Se disputer, se séparer, puis revenir l'âme pétrie de remords. Au passage, leur rappeler qu'elles sont belles, généreuses, qu'elles seules savent pardonner.

Et qu'eux les aiment.

Bien sûr qu'ils les aiment, et comment !

Seulement, ils les aiment d'une passion si infinie, si profonde que parfois ils se perdent sur le chemin, errent dans ces endroits terribles, sauvages, ces routes sinueuses où l'on perd tout sens de la réalité, toute humanité.

Les maris qui cognent leur femme, puis débarquent un bouquet de roses à la main.

Comment pouvait-on croire à de tels subterfuges, à ce genre de manœuvres grossières ?

S'aveugler à ce point ?

Dans une moindre mesure, il y a aussi ceux qui croient à l'amour après la guerre, à la réconciliation sur l'oreiller. Que de telles croyances populaires soient encore à ce point ancrées dans nos habitudes me dépasse. M'attriste. Peu importe la nature du conflit, on l'oublierait comme par enchantement. Un joli bouquet, quelques mots tendres griffonnés sur le papier, des bouches avides sur des corps frémissants.

*

BARNABÉ

Réveillé par le hurlement des mouettes !

Une habitude quand on habite un manoir en bord de mer, où la nature parle fort. Les soirs de grands vents, impossible d'ignorer le bruit des vagues qui cognent contre les rochers, leur mouvement, cette volonté obsessionnelle de s'abîmer au même endroit.

Barnabé a toujours aimé la mer, surtout ses profondeurs.

Ses mystères.

Enfant, il pouvait passer des heures penché au-dessus de grands livres d'images consacrés aux fonds marins, à leurs abysses de froid et de silence – un silence si pur, si grand qu'il ne ressemble à aucun autre.

Il n'empêche que les mouettes paraissent étrangement proches. Et qu'un froid particulièrement mordant s'est faufilé dans la chambre, comme si la lucarne était restée grande ouverte.

Ses paupières sont toujours closes, douloureuses – elles remuent à peine, on dirait qu'elles ont été collées à la Super Glue par des doigts diaboliques.

Encore un cri de mouette. À vous déchirer le tympan. Barnabé sent le froid et l'humidité lui transpercer le dos, comme s'il avait dormi dehors sur un petit lit de neige.

Il se demande si sa mère ne lui racontait pas des histoires horribles de mouettes dévoreuses d'hommes, des mouettes mutantes, plus grandes qu'à l'ordinaire, qui poursuivaient les petites filles et les petits garçons pas sages et leur picoraient les yeux.

Attention !

Ses yeux s'ouvrent d'un coup, d'un seul, une mouette le fixe, posée sur sa poitrine. Barnabé hurle et roule sur le côté. Dans un frémissement d'ailes, l'oiseau s'envole en le raillant copieusement.

Heureusement je t'ai prévenu…

Brusquement, Barnabé comprend qu'il a bel et bien dormi dehors et qu'il a neigé. Alors, péniblement, il se lève. Se frotte les yeux, jette un regard à droite, à gauche, tourne plusieurs fois sur lui-même.

On a dormi à la belle étoile, rien que toi et moi. Au beau milieu de la lande, sur sa couche moelleuse, encore plus moelleuse grâce à la fine pellicule de neige – jamais nous n'avions vu ces ajoncs épineux et cette bruyère coiffés de petits chapeaux blancs. Regarde comme c'est beau.

Rien à battre de la beauté du paysage. La seule question qui vaille est : comment s'est-il retrouvé ici, sans même une veste ou un manteau (son pull à capuche qu'il a dû perdre en route), grelottant, crachant ses poumons, conscient qu'il aurait pu y rester.

J'aurais pu crever, seul comme un rat au beau milieu de la lande.

Un observateur dirait qu'il s'est tout simplement pris une cuite et qu'il n'a pas encore complètement dégrisé, lui qui ne boit pourtant jamais.

Ça étonne toujours les gens, quelqu'un qui ne boit pas.

Sam buvait en général pour deux, voire pour tout un groupe quand il était d'humeur chagrine. Les canettes vides, écrasées, s'alignaient au fur et à mesure de la soirée sur la table basse (en réalité une palette de bois transformée en table), tandis que le cendrier se remplissait de mégots et de cadavres de joints. Tu devrais au moins essayer de boire un coup ou de tirer une taffe, ça te détendrait, voilà ce qu'il lui répétait, mais Barnabé refusait. Déjà qu'il essayait de se débarrasser de toutes ces saloperies qu'on le forçait à avaler.

Parenthèse refermée.

Par où commencer quand les pensées s'affolent et partent dans tous les sens comme des fourmis qu'on essaie de noyer ?

Le décor : Barnabé sait au moins où il a atterri, c'est à peine à un kilomètre de chez lui. Il se met en marche sur ce foutu sentier des douaniers en espérant ne croiser personne et, accessoirement, raviver ses souvenirs de la veille. En attendant, ses dents claquent comme celles d'un squelette.

De petites bribes lui reviennent. Barnabé se voit en train de remonter à sa chambre. Juste après l'engueulade avec les parents lui annonçant qu'il serait bientôt interné. Une bouffée de haine lui monte à la gorge. Comment s'appelle l'établissement avec ses nonnes lubriques aux doigts crochus surmontés d'ongles noirs, aiguisés comme des couperets ?

Le vent lui fouette le visage. Au-dessus de sa tête, les mouettes se moquent de sa mémoire en trous de gruyère. Barnabé leur adresse un doigt d'honneur et leur crie d'aller se faire mettre.

Avant de remonter au grenier, on a fait un petit tour par le cabinet du pater familias, *tu t'en souviens ?*

Comment a-t-il pu oublier ?

Agenouillé devant le petit meuble laqué dont il a ouvert le tiroir du bas et extrait avec une infinie précaution la petite mallette qui renferme l'arme du père, cherchant à l'ouvrir (c'est pourtant pas sorcier comme mécanisme), mais obligé de s'y reprendre à plusieurs reprises à cause de ses mains moites.

Clic.

Découvrant avec stupeur que la mallette est vide !

Quelques minutes plus tard, le front collé contre la lucarne de sa chambre, Barnabé a bien du mal à trouver un quelconque réconfort.

À part la voix dans sa tête, il ne s'est jamais senti aussi seul et vulnérable.

Pour ce qui est de ses parents, leur seule obsession est de se débarrasser de lui. Et, en attendant, de l'obliger à prendre le traitement. À le piquer pour le transformer en une poupée vivante, assise toute la journée devant la fenêtre, la tête pantelante et la bave au coin des lèvres.

Pas question que ces deux tarés l'approchent.

Mais comment s'y prendre sans arme ?

Le père a dû sentir le coup venir. Il aura mis le revolver en lieu sûr. Et maintenant, que compte-t-il faire ? Poser le *gun* sur la tempe de son fils pour le forcer à avaler des cachetons ?

Barnabé est sur le point d'éclater en sanglots, mais il se mord l'intérieur des joues.

Sans arme, tout est plus compliqué…

Et que dire de son plan pour sauver Rosalie, son Amoureuse ?

Cette après-midi encore, il visualisait parfaitement la scène. Débarquant en pleine nuit chez elle, tambourinant contre la porte. Sans crainte aucune, puisque, au moment où le mari furibond (et violent, c'est écrit dans les notes du père, qu'il serve au moins à quelque chose, celui-là) ouvrirait la porte, il tomberait nez à nez avec le canon d'un revolver.

Allez, ouste, dégage, bouffon. Dis à ta femme de faire ses valises, je l'emmène.

Ou quelque chose dans le genre…

*

RANDOLF

C'est une chose délicate, pour ne pas dire *impossible*, que d'aimer un fils comme le mien. À moins, j'imagine, d'être prêtre, ce qui ne risque pas de m'arriver, la religion me fait horreur. Les prêtres aiment d'un amour inconditionnel, c'est une de leurs grandes facultés morales, tant mieux pour eux ! J'en serai pour ma part dénué à tout jamais, sans compter que les prêtres absolvent, pardonnent. Comment peut-on croire à de tels discours, comment peut-on se vautrer ainsi dans la simplicité béate ? Les prêtres sont de grands malades, le récit de leur croyance mériterait qu'ils se couchent de longues années sur un divan, je crains cependant qu'une vie ne suffise pas, même cent ans ne suffiraient pas, qu'ils aillent dormir au bois pour l'éternité.

Trouver un juste milieu, voilà ce que je demande. Entre aveuglement et répudiation. Je ne veux ni ressembler à mon épouse, et prétendre que tout va bien dans le meilleur des mondes, ni vivre dans la constante aversion, sentir mes poils se hérisser chaque fois que je le croise, chaque fois qu'il me vient en pensée ! Dieu sait que je combats ces affects, mais le ressentiment est plus délicieux que l'appel du vide. Un fils comme le mien ne peut que déclencher une hostilité plus ou moins sourde, ce n'est la faute de personne, ni des pères ni de la mienne ! Il y a quatre ans, Barnabé a bien failli atterrir en prison pour meurtre. N'importe quel père normalement constitué aurait pris ses distances. Et si en Barnabé ne sommeille pas un criminel

– du moins les preuves n'étaient pas suffisantes –, il n'en demeure pas moins un menteur, un psychotique, un harceleur, un danger pour la société.

Il m'arrive de regretter de ne pas croire en Dieu, simplement pour pouvoir croire au Diable. Ainsi, je lui vendrais mon âme en échange d'un fils *normal*. Je sais qu'il n'est pas de bon ton, surtout dans notre profession, d'utiliser les termes de *normal*, de *fou*. Un fils *normal*, c'est tout ce que je demande.

Je demande également un fils qui ne soit pas un sale petit fouineur ! Qui se garde de la tentation de venir s'asseoir à mon bureau pour y lire mes notes. Cela ne peut être que lui. Seules deux personnes ont accès à mon cabinet, Barnabé et Marie-Éliane. Les traces de doigts sur le papier laissent peu de place au doute.

*

BARNABÉ

Il est presque arrivé.

Marcher l'a un peu réchauffé, mais il continue de sérieusement se les geler. Quel échec, tout de même : rentrer la queue basse, devoir s'écraser devant les parents qui vont probablement s'en donner à cœur joie.

Il entend déjà sa mère.

Il voit l'expression de son père !

Au moment de passer le portail, Barnabé prend conscience qu'il a été empoisonné. L'évidence le frappe en même temps que le grincement de la lourde porte en fer forgé.

Depuis le temps que je te le dis, mais tu refusais de voir la vérité en face.

Moins d'une heure après avoir bu (trempé ses lèvres) dans le verre de citronnade maison, Barnabé a ressenti une fatigue aussi violente que brutale. Comme un coup sur la nuque. Sa tête pesait plus lourd qu'une boule de bowling.

Barnabé, penché sur son petit bureau, remarquant tout à coup des gouttes de sueur (froide) mouiller le papier.

Ploc, ploc, ploc.

Impossible de continuer. Tenir un stylo était comme arracher une épée de son fourreau.

Des poèmes comme celui qu'il tentait de composer, il en avait (heureusement) des dizaines en stock. Des mots comme gravés sur de la pierre, avec un stylo dont il enfonçait la pointe dans les feuilles quadrillées d'un cahier d'écolier, avant de les arracher délicatement pour les fourrer sous son matelas.

Personne ne savait.

PERSONNE !

Combien de déclarations enfiévrées et fébriles, de phrases empourprées de désirs.

Personne, mec.

Toutes dédiées à son Amoureuse.

À SES AMOUREUSES.

Écrire l'amour est la chose la plus difficile au monde. Il n'empêche que, depuis la fin du traitement, Barnabé est parvenu à déjouer tous les pièges, à détourner tous les clichés, à trouver les mots que PERSONNE avant lui n'avait été foutu d'aligner sur une feuille blanche.

Des mots comme des cris.

Sauvages, charnels, qui vous hantent pour longtemps.

Et ensuite ?

Ensuite, tout se brouille.

Barnabé titube.

Dans sa chambre.

Sur l'escalier de service (où il manque de se briser la colonne vertébrale).

Sur l'escalier en bois qui semble avoir été ciré comme JAMAIS – on dirait qu'il descend sur d'immenses patins à roulettes.

Dans l'allée de gravier qui mène au portail en fer forgé, Barnabé sent une très légère amélioration – un froid sec, comme il n'en existe pourtant pas dans la région, le gifle et lui remet quelque peu les idées en place.

Après, c'est un trou noir.

Comme dans l'espace : son cerveau, ses souvenirs, ces quelques heures avant de se réveiller sur la lande – avalés par le néant.

A-t-il réussi à atteindre la maison de Rosalie ? Et pourquoi être retourné ensuite sur le sentier côtier ?

Il n'a aucun souvenir du moment où il a commencé à neiger, c'est bien sa veine. Quoi de plus beau que le tout premier flocon. L'ivresse de la toute première neige…

Ses poches sont vides. Elles contenaient plusieurs poèmes. À moins qu'il ne les ait semés aux quatre vents, ils ont dû arriver à bon port.

Qu'avons-nous fait ?

Barnabé hausse les épaules. Pour le moment, mieux vaut rentrer à la maison, sinon ses parents risquent de lui envoyer le FBI aux trousses. Et puis il recommence à se sentir nauséeux.

*

THOMAS

Après avoir marché peut-être un kilomètre sur la route de la corniche dans une obscurité sinistre (c'est une nuit sans lune, les habitants dorment presque tous d'un sommeil de plomb, pas une seule lumière, même anémique, aux fenêtres), Thomas s'arrête.

Il stoppe net, comme pétrifié.

Son cœur s'affole de nouveau. À l'intérieur de son blouson, l'arme est chaude, elle le brûle presque, traverse le tissu, marque d'une empreinte rouge son ventre qui se tord.

Un peu plus loin, devant une boîte aux lettres : l'ombre. Elle vient de refermer le battant dans un grincement aigu. L'ombre regarde dans sa direction : Thomas se baisse derrière une voiture en stationnement.

Moins une !

Cette partie de cache-cache l'intrigue autant qu'elle lui donne des sueurs froides. Si ça se trouve, cette nuit, un policier municipal sans histoire va sauver la ville d'un dangereux criminel. L'ombre s'éloigne avec une telle vélocité qu'elle semble s'évanouir dans les ténèbres.

Eh merde !

Thomas se redresse, fulmine.

Le fils Chevallier est décidément doué pour disparaître. Qu'est-ce qu'il peut bien foutre ici, à cette adresse, et surtout à une heure aussi indue ? Peut-être qu'il dépose des cartes de visite, même les tueurs en série doivent faire bouillir la marmite. Mais, dans ce cas, il se serait arrêté devant chaque boîte aux lettres.

Thomas est déçu, lui qui pensait vivre quelque chose de fort, d'intense, digne, peut-être, de l'un de ses romans.

Une porte s'ouvre.

De nouveau Thomas s'accroupit derrière une voiture. Avec une infinie précaution, il lève la tête et aperçoit la silhouette très fine d'une femme sur le perron, tournant nerveusement la tête de gauche à droite, tel un oiseau apeuré sur le qui-vive. Puis elle se dirige vers la boîte aux lettres et en ressort une enveloppe.

*

BARNABÉ

À peine rentré au manoir, il voit sa mère descendre l'escalier quatre à quatre.

Bon sang, où était-il passé ?

La nuit entière ils l'ont cherché, craignant le pire ! Au même moment, le père sort de son cabinet, la mine chiffonnée. Mal rasé, le visage creusé, visiblement à bout de nerfs.

« Qu'as-tu fait, Barnabé ? »

*

THOMAS

Bien sûr que ça lui arrive de penser à la mort.

Comme tout le monde.

Et, comme tout le monde, il espère qu'elle se pointera le jour où il sera très (très) vieux, après avoir vécu mille vies. Elle viendra, souriante, bien sapée (si on peut éviter la cape, la faux et le reste de la panoplie) et, si possible, elle ne le fera pas souffrir. L'idéal serait pendant le sommeil. La mort se glissant délicatement sous les draps, dans une ultime étreinte.

Jamais Thomas ne s'est imaginé (n'a *souhaité* avec une ferveur quasi religieuse, alors qu'il ne croit pas en Dieu) mourir *autrement* que centenaire, au fond d'un grand lit douillet et bien chauffé.

Mourir dans le cadre de son travail ?

Ce scénario l'a toujours fait rire. Qu'est-ce qui peut bien arriver à un policier municipal : une chute mortelle à vélo ?

Il ne mourra pas en héros, il le sait. On ne parlera pas de lui dans le journal. Certainement pas de son courage (jusqu'au bout) durant l'opération anti-drogue, l'attaque terroriste, l'opération d'infiltration…

C'est tout juste s'il reçoit des injures quand il demande aux automobilistes éméchés de souffler dans le ballon.

Pour la première fois il se dit : c'est fini.

Thomas a (bêtement) suivi la femme de la boîte aux lettres. Vêtue d'un long manteau, elle se dirigeait vers le belvédère. À quel instant précis a-t-il ressenti le froid piquant, humide et délicieux des flocons sur son visage ?

Il faisait si sombre au belvédère.

Comment est-ce seulement possible ? Toute cette obscurité dans laquelle il avançait presque à tâtons, se fondant en elle.

Un craquement le fait sursauter.

Un deuxième.

C'est à ce moment qu'il songe à la mort. En bas, le bruit de vagues se fracassant mollement au pied des falaises.

Pas maintenant !

Pas ici, en pleine nuit, après cette filature absurde !

Encore un craquement.

Thomas saisit son arme. Explique d'une voix ferme (tremblante) qu'il est de la police. Tourne sur lui-même, cherche à scruter les ténèbres à la recherche d'une lueur, même minuscule, d'une forme, d'une silhouette…

Reçoit un premier coup sur la nuque.

La douleur pareille à un choc électrique.

Tombe à genoux, l'arme lui échappe des mains.

Pris d'une effroyable panique.

Je vais mourir là comme un idiot parce que je n'ai pas été foutu de faire mon job, d'anticiper le danger.

Second coup.

Rideau.

II.

BARNABÉ

– Où étais-tu passé ?

– On se les pèle ici : vous faites des économies de chauffage, ou bien ?

– Réponds, Barnabé !

– J'avais super envie de dormir à la belle étoile, et comme en plus il neigeait, j'ai passé une nuit mémorable.

– Ne commence pas, Barnabé, avec ton sarcasme. Ni ton père ni moi n'avons l'énergie pour ça.

– Ah, pardon, vous voulez la vérité ? J'avais un rendez-vous galant, comme vous dites, vous, les vieux, sauf que je me suis réveillé près du sentier. Pas super en forme, je pense que je me suis évanoui.

Un rendez-vous galant ?

Le père vient de répéter la question tellement fort que son épouse sursaute. S'il s'y prenait de la même manière avec ses patients, il perdrait probablement moins de temps.

– Avec qui ? veut savoir la même d'une voix exagérément fébrile – une voix proche du couinement.

– Je t'en pose des questions ? Sinon, comme je le disais, je me suis évanoui, et juste avant j'ai commencé à me sentir super mal : fièvre, vertige, nausée.

– Barnabé : je te jure que si tu ne nous dis pas avec qui…

– Tu vas faire quoi, papa ? Me piquer ? M'enfermer ? M'enterrer dans le jardin ? Ça tombe bien, j'ai déjà creusé la tombe. Après elle est assez grande pour contenir deux corps…

– Tu étais chez ma patiente ?

– En dehors de ton cabinet, elle est une femme libre.

Le père se retient de rire. Il en aurait presque oublié sa colère. La mère, pendant ce temps, s'agite inutilement, sautillant dans l'immense entrée, faisant mine de réajuster un vase contenant des fleurs artificielles sur un petit buffet, réarrangeant un coussin sur une des deux banquettes en velours sombre.

– Tu as l'air frigorifié, mon chat, dit-elle en s'approchant de Barnabé qui recule d'un pas. Veux-tu que je te prépare un bon chocolat chaud ?

– Seulement avec un peu de poison, alors.

– Oh, Barnabé, si c'est une plaisanterie, elle ne nous amuse pas.

Le père pose de nouveau la question. Il commence à avoir assez de ce petit jeux (la colère, le désarroi et d'autres sentiments moins nobles sont revenus) et exige de savoir si son fils s'est rendu chez la patiente.

– Je n'ai pas de comptes à vous rendre.

– Tu es malade, Barnabé, malade dans ta tête, et tu as sciemment refusé ton traitement.

– Je ne me suis jamais senti aussi bien, sauf quand on m'empoisonne et que je m'évanouis dehors, seul, en plein froid.

– Personne ne t'empoisonne, c'est dans ta tête, le poison.

– Super, l'image : tu utilises ça aussi pour tes patients : *c'est un poison qui vous ronge.*

Barnabé se met à imiter le père d'une manière à la fois grotesque et réaliste. Voyant son mari serrer les poings, la mère, en grande improvisatrice, propose de passer à la cuisine.

– Et finir la citronnade empoisonnée d'hier ?

Cette fois, c'en est trop. Le père annonce que la pharmacie reçoit le traitement à dix-sept heures. Une injection et fini les sorties et tout le reste. En attendant qu'une place se libère en soins psychiatriques.

– Pourquoi personne m'écoute quand je dis que cette folle a versé du poison dans ma citronnade ?

C'est eux qu'il faut sangler sur des lits.

Eux qu'il faut piquouser jusqu'à ce que leurs yeux explosent !

Au cachot, les psys du dimanche et les empoisonneuses déguisées en bonnes mères.

– Ne traite pas ta mère de folle !

– Laisse-le, il ne sait pas ce qu'il dit. Tout à l'heure, j'irai lui porter un bol d'Ovomaltine. On le boira ensemble, Trésor, si ça peut te rassurer.

À présent, la mère parle d'une voix calme, ferme. Elle a cessé de s'agiter telle une toupie. Si Barnabé s'est senti fiévreux, nauséeux, si la nuit ses draps sont trempés (de sueur, se hâte-t-elle de préciser), c'est tout bonnement parce qu'il est *en manque*.

Que le sevrage du traitement provoque ce genre de réactions. Et, non, ce n'est pas la peine de prétendre le contraire. Après une énième fouille, la mère a enfin découvert un cachet au fond de la cuvette des toilettes. Un grand classique, hélas. Et pour les parents : un sentiment de tristesse et l'impression désagréable de s'être fait gruger.

– T'as regardé au fond de ma cuvette ? Et moi qui allais presque m'excuser de t'avoir traitée de folle. Allez, je me tire dans mon grenier. Méfiez-vous, en général, c'est là que les gens se pendent, mais je suppose que vous n'attendez que ça.

– Pour l'amour du Christ, cesse de parler de suicide !

– Laisse-le, il veut faire l'intéressant, lâche le père.

– Heureusement que tu ne m'as pas soigné, papa, je serais probablement devenu Hannibal Lecter.

– Tu n'as plus ton joli pull à capuche ? demande soudainement la mère.

Barnabé a déjà monté quelques marches. Il ne prend même pas la peine de se retourner.

– Oui, Sherlock, j'ai perdu mon hoodie.

*

CÉLIA

Les policiers en avaient fini avec leurs questions. Alors qu'ils s'étaient, durant ces trois jours, montrés la plupart du temps impassibles et froids, voilà que, pour la première fois, je décelais dans leurs regards un sentiment terrible d'irrésolution. Ne pas savoir, ne *plus savoir*, après avoir été si proche du but. Un témoin oculaire qui signale le suspect. Le suspect arrêté, mais voilà qu'on assassine le témoin. J'aurais sans doute perdu pied si j'avais été à leur place.

En sortant du commissariat, j'ai failli éclater en sanglots, j'allais enfin pouvoir rentrer chez moi, reprendre le cours de mon existence. Mais la mauvaise conscience me guettait. J'étais tout juste montée dans le train qu'elle me rappelait dans un murmure toutes ces informations (que j'appelais, afin de me dédouaner, *détails*) volontairement occultées et qui avaient ralenti l'enquête, voire mené les enquêteurs tout droit dans une impasse.

L'affaire a éclaté dans la presse un peu plus d'une semaine plus tard. « Éclater » est probablement excessif, et lorsque je dis « presse », j'entends par là presse locale. Les articles ne manquaient pas de mordant, ni d'une certaine ironie, en plus d'être solidement documentés. Mon fils insistait pour que je m'y intéresse, un vrai rouleau compresseur. S'il n'avait tenu qu'à moi, je n'aurais plus jamais lu le journal, du moins le temps d'oublier de nouveau Rosalie et toute cette histoire. À l'évidence, Arthur ne se passionnait pas pour les faits divers, mais pour *un* fait divers bien particulier, celui auquel sa mère était vaguement mêlée. C'est du moins ce que je me répétais, puisque, objectivement, mon fils passait le plus clair de son temps sur les réseaux sociaux ou sur des jeux vidéo auxquels je ne comprenais pas grand-chose, à commencer par le titre. Récemment, il avait commencé à lire un roman étiqueté *dark fantasy* à propos d'une jeune et belle messagère du royaume des morts.

« Tu veux connaître la suite, maman ? »

Cela a duré presque une semaine. Chaque matin, le journal publiait un article à propos des dernières révélations dans ce que les journalistes appelaient l'« affaire Chevallier ».

Non, je ne le souhaitais pas, mais Arthur s'en fichait. Pour être sûr que je fasse mes devoirs, il prenait un malin plaisir à me faire la lecture à haute voix, comme à une vieille dame dans un hospice.

Au fond, nous demeurions complices, et cette vérité me consolait comme aucune autre.

*

RANDOLF

J'aurais pu partir, il y a des années de cela. Refaire ma vie. Ce n'est pas par manque d'argent ni de courage, simplement parce que j'aime profondément cette maison. *Ma* maison. Que j'aurais perdue en quittant mon épouse, n'importe quel juge aurait statué en sa faveur, c'est le privilège des femmes au foyer qui n'ont jamais rien gagné, qui ont toujours vécu sur la laine de leur mari. Je l'aime tant, ce manoir. *Mon* manoir ! Son confort vieillot, rassurant, surtout la grande pièce au rez-de-chaussée qui me sert de cabinet de consultation, qui résume le mieux ma vie. Comment penser un instant m'enfuir et recommencer de zéro ? Jamais je n'ai ressenti le désir de m'occuper du superflu, comme le ménage, les courses, la cuisine. Le superflu échoit à mon épouse. Personne ne la force, oh non ! Le superflu l'occupe, il donne un sens à sa vie.

Longtemps – et cela m'arrive encore –, j'ai nourri l'espoir qu'il n'était pas mon fils. Certes, Marie-Éliane l'a porté – ou alors il s'agissait d'un faux ventre, d'une prothèse, le temps de trouver un bébé fou dans un orphelinat perdu en Europe centrale –, mais qui nous dit que son géniteur n'était pas un amant de passage ? L'intrigue est grotesque, jamais Marie-Éliane ne prendrait d'amant au vu de sa répulsion pour, je la cite, *la chose.* Elle me l'a suffisamment fait comprendre, et ce dès le début de notre mariage. En revanche, Marie-Éliane a toujours été très portée sur les *choses* domestiques. Ses talents de fée du logis ne sont plus à prouver, bien qu'elle ressemble désormais davantage à une marraine qu'à Cendrillon. C'est, hélas, le cours cruel des choses. Dans mon cabinet, elle se contente de passer l'aspirateur et le plumeau, jamais elle n'approche de mon bureau ou de ma bibliothèque. Quant à ma chambre, elle n'y met pas les pieds. Ainsi, chaque semaine je consacre, comme tout homme devrait le faire, une heure de mon temps libre aux basses tâches ménagères. De mon côté, je respecte son intimité, le *deal* fonctionne depuis les débuts de notre cohabitation.

Elle ne s'est pas gênée en revanche pour s'introduire au grenier et s'adonner à une fouille minutieuse des affaires de Barnabé. À cet égard, le psychiatre que je suis aurait bien des commentaires à formuler, il n'empêche que, sans son intervention, jamais nous n'aurions su que Barnabé faisait l'impasse sur son traitement. Un peu plus et il aurait commis l'irréparable. Tout à l'heure, je lui ferai une injection, et nous devrions recouvrer un peu de paix. En attendant l'institut spécialisé. C'est là que Barnabé a sa place. Et si, à l'époque, il avait été reconnu coupable de quelque crime, j'aurais tout fait pour lui éviter la prison. Ce n'est pas parce qu'on manque cruellement d'instinct paternel qu'on manque de valeurs.

Marie-Éliane n'est pas portée sur *la chose* ; moi, si. J'ai toujours envie. Je ne suis pas très difficile : j'aime toutes les femmes. Seulement, je me retiens de coucher avec mes patientes, ce serait pourtant facile de les séduire, de les manipuler, puis de les rendre dépendantes. Récemment, j'ai fait la connaissance de Yasmine. Lors d'un congrès où elle servait des petits fours. J'adore les congrès. Les hôtels anonymes, les couloirs interminables, les lits moelleux et leurs couettes aux motifs hideux. J'ai aimé me blottir contre Yasmine. Depuis, nous nous voyons de temps en temps. J'essaie de ne pas entretenir de relation. Les filles s'attachent si facilement. J'aime tant respirer son corps, l'embrasser longuement. Le désir que j'éprouve pour Yasmine est difficile à décrire et la tentation des clichés, si grande, que je préfère m'arrêter là.

Disons qu'avec Yasmine je m'abandonne enfin.

Pourvu qu'ils lui trouvent une place à Barnabé. Sainte-Marthe ou ailleurs. J'ai besoin de chasser toutes ces mauvaises ondes, de répandre de nouveau un peu d'affection sur mon âme. Pourquoi ne parle-t-on pas davantage d'affection ? Comme si ce sentiment s'était ringardisé avec le temps. L'affection contient pourtant les notions d'intime, de durabilité, de force.

Si je pouvais retourner dans le passé, je m'empêcherais de faire un enfant. En tout cas avec mon épouse. La machine à remonter le temps n'est pas un bon exemple, nous passerions notre existence à changer le passé. Ce qui est certain, c'est que Marie-Éliane et moi étions trop vieux. Aujourd'hui, les gens nous prennent probablement pour les grands-parents de Barnabé.

Le jour où il est apparu sur le perron ! Je n'ose pas écrire ce que j'ai ressenti. J'éprouve trop de honte pour cela.

Sans aucune nouvelle depuis deux ans, j'étais parvenu à l'oublier. On oublie les autres, y compris les proches, et plus facilement qu'on ne le croit. C'est Marie-Éliane qui s'occupait de conserver les liens. Notamment en effectuant les virements pour l'aider à monter son entreprise, de jardinage je crois, ou d'élagage. Je savais qu'il dilapiderait l'argent. Barnabé est incapable de se débrouiller seul. C'est un assisté complet. Qu'il jardine, mais pour une mairie. Qu'on l'affecte dans un petit square avec quelques collègues et des horaires bien précis.

Barnabé a lu mes notes sur Rosalie. Logique. C'est un obsessionnel. Il veut connaître sa proie. Et elle, qu'est-ce qui lui a pris de lui adresser la parole ? Je me demande même, et il y a quelque chose de terrible dans cette hypothèse, si inconsciemment ce n'était pas ce qu'elle souhaitait. Combien de fois n'ai-je pas tenté de lui ouvrir les yeux. Ma dernière tentative a été de lui proposer de tenir un journal. Je n'allais pas lui dire de but en blanc que son mari était violent, elle aurait nié, se serait braquée. C'est elle qui doit comprendre. Seule. Le chemin est long, semé d'embûches, beaucoup abandonnent en cours de route.

J'ai menti. Je ne désire pas toutes les femmes. Ce sont surtout les jeunes femmes que je désire. Et il m'arrive de coucher avec des patientes. Seulement une fois la thérapie terminée. Je le confesse : si de mon côté je perçois chez la patiente la moindre petite flamme, si malingre soit-elle, une once de réciprocité, je mets fin aux séances brutalement afin de la laisser légèrement hébétée, prête à revenir au moindre bobo. Non, je ne suis pas un salaud ! La chair est faible, mon épouse et moi faisons chambre à part depuis la nuit des temps. Pourquoi devrais-je l'imiter en faisant vœu de chasteté ? Aujourd'hui elle ressemble à une religieuse avec ses vêtements gris et sa croix. Ça ne m'avait pas dérangé, son côté catholique, à l'époque, je crois même que ça m'était complètement passé au-dessus. Mais ne parlons pas de Marie-Éliane, parlons de mes patientes, ce sont elles qui font le premier pas, elles qui m'invitent à prendre un verre. Yasmine n'avait aucun problème particulier. Juste des parents aisés qui ne supportaient pas qu'elle leur tienne tête. J'aime les femmes jeunes. Les étudiantes. Les idéalistes. L'avantage, pour les hommes comme moi, c'est que nous n'avons pas besoin d'être beaux, jeunes, bien bâtis pour séduire.

J'ai dit à Yasmine que je voulais la voir en fin de journée. J'aurais besoin de souffler, de me changer les idées. Ma seule crainte est que le délai de livraison du traitement soit retardé. On ne peut pas faire confiance aux pharmacies, surtout aux pharmacies de province. Espérons que Barnabé sera piqué à temps : il recevra un bon coup de massue et cessera d'aller et venir, et surtout de déverser son cynisme bon marché et sa vulgarité. Sa mère n'aura d'yeux que pour lui et consacrera les prochains jours et les prochaines semaines à le couver, à le torcher s'il le faut, moi je serai libre. Toute liberté, même éphémère, est bonne à prendre.

*

BARNABÉ

Il n'a pas lutté. Pas eu le temps ni même la présence d'esprit.

Tout est allé si vite !

C'est à se demander s'il n'a pas rêvé, mais la marque sur son bras et la douleur de l'injection laissent peu de place au doute.

« C'est parce que la solution contient un adjuvant huileux, voilà pourquoi tu souffres, mon cœur, mais bientôt tu te sentiras mieux. Tu te changeras en légume, et dès lors nous te maintiendrons artificiellement en vie... »

La mère n'a pas prononcé cette dernière phrase, pourtant Barnabé jurerait l'avoir entendue.

La mère joue le rôle de l'infirmière à la perfection, explique d'une voix docte et froide, alors que l'épais liquide passe douloureusement dans le bras de Barnabé, qu'il n'a rien à craindre. Qu'une injection intramusculaire dans le deltoïde, c'est *kinderleicht*. Impossible de se tromper.

Du temps où l'on injectait encore par intraveineuse, c'était une autre affaire, mais depuis 2011 l'intraveineuse n'est plus recommandée pour des raisons de complications cardiaques. En clair : certains patients mouraient sur le coup.

« Ils mouraient de mort subite, mon ange, alors que dans le muscle, il n'y a, crois-moi, AUCUN risque. »

Quelques minutes auparavant, Barnabé a émergé d'une longue sieste en sursaut, son cœur tambourinant comme s'il avait couru un putain de marathon.

« Qu'est-ce que vous me voulez ? »

Presque en bégayant, il a posé la question à ses parents assis de chaque côté du lit. La mère, une seringue à la main, un coton imbibé d'alcool dans l'autre. Le père, le regard sombre du docteur qui a une mauvaise nouvelle à vous annoncer. Le père qui, en un quart de seconde, lui a saisi les poignets.

– Nous allons t'administrer de l'Haldol cinq milligrammes par millilitre, solution injectable en ampoule. Il s'agit d'un antipsychotique, Trésor. C'est pour guérir les états de confusion, d'hallucination, pour des personnes comme toi qui *s'imaginent* des choses qui ne sont *pas réelles* ou qui souffrent d'une suspicion anormale, des paranoïaques, si tu préfères, ou encore pour des personnes qui ressentent beaucoup d'excitation, d'agitation, d'enthousiasme, d'impulsivité, d'hyperactivé, ou plutôt (je m'exprime mal, ton père utiliserait un vocabulaire bien plus précis) des personnes qui ressentent trop, BEAUCOUP trop d'agitation, d'enthousiasme, d'impulsivité, d'hyperactivé, tu comprends, Barnabé ?

– Dis à l'autre de me libérer les poignets. Que c'est de la maltraitance !

– Ça va piquer un peu...

– Putain mais ça fait trop mal !

– Mon cœur, ne soit pas vulgaire, s'il te plaît.

– Allez vous faire enculer !

– Un jour tu comprendras que nous sommes de ton côté.

– Un jour vous me le paierez !

– Allons, allons, pas d'agitation inutile.

– Même ton Dieu ne te le pardonnera pas.

– Dieu est amour. Il pardonne tout.

– Où est Rosalie ? Je veux parler à Rosalie : elle doit se faire du souci.

– Mon petit, il se peut que tu ressentes quelques effets secondaires.

– Elle est la seule qui m'aime, la seule qui puisse me comprendre…

– Agitation, troubles du sommeil, maux de tête dans la majorité des cas.

– On a passé la nuit ensemble.

– Parmi les effets secondaires fréquents, on trouve aussi une tension musculaire anormale.

– Enfin, je crois qu'on a passé la nuit ensemble, c'est juste que je ne m'en souviens plus.

– Des sensations de vertiges, y compris en s'asseyant ou en se levant, des accès de somnolence, des mouvements des yeux vers le haut ou des mouvements des yeux rapides, impossibles à contrôler, des problèmes de vision, tels qu'une vision floue.

– Pourquoi vous faites ça à votre fils, votre fils unique !

– Une tension artérielle basse, des nausées, des vomissements.

– Qui traite son enfant de cette manière, QUI ?

– Constipation.

– Dès que je le pourrai, je rejoindrai Rosalie et nous fonderons une famille. Tu seras grand-père, papa, et toi, maman : grand-mère, qu'en dis-tu ?

– Bouche sèche ou augmentation de la production de salive, éruptions cutanées.

– À moins qu'on ne retrouve vos cadavres en bas, sur la plage, avant… Il paraît que je suis expert en la matière.

– Chuuut, ne dis pas de bêtises.

– Et dès que je vous aurai fait incinérer, on s'installera, Rosalie, les enfants et moi, ICI. On mettra vos urnes juste à côté de la télé !

– Incapacité à uriner ou à vider complètement la vessie.

– Ça ne m'empêchera pas de pisser sur vos cendres. Jusqu'à la dernière goutte.

– Difficultés à obtenir et maintenir une érection, prise ou perte de poids…

– C'est ça, sortez de ma chambre, bande de lâches. JE VEUX VOIR ROSALIE, BORDEL ! JE L'AIME !

*

RANDOLF

Je ne me suis pas trompé en écrivant *liberté éphémère*. En tout et pour tout : trois jours. Au quatrième, on a découvert le corps. Marie-Éliane passe le plus clair de son temps dans la cuisine à préparer des plats régressifs pour son fils : purées, compotes, veloutés, riz au lait, gruau d'avoine. Ce matin, j'ai soulevé le couvercle d'une casserole, lorsqu'elle a débarqué de je ne sais où, me hurlant dessus avec une force ! Heureusement, je ne souffre pas du cœur. Quelle ahurissante façon de s'adresser à moi, on n'a pas idée de surgir ainsi, dans le dos de quelqu'un.

J'ai connu un patient que sa femme terrorisait et battait jusqu'au sang. Le soir, j'ai raconté l'épisode à Yasmine, juste après avoir fait l'amour. Personne n'échappe aux confidences sur l'oreiller. Yasmine se revendique comme féministe extrême. Elle m'a rappelé que ce sont les hommes qui, dans quatre-vingt-dix-neuf pour cent des cas, battent leur femme. *L'homme battu* est une exception. Qu'il faut arrêter de brandir les exceptions pour les maquiller en vérités scientifiques. D'ailleurs, c'est le contraire même de la science. Elle me fait du bien, cette petite. Sans sa présence, je finirais sans doute en vieux con. Je n'oublie pas les autres, mais pour le moment c'est Yasmine qui compte. Quel bonheur de se rouler dans les draps frais après une journée comme celle que je venais de vivre ! Le matin, Barnabé qui débarquait après une nuit dehors, hagard, incapable de se souvenir de ce qu'il avait fichu. Ça ne me plaisait pas, mais alors pas du tout. L'angoisse de ne pas savoir si le traitement arriverait à temps. Puis le moment où il a fallu le lui administrer de force. Marie-Éliane pensait que si c'était elle qui le piquait, cela se passerait mieux. Tu parles ! Elle s'est pris une volée de bois vert. Quoique j'en aie eu pour mon grade aussi. Le grand moment a été quand il a souhaité notre mort. Je m'arrêterai là. On a tous un jour souhaité la mort des gens. Celle des proches aussi. Personne n'y échappe. Cela m'a mis mal à l'aise. Mal à l'aise de devoir maintenir immobile son propre enfant, tandis que sa mère le piquait… avec ce sentiment de satisfaction sur son visage. Son visage à elle, je veux dire. Je me trompe sûrement. Si je n'exerce plus en hôpital, si je préfère l'analyse à la prescription de neuroleptiques, c'est bien justement pour cela : éviter ces scènes terribles, inhumaines.

Il fut un temps où j'étais prêt à contester le lien de filiation. À me soumettre à un test ADN. Mais, après avoir enquêté, j'ai appris que ça fonctionne uniquement dans le cadre d'une procédure judiciaire. Mon fils a dit souhaiter pisser sur nos cendres ! Heureusement que j'ai l'habitude d'entendre des horreurs dans mon cabinet, des patients aux souhaits monstrueux, bien souvent à l'égard de leurs parents. Nous devons tous assumer notre monstruosité. Nous devons accepter cette part sombre en nous, regarder les ténèbres en face sans nous en détourner.

Trois jours. Trois jours que Barnabé végétait en haut et que ma femme mitonnait en bas. Je pensais, à tort, que ce calme relatif durerait, que je serais en mesure de me consacrer à plein temps à mes activités professionnelles et extraconjugales.

Quand j'ai lu dans la presse : un corps a été repêché au pied des falaises non loin du belvédère, j'ai pensé à Rosalie. Il n'était pas précisé dans l'article s'il s'agissait d'un homme ou d'une femme. J'ai pensé à Rosalie et à Barnabé. Quelle association grotesque ! Jamais il ne sera en couple, jamais il ne se mariera, jamais je ne serai grand-père. Mon nom disparaîtra. Les érotomanes peuvent passer à l'acte. S'ils ne sont pas soignés, ils poursuivent leurs victimes, les persécutent jusqu'à les éliminer. Barnabé, bien que limité intellectuellement, a eu l'intelligence, il y a quatre ans, de maquiller le crime en accident. La mer comme décor parfait. Il paraît que les lacs sont plus parfaits encore, car le corps ne remonte pas à la surface d'une eau douce.

Pour en avoir le cœur net, j'ai composé le numéro de Rosalie et je suis tombé sur le mari. Ça m'a surpris, lui qui était censé travailler sur Paris la semaine durant. C'est pour quoi ? Qui êtes-vous ? La voix était gorgée d'agressivité. Quand je lui ai dit que j'étais son thérapeute, il m'a répondu, avec hargne cette fois, de ne plus jamais rappeler. Marie-Éliane ne semblait pas préoccupée par le corps. Des gens se suicident tous les ans. D'où tenait-elle ce genre d'information ? Il lui arrive de lire des polars, de mauvais polars qui semblent avoir été générés par des algorithmes. Ou alors elle se plante devant le poste de télévision où passent en boucle des séries policières pour troisième âge. L'inspecteur Machin. Ses grosses joues couperosées et son acolyte stupide. J'ai tout de même déniché un article dans *Le Parisien* sur la falaise des suicidés à Étretat. Dieu merci, nous n'habitons pas à Étretat.

*

BARNABÉ

Les jours s'égrènent lentement.

À moins qu'il ne s'agisse de l'exact inverse : d'une rapidité irréelle. Une semaine, un mois, des années ont peut-être déjà filé.

C'est impossible à dire quand on dort vingt-quatre heures sur vingt-quatre comme un bon gros bébé.

Qui ne distingue ni la nuit, ni le jour, ni la pâtée du matin, ni celle du soir que la mère apporte avec la satisfaction du devoir accompli.

Mon agneau, il faut que tu manges.

*

RANDOLF

J'ai revu Yasmine en fin de matinée. J'avais besoin de parler à quelqu'un. D'habitude, j'ai à peine claqué la porte derrière moi que nous commençons à nous embrasser avec cette frénésie du désir que se réservent jalousement les amants. Le corps est bien celui de Rosalie. En parcourant les quelques articles, j'ai eu une impression, fort désagréable je dois dire, de *déjà-vu.* Sauf pour les titres désormais bien plus putassiers qu'à l'époque. La presse est en train de devenir une immense poubelle, mais là n'est pas la question. D'après les premiers éléments de l'enquête, Rosalie avait disparu dans la nuit du dimanche à lundi. C'est son mari, « rongé par l'inquiétude », qui avait signalé sa disparition au petit matin. L'homme âgé de quarante-cinq ans, grand reporter au visage familier pour bon nombre de spectateurs, aurait dû se trouver à Paris. Sur son visage, c'est écrit *psychopathe.* Jamais je ne dirai une chose pareille, et, Dieu merci, la morphopsychologie reste réservée aux charlatans et aux fachos. Mais, ici, dans mon journal, je dispose encore de la liberté d'écrire ce que je ne pourrais jamais formuler à voix haute. Donc, ce *psychopathe* de mari avait quitté le domicile dimanche soir mais, moins de cent kilomètres plus tard, l'auto était tombée en panne. Le temps de prévenir les assurances, de faire venir un dépanneur, puis un taxi, monsieur le Reporter-Tueur n'était rentré que très tard dans la nuit. Il avait dormi en bas, dans le salon, pour ne pas, je le cite, « réveiller et déranger » son épouse. À présent, il regrettait, et s'en voudrait pour le reste de ses jours.

Dans l'article, il est décrit comme un homme brisé, anéanti, qui aimait sa femme plus que tout. Le secret professionnel m'empêche de révéler à Yasmine qu'il battait régulièrement Rosalie. Celle qu'il *aimait plus que tout*. À Yasmine, j'ai plutôt parlé de notre fils. De sa maladie. De mes craintes qu'il ne soit lié à l'affaire. Des craintes légitimes, quand on sait que Barnabé a disparu… la même nuit…

Yasmine m'écoutait avec une attention particulière, hochant la tête avec énergie, m'offrant de larges sourires, évoluant dans son petit coin cuisine avec vélocité, préparant du thé, disposant des biscuits sur une petite assiette aux motifs de tournesols. Elle me donnait le tournis ! Comme si le fait d'être dans la confidence faisait couler un sang nouveau en elle. J'espère qu'elle ne se méprend pas. Qu'elle n'y voit pas là un signe pour une relation autre que celle que nous avons jusqu'à présent. Si j'avais des doutes, il fallait que j'en parle aux autorités. Et puis nul besoin d'avoir été à l'école de police pour savoir que dans la majorité des cas, le tueur est l'époux. Nous étions d'accord.

*

THOMAS

L'infirmier a l'air de sortir à peine de l'école. Un visage lisse d'enfant, très pâle, des cheveux longs, relevés en un strict catogan, rasés sur les côtés. Sur la poche extérieure droite de sa blouse, il est écrit « Igor ».

Igor parle beaucoup. De son réveil difficile, car il s'est couché tard, du trafic sur la route et du manque de personnel. Sa voix est plutôt aiguë. Entrecoupée de rires nerveux. Tout le monde croit qu'il est russe avec un prénom pareil, mais il est né à moins de vingt bornes de l'hosto. Adolescent, son père admirait Igor Belanov, un joueur de foot soviétique devenu depuis un Ukrainien. Voilà pourquoi Igor s'appelle Igor.

Igor l'infirmier, en revanche, déteste le foot.

Thomas a l'impression que sa tête est prise dans un étau. Non seulement il n'arrive pas à la bouger d'un millimètre, mais en plus il ressent comme une légère pression, comme si quelqu'un s'amusait à tripoter la manette de serrage.

Igor est à présent en train de tapoter avec délicatesse l'avant-bras de Thomas, plus exactement la veine dans laquelle la ponction intraveineuse a été réalisée. Après un grognement qui ressemble à de la satisfaction, le jeune infirmier se tourne vers la poche à perfusion. Autre grognement.

« Vous allez vous en sortir. Mais, comme l'a dit le docteur, vous avez eu de la chance. Beaucoup de chance qu'on vous ait trouvé. »

Thomas aimerait se lever, mais au même moment il ressent une douleur si vive au niveau de la nuque que les larmes lui montent aux yeux.

« Vous devriez rester tranquille et vous reposer. »

Thomas aimerait savoir depuis combien de temps il est là et ce qu'il en est de son état, mais Igor a déjà disparu.

À son réveil, Thomas se sent un tout petit peu mieux. Il arrive à remuer les jambes et à se redresser un peu. Il a froid. Comprend qu'il ne porte qu'une de ces effroyables blouses en papier. Comment a-t-il atterri ici ? Des secours qui, par le plus grand des hasards, passaient par le belvédère à trois heures du mat ? Il se souvient du black-out après le second coup, puis d'avoir repris connaissance brièvement et d'avoir saisi, dans un ultime effort, son téléphone portable.

Après trois coups timides, la porte s'ouvre brusquement. Une aide-soignante, Mélody, visiblement de très bonne humeur à force de côtoyer des malades, déboule avec un plateau-repas. Elle annonce à Thomas qu'elle va l'aider à manger, pour le moment il est encore trop faible. Et s'il a besoin d'aller aux toilettes, c'est aussi à *elle* qu'il faut demander. Thomas parvient à articuler qu'il est impressionné par tant de force, car elle va devoir le porter sur son dos. Mélody, tout en déposant le plateau sur la table de lit à roulettes dont elle s'empresse de régler la hauteur, lui répond que non, pas sur son dos ! Surtout pas son dos à elle, qui la fait horriblement souffrir. Pour le pipi, il pourra se servir de l'urinal, d'ailleurs elle le lui laissera à proximité. Et pour la grosse commission, il suffira qu'il l'appelle, et elle glissera un bassin sous ses petites fesses. Elle a dit *petites fesses*, comme si elle s'adressait à un bébé ou à un adulte retardé mentalement. Toujours avec ce sourire écœurant.

« Et maintenant il faut manger ! Vous devez être en forme pour quand votre amoureuse viendra vous voir tout à l'heure. »

Thomas aimerait répondre je n'ai pas d'amoureuse, vous faites erreur, mais il sombre de nouveau, harassé de fatigue.

Thomas rêve qu'il se bat avec le fils Chevallier au bord de la falaise. Pourquoi n'a-t-il pas son arme sur lui ? Le fils est fort, il roue de coups le pauvre Thomas qui finit par s'écrouler, cherchant son souffle, crachant du sang. Puis le contact du canon contre sa nuque. Une voix lui murmurant à l'oreille de sauter pour se donner une mort rapide et assez peu douloureuse. À lui de choisir.

Thomas se réveille en larmes. Au même moment, Joanne, qui venait (enfin !) de s'assoupir dans le fauteuil pourtant particulièrement inconfortable (et dont les accoudoirs sentent le vomi, elle en est sûre, cette constatation lui a beaucoup occupé l'esprit), juste à côté du lit, se redresse, les yeux exorbités.

Elle va enfin pouvoir lui parler.

Tout lui raconter !

*

BARNABÉ

Est-il éveillé ou endormi ?

Un visage lui sourit, auréolé d'une lumière blanche.

Rosalie !

(Ou alors est-ce le visage de Clarisse ?)

L'hallucination ne dure qu'un court instant.

Allongé sur son petit lit, engourdi et frissonnant, Barnabé fixe de nouveau le plafond. La porte s'ouvre dans un affreux couinement, puis entre la mère avec le plateau-repas. Du riz au lait au chocolat saupoudré de noix de coco fraîche. Pour le dessert : une pomme que la mère, un peu plus tard, juste après la becquée, épluchera et coupera en quatre avec des gestes d'une précision chirurgicale.

La mère se félicite que son fils chéri aille mieux. À présent, il peut de nouveau mâcher.

Barnabé se laisse faire.

Quel choix a-t-il de toute façon ?

La pomme a un goût amer et une texture farineuse.

Quelque part au fond de lui brille une (toute) petite flamme de haine, mais qui ne suffit pas à lui réchauffer le cœur.

– Tu as deux minutes ?

Le père vient de passer la tête dans l'entrebâillement de la porte. Comme toujours, le ton est sec et directif, sans la moindre trace d'affection. La mère se hâte de le rejoindre sur le palier.

– Il y a là en bas deux policiers qui aimeraient s'entretenir avec toi. C'est à propos de ma patiente, celle qui a disparu.

– Pourquoi vouloir me parler *à moi* ? J'ai dû lui dire bonjour une ou deux fois en la croisant.

– Ça fait partie de l'enquête de voisinage.

– Une enquête ? demande la mère presque en couinant.

Père et mère chuchotent.

Barnabé, pendant ce temps, lutte pour ne pas s'endormir.

– Tu t'attendais à quoi ? On a retrouvé son corps ce matin !

– Seigneur Dieu ! Où ça ?

– Un peu plus bas sur la plage.

– Pauvre créature.

– Ça fait deux fois qu'ils nous rendent visite. La prochaine fois, ils viendront pour Barnabé.

– Pourquoi feraient-ils une chose pareille ? Que leur as-tu dit ?

– Rien, je ne leur ai rien dit. Je n'ai même pas révélé le contenu de mes séances. Alors que je pourrais très bien les aiguiller sur le mari.

– Pourquoi ne pas le faire, alors ?

– Parce que je respecte le secret professionnel.

– Tu préfères que ton fils aille en prison ?

– Il ira en hôpital psychiatrique, si seulement une place se libère.

– Je suis sûre qu'elle s'est suicidée, elle a une tête à se suicider.

– Descends rejoindre ces messieurs. S'ils demandent à parler à Barnabé, joue la mère éplorée, c'est ce que tu fais le mieux.

*

RANDOLF

Yasmine m'a demandé si j'avais un cœur. La question m'a remué au point de m'ôter le sommeil une bonne partie de la nuit. Elle ne comprend pas que je sois capable de dénoncer Barnabé à la police, simplement parce qu'il ressemble au coupable idéal. Et le mari dans tout ça ? Elle qui pensait que je la suivais sur cette hypothèse… Oui et non. J'étais en proie au doute, et je le suis toujours ! Barnabé, au moment de l'*accident* – pour le moment, la presse parle toujours d'*accident* –, ressentait le manque comme jamais. Au point de s'écrouler en pleine nuit dehors, accusant au passage Marie-Éliane de l'avoir empoisonné... Barnabé, le teint livide, les yeux injectés de sang, les mains tremblantes, mû par une colère noire qu'il n'avait jusqu'alors jamais laissée paraître, au point, ai-je rappelé à Yasmine, au point de devoir nous y mettre à deux pour lui administrer son fichu traitement. Il y a de quoi nourrir pas mal de suspicion à son égard, non ?

Yasmine est une jeune femme douée. Elle a réussi à me faire cracher le morceau. Sur Rosalie, son isolement progressif, l'adoration aveugle devant son mari, le déni dans lequel elle s'est peu à peu enfoncée. Pourquoi était-elle venue me voir, alors ? a voulu savoir Yasmine. J'ai répondu pour un manque de confiance en elle. Un grand classique. Les maris, année après année, avec cette patience propre aux pervers, leur confisquent toute estime d'elles-mêmes en leur expliquant que c'est leur faute.

Regarde à la page des nécros dans le journal, m'a-t-elle demandé depuis la salle de bains où l'eau coulait par intermittence. En caleçon et chemise toute froissée – ce qui faisait rire Yasmine –, je me préparais un café dans le minuscule coin cuisine de son studio. Le journal en question reposait négligemment sur la table basse contre laquelle je me cognais régulièrement. En le saisissant, j'ai remarqué un petit carnet épais. Impossible d'échapper à la tentation d'ouvrir une page au hasard. L'écriture était serrée, par moments illisibles. Était-ce mon prénom qui apparaissait à plusieurs endroits, tandis que je feuilletais le carnet, fasciné ? Brusquement, Yasmine se tenait derrière moi, nue. Pourtant, l'eau continuait de couler. Ou alors dans un autre studio ? Depuis le premier jour, j'avais remarqué que l'isolation laissait à désirer, ce qui n'empêchait pas Yasmine de parler fort, de rire, de jouir fort. J'ai sursauté. On lit dans mon carnet ?

La page des nécrologies, c'était pour me signifier que l'enterrement de Rosalie aurait lieu demain. Yasmine irait, simplement, je la cite, « pour prendre la température ». Observer le mari. Je suis sûre que c'est lui. Plutôt qu'envoyer ton fils en prison.

Plus j'attendais et plus je mentais à la police. Ce soir-là, Barnabé était sorti, sans compter qu'il avait traîné quelques fois aux abords de la maison où vivait Rosalie. Comment ne pas y voir un lien évident et la preuve que son délire, son obsession, sa maladie avaient repris le dessus ? Bien sûr que j'avais un cœur. Avoir un cœur, c'est justement d'épargner quelqu'un de malade comme Barnabé, d'éviter à tout prix une confrontation avec les autorités. Elles n'en feraient qu'une bouchée. Notre fils avait échappé à la prison une première fois. Il n'y échapperait pas une seconde fois. Les prisons sont remplies de psychotiques dont la place est en institut spécialisé.

Marie-Éliane a joué la partition face aux deux lourdauds de flics. Elle comprenait leur démarche, mais ne voyait pas très bien ce qu'elle avait à voir avec tout cela. Maintenant, si ces messieurs voulaient bien l'excuser, elle devait remonter s'occuper de son fils chéri terrassé par une grippe.

*

JOANNE

« Macabre découverte. »

Juste avant de partir pour l'hôpital, Joanne a vu passer le titre d'un article à propos d'un cadavre échoué sur la plage, en contrebas du belvédère. Pas question de le lire ! D'ailleurs, en se garant sur le parking, elle l'a déjà (presque) oublié. Elle qui d'habitude emmagasine chaque information, telle une fourmi.

L'important, c'est Thomas.

Qu'il soit vivant.

Depuis son domicile jusqu'à l'hôpital, il n'y a que deux kilomètres. Deux misérables petits kilomètres de rien du tout, mais qui, à cause de ces fichus travaux, prennent un temps fou. Depuis plus d'un an, le nouveau tram est en construction, ainsi qu'une halle du marché de la place principale. Les maires n'ont plus que cela en tête : des chantiers et des projets de revitalisation des centres-villes qu'ils ont eux-mêmes dévitalisés lorsqu'ils autorisaient l'implantation des commerces en périphérie.

« On devrait virer tous ces toquards », maugrée Joanne à bord de sa petite Fiat Punto. Ce n'est pas dans ses habitudes d'exprimer des généralités de ce type ni encore moins avec un tel langage.

« Mais avance, espèce d'abruti ! »

La prochaine fois, elle empruntera la voiture de service et allumera le gyrophare…

À ce rythme-là, elle risque d'arriver après l'horaire des visites.

L'idée de se voir refuser ce droit par un agent d'accueil hospitalier, sûrement une jeunette ivre de son petit pouvoir, met Joanne hors d'elle.

« Dégage ! » crie-t-elle à un cycliste.

Se calmer. Respirer profondément. Ne pas céder à la colère ni à la panique. Joanne est peut-être policière municipale, mais elle n'en demeure pas moins une représentante de la loi. Peu importe l'horaire, pourvu qu'elle voie Thomas.

La petite pimbêche derrière son comptoir n'aura qu'à bien se tenir. Joanne lui rappellera que c'est elle qui a découvert Thomas, elle qui l'a sauvé.

Qui lui a sauvé la vie !

Sauver une vie vous donne TOUS les droits.

Jamais elle n'oubliera ce moment, lorsque ses yeux se sont posés sur le corps endormi de Thomas…

Il serait plus juste de dire *inconscient*, mais Joanne préfère *endormi*, d'autant que, sur le sol où il *reposait*, il avait neigé quelques minutes auparavant. Au même moment, les nuages s'écartaient tel un rideau de théâtre, laissant à la lune le soin d'éclairer la scène.

Oh mon Dieu, faites que Thomas ne souffre d'aucune séquelle !

Sur le siège passager, un joli sac en papier kraft avec à l'intérieur des livres et des friandises qu'elle lui offrira dès qu'elle entrera dans sa chambre. Joanne a également apporté quelques vêtements de rechange, bon sang, où les a-t-elle mis ? Un court instant elle craint de les avoir oubliés. Puis ses mains se décrispent tandis qu'elle visualise l'intérieur de son coffre.

Oui, c'est ça : le coffre.

Où avais-je la tête ?

Un rire franc et joyeux emplit l'habitacle avant un nouveau coup de klaxon en direction d'un passant et de ses chiens prêts à traverser au rouge.

« Toi et tes clébards, je vous écrase ! »

Joanne a trouvé Thomas au belvédère, enveloppé d'un fin manteau de neige. Le lendemain, il y avait un *autre* corps soixante mètres plus bas, au pied des falaises.

Un corps mort !

Sacrée coïncidence…

Les friandises proviennent d'une excellente boulangerie-pâtisserie-chocolaterie non loin de la gare. Au moins, là-bas, on trouve toujours de la place. Le maître chocolatier est un homme très séduisant, Joanne en prend conscience pour la première fois. Cette façon qu'il a de lui parler, de lui sourire.

Joanne baisse un peu la vitre. Qu'est-ce qu'il fait chaud dans cette bagnole. Ses yeux se posent de nouveau sur le sac en kraft. Les livres appartiennent à Thomas, elle les a piochés au hasard dans sa bibliothèque. Ce matin, Joanne est passée chez lui. Pour la première fois, elle a pénétré dans son petit pavillon, la main tremblante, tandis que la clé se frayait un chemin dans la serrure. Cette sensation étrange (délicieuse) d'entrer par effraction. Tout est si bien rangé chez lui. Presque trop. Aucun objet, aucun bibelot, à part des rangées de bouquins dans la chambre.

À un moment donné, elle s'est réveillée, recroquevillée sur le lit, sans le moindre souvenir de s'y être allongée.

Thomas se sent encore faible. Il n'a pas très faim ; les gâteries, ce sera pour plus tard, mais merci quand même. Lire n'est pas encore au programme, rien que le fait d'appuyer sur une télécommande l'endort presque instantanément.

« Oh je comprends ! Ne force surtout pas… » lui murmure-t-elle pendant qu'elle se faufile dans la salle de bains, un petit sac de sport à la main.

(Récupéré en effet dans le coffre, presque planqué sous des affaires à elle, quelle idée de l'enfouir ainsi.)

Joanne se sent soulagée au point que les trois quarts d'heure de trajet (pour DEUX kilomètres !) ont été instantanément oubliés. Ouf, Thomas semble avoir toute sa tête, la crainte qu'il ne soit amnésique l'avait frappée à plusieurs reprises.

L'angoisse de ne plus être reconnue…

De redevenir une parfaite étrangère.

Il lui sourit à peine, lui demande si elle veut bien l'aider à se rendre dans la salle de bains.

« Oh, mais bien sûr ! »

Même si elle a un peu honte de se l'avouer, ce n'est pas désagréable (pas désagréable *du tout* !) de le soutenir, de sentir le poids de son corps, la douce odeur de transpiration. Ce corps à la fois robuste et fragile, couvert d'une simple blouse.

Elle en profite pour lui dire qu'il y a des vêtements à lui accrochés au portemanteau…

Le bruit de l'eau qui coule, de la chasse qui est tirée. Joanne entend son collègue tousser, puis se brosser les dents. Elle veut savoir si tout va bien, inquiète qu'il tombe dans les pommes.

Avant-hier, en plein cœur de la nuit, alors qu'elle dormait d'un sommeil léger (ou qu'elle se trouvait, comme souvent, dans cet état d'entre-deux, dans ce doux flottement où l'esprit libéré de toutes ses chaînes se promène, léger et insouciant), son portable a soudainement vibré.

Thomas.

Des mots incompréhensibles, de la bouillie à ses oreilles, un souffle rauque, puis, au terme d'un douloureux effort : AIDE-MOI.

Oh ! mon Dieu ! Il l'appelait, *elle*, car il lui était arrivé quelque chose !

Ce qui signifiait qu'elle comptait à ses yeux, qu'elle comptait vraiment, et bien plus que cette autre femme (la blonde) aperçue au bar, juchée avec son air de princesse au comptoir, juste à côté de Thomas, posant une main sur la sienne.

(En son for intérieur, Joanne *sait* le ridicule de son tourment, qu'il n'y a pas de rivale dans l'intrigue, que *jamais* il n'y en aura.)

AIDE-MOI !

« Ne raccroche surtout pas, le temps de te localiser. »

Recouvrant ses esprits, tapant frénétiquement sur l'écran tactile de son iPhone, sentant des gouttes de sueur glacée couler entre ses omoplates.

Moins de vingt minutes plus tard, elle lui prenait le pouls tout en composant fébrilement le numéro des secours.

Puis raccrochant brusquement.

C'est *elle* qui l'avait sauvé, *elle* qui l'emmènerait à l'hôpital. Ce serait plus rapide que d'attendre une ambulance.

(Et plus prudent, aussi.)

*

THOMAS

Dans sa minuscule salle de bains qui ressemble à un cockpit de vaisseau spatial, Thomas parvient tant bien que mal à se débarbouiller. Il note la présence de ses affaires de toilette sur le rebord du lavabo.

Que lui a-t-elle dit depuis la chambre ? Qu'il trouverait des vêtements ?

Ah oui : sur le portemanteau. Des fringues amples et confortables. Pantalon de jogging, t-shirt, hoodie noir.

Le même que portait son agresseur…

Comment Thomas a-t-il pu se jeter si facilement dans la gueule du loup ? Le fils Chevallier n'avait qu'à l'attendre, puis l'attaquer par surprise.

Dans l'esprit de Thomas, c'est encore un peu confus. Il se rappelle avoir saisi, dans un effort quasi surhumain, son iPhone et appuyé sur le premier numéro venu. Avant de s'évanouir et de se réveiller dans cette chambre d'hôpital.

« Tout va bien, Thomas ? Le docteur est là. Il aimerait te parler. »

Le médecin est un quinquagénaire pressé et peu aimable. Grand, élancé, les cheveux argentés et le teint légèrement hâlé. Après un rapide examen et des questions ânonnées sans grande conviction (vomissements ? nausées ? problèmes d'élocution ? fourmillements dans certains membres ?), il déclare que Thomas s'en sortira. Bien sûr, il aurait pu avoir la moelle épinière sectionnée et en mourir (Joanne vient de le lui rappeler d'une voix chevrotante), ou finir tétraplégique.

Encore quelques jours en observation et il pourra rentrer chez lui.

*

– Tu as pu te changer, remarque Joanne après avoir aidé Thomas à reprendre place dans son lit, et ce en dépit de ses protestations.

– Je ne me souviens pas de t'avoir donné les clés de chez moi.

Thomas se sent trop las pour se fâcher. Il se rappelle à présent l'avoir appelée, elle, Joanne. Qui d'autre serait venu à son secours ? Sûrement pas Joseph.

– Je les ai trouvées dans ton blouson. Je t'ai aussi apporté quelques livres. Ta bibliothèque est impressionnante ! J'ignorais que tu…

– Que je sais lire ?

– Non, non, ce n'est pas ce que j'ai voulu dire.

– C'est pas non plus de la grande littérature.

– Ça a l'air très noir en tout cas.

– Le noir me détend, et même ça me vide la tête.

– Si ça peut te rassurer, je n'ai pas fouillé, j'ai juste pris quelques fringues et deux ou trois bouquins au hasard.

Joanne se mord la langue. Quelle idiote : dire qu'elle n'a pas fouillé, c'est évidemment signifier l'inverse. Pour ne pas trop perdre la face, elle décide de reprendre la conversation en mains.

– Qu'est-ce que tu faisais au belvédère ?

– Je me promenais.

– En pleine nuit ?

– J'arrivais pas à dormir. C'est quoi, les gâteries, dans le sac en papier ?

– Des orangettes au chocolat et des chardons à la liqueur. Tu en veux ?

Thomas se demande bien comment Joanne peut connaître ses goûts. À moins qu'elle n'ait regardé de près tous les placards de sa cuisine. Un léger frisson le parcourt. Probablement à cause de la fièvre. Dans un silence lourd et gêné, il avale trois orangettes. Les chardons, ce sera pour le dessert, ce soir. La bouffe est tellement dégueu ici ! À midi, on lui a servi en entrée une salade de surimi, puis une viande indéfinissable, caoutchouteuse, sans sauce, avec des patates à l'eau, un morceau de brie infâme et deux clémentines impossibles à éplucher.

Une question l'assaille brusquement, tandis que Joanne continue de le fixer en souriant.

La question à laquelle il n'avait pas pu (voulu) se confronter, charriant avec elle un affreux sentiment d'angoisse.

– Tu as l'air tout pâle, Thomas, ça va ? Tu veux que j'appelle quelqu'un ?

– Il y avait quoi d'autre dans mon blouson, Joanne ?

Après quelques (micro) secondes de réflexion, sa collègue répond qu'elle y a trouvé ses clés et son portefeuille.

– Et mon arme ?

– Ton arme ?

– Oui : mon arme.

– Ton arme de service ?

Joanne écarquille exagérément les yeux.

– Tu comptes me faire répéter comme ça chaque question ?

– Tu veux dire que tu es sorti en pleine nuit te promener avec ton arme de service ?

D'un geste automatique, elle lui retire les sucreries et repousse la table à roulettes. Puis elle se lève, se dirige vers la fenêtre et fait mine d'être absorbée par la vue sur le parking de l'hôpital.

– Thomas, il va falloir que tu sois honnête avec moi et que tu m'expliques ce que tu fichais à deux pas de l'endroit où on a retrouvé un cadavre.

*

RANDOLF

Cette fille est incroyable. Jamais je n'aurais pensé écrire une phrase aussi banale, mais j'ignore comment formuler autrement ce que j'ai ressenti après son appel. Incroyable. Intrépide, surtout. Bon sang, on dirait le journal d'un adolescent amoureux. Hier soir, Yasmine m'a appelé juste au moment du dîner. J'ai prétexté une urgence. Rien d'étonnant à ce que des patients, souvent par désespoir, composent le numéro de leur thérapeute. Marie-Éliane en tout cas n'a laissé paraître aucun étonnement. Ne t'occupe pas de moi, a-t-elle dit tout en débarrassant mon assiette, avant d'ajouter : essaie de la résonner. Comme si seules les femmes étaient enclines au désespoir. Je n'ai pas relevé, trop heureux de quitter la table en avance. Une fois la porte de mon cabinet fermée à double tour derrière moi, j'ai repris la conversation, glissant au passage qu'il fallait tout de même rester prudent. Parce que tu crois que ta femme ne se doute pas ?

Elle n'a pas l'air d'être une idiote, loin de là. Un ange est passé. Yasmine avait visé juste, une fois de plus. L'idiot, c'est moi. Le naïf caché derrière son arbre, convaincu que personne ne peut le voir, tandis qu'au sol, l'ombre d'une silhouette grandit.

À notre mariage, ma femme était jolie, très jolie même, parmi ses autres qualités je comptais sa plus grande discrétion et le fait qu'elle venait d'une bonne famille. Cela suffisait au bonheur du couple, du moins à cette époque.

Tu ne devineras jamais, a enchaîné Yasmine. Je me suis pointée à l'enterrement, ensuite je suis allée chez lui, lui le mari ! Yasmine parlait d'une voix enthousiaste et excitée. Au-dessus de la tombe, le mari en faisait des caisses ! Tu aurais dû voir comme il pleurait à chaudes larmes. Il y avait une jeune femme à ses côtés, une jeunette maigrissime qui lui caressait la main de manière presque indicible, à peine l'a-t-elle effleurée, mais moi je l'ai *vue.* Yasmine apprendrait un peu plus tard, lors de la réception, qu'il s'agissait d'une collègue, plus exactement d'une monteuse avec qui il avait fabriqué ses meilleurs reportages, une « collègue » qui le « soutenait » dans cette rude épreuve. Tu parles, s'est-elle agacée : les deux couchent ensemble depuis un bout de temps, crois-moi.

M'est revenu en mémoire le récit d'un patient dont le voisin, ami et confident, sitôt son épouse enterrée – après avoir souffert, des années durant, d'une longue maladie dégénérative –, s'était installé avec une autre femme. Le patient n'en revenait pas. Le choc l'avait ébranlé physiquement, moralement, intellectuellement, lui que j'avais connu si drôle, spirituel, demeurait amorphe, les yeux exorbités, mouillés de larmes. De séance en séance, son état empirait, jusqu'au coup de grâce où il avait appris que cette femme était en réalité une maîtresse de longue date. Tout le monde savait. Tout le monde, excepté mon patient. Le plus douloureux, me racontait-il entre deux hoquètements, était la tombe de la défunte. Aucune pierre n'avait encore été posée. Les fleurs se résumaient à un bouquet de fleurs artificielles bon marché, déjà vieillies par le temps. J'aimais beaucoup son épouse, nous étions très proches, me répétait le patient. Comment cet *ami*, que désormais il abominait, maudissait, pouvait faire montre de si peu de décence en s'affichant ainsi avec sa maîtresse, cette créature vulgaire, qui parlait et riait fort ? Sans décence, avait-il conclu, le monde court à sa fin.

Après l'enterrement, Yasmine est allée à la cérémonie funéraire. Son plan initial était de se faire passer pour une voisine mais, en apercevant la *vraie* voisine sur place, une femme forte, collée au buffet, balayant nerveusement la pièce comme si elle redoutait quelque chose, Yasmine avait opté pour le rôle de la fille d'une commerçante chez qui Rosalie se rendait régulièrement. Les parents ne pouvaient malheureusement pas se libérer. Alors elle les représentait, en quelque sorte, voilà ce qu'elle avait expliqué au veuf avec autant d'aplomb que de séduction dans le sourire. Le vin blanc était délicieux ainsi que les pains surprises. Yasmine se servait, laissant traîner ses yeux et ses oreilles. Le veuf insistait lourdement sur l'anorexie et la dépression de Rosalie ; hélas, il avait craint que ça ne se termine ainsi, et lorsque sa propre voiture l'avait lâché, il y avait vu comme un signe annonciateur. Un peu plus tard, Yasmine, sous prétexte de se rendre aux toilettes, est montée à l'étage, puis, le plus discrètement possible, elle s'est glissée dans la chambre à coucher.

J'écoutais sans pour autant empêcher d'autres pensées de me traverser, une habitude de psy, je suppose. Lors d'une précédente séance de supervision, mon superviseur, qui avait également été l'un de mes professeurs, m'a demandé si je nourrissais le sentiment d'avoir échoué. La question ne me surprenait guère. Plus d'un an de thérapie et finir sur une telle note tragique, n'importe quel thérapeute aurait été frappé par une culpabilité plus ou moins extrême. Aurais-je pu agir ? En théorie, oui. Empêcher Barnabé de s'approcher de ma patiente, redonner à Rosalie le goût de vivre, du moins de vivre encore un peu. Je me répète : en thé-o-rie. Et si on y ajoute une pincée de bons sentiments... Seulement voilà : jamais nous ne saurons ce qui se passe *vraiment* dans la tête des patients, et en aucun cas nous ne sommes responsables de leurs pulsions de mort. Une fois que le patient a décidé d'en finir, à part l'internement de force, il n'est point de solution miracle. Je n'avais pas échoué, non. Ou pour le formuler différemment : ce n'est pas ma faute, ce n'est d'ailleurs la faute de personne.

Yasmine s'impatientait. Tu m'écoutes, Randolf ? Bon sang, j'avais réussi à perdre le fil, peut-être était-il temps de prendre des vacances. Yasmine se trouvait toujours dans la maison du veuf, elle était montée à l'étage et s'était glissée dans la chambre. Quel culot, tout de même ! S'inviter chez les gens, se faire passer pour quelqu'un d'autre. Oui, je t'écoute, ma chérie, ai-je répondu en me forçant à lui sourire. Sous le matelas, Randolf. Bon sang, elle avait fouillé sous le matelas et découvert des feuilles de papier, quatre en tout, soigneusement pliées. Avec dessus des poèmes rédigés d'une écriture appliquée, enfantine. Elle n'avait pas besoin d'en dire davantage, je savais de qui ils émanaient. Tout cela ne se présentait pas très bien pour Barnabé. Laisse-moi quand même te les lire, a-t-elle conclu. Assis à mon bureau, j'ai secoué la tête et levé les yeux au ciel. Décidément, je ne pouvais rien lui refuser. Le style était atrocement plat, les images, convenues, et pourtant j'ai été touché.

Touché par mon fils, qui aurait parié là-dessus ? J'ai voulu dire à Yasmine, tu vois, j'ai un cœur, mais elle avait raccroché.

*

BARNABÉ

C'est avec une infinie précaution que Barnabé descend l'escalier, les deux mains cramponnées à la rampe. Il en a soupé de fixer le plafond de sa chambre, d'autant que, ce matin, il se sent un peu plus conquérant. Il a même rêvé de fleurs, d'un parterre avec de gros lupins mauves, des marguerites touffues, des pavots d'un rouge flamboyant. Dans le vestibule, deux policiers en uniforme ainsi que ses parents le dévisagent.

– Oh, mon amour, tu n'es pas en état ! Remonte te coucher immédiatement.

– C'est votre fils ? demande l'un des policiers.

Sans attendre la réponse, il se dirige vers Barnabé, une enveloppe à la main.

– Convocation au commissariat demain matin, à dix heures.

– Mon fils est souffrant, rétorque la mère dans un long gémissement.

– Je pense qu'il supportera qu'on lui pose quelques questions, lance le second policier – une policière, en vérité.

Barnabé vient seulement de comprendre son erreur, ça doit être à cause des cheveux courts et du regard dur, presque hostile.

– Pourquoi le convoquer ? En quel honneur ? veut savoir le père.

– Nous aimerions l'interroger dans le cadre d'une enquête ouverte par le procureur. Cette enquête vise à rechercher les causes de la mort de Rosalie M.

– Barnabé n'a rien fait !

– Madame, votre fils est convoqué en simple qualité de témoin.

– *Pour le moment*, précise la femme policière.

– Témoin ? Mais témoin de quoi ?

– Nous ne pouvons en dire davantage.

– Barnabé, ne dis rien : j'appelle un avocat.

Le policier se retient d'éclater de rire. Un avocat ? Et ensuite elle va lui demander un mandat du juge ?

– Madame, nous ne sommes pas dans une série américaine. Votre fils n'est pas tenu au silence et n'a *pas* besoin d'avocat.

– En tout cas, pas *pour le moment*, ajoute sa collègue, toujours avec cette voix tranchante comme une lame de rasoir.

Barnabé jette un coup d'œil à l'enveloppe, la décachette, puis commence à lire. Lentement, les sourcils froncés. Les policiers ne sont pas dupes et ont l'habitude des excuses telles que la maladie, les troubles psychotiques, la fatigue soudaine ou les traitements à prendre de toute urgence.

Bref : ce jeune homme semble tout à fait apte à répondre à quelques questions.

Mais la mère ne l'entend pas de cette façon.

– Notre fils souffre de délires passionnels.

– Peut-être avons-nous manqué de clarté : il sera entendu comme simple témoin. C'est la procédure. Si vous voulez tout savoir, en ce moment nous interrogeons *une amie* de la victime. À moins que votre fils n'ait une déclaration à nous faire ?

– Il souffre de délires passionnels *et* de psychoses.

– Vous êtes psychiatre ? demande la policière, l'œil de plus en plus acéré.

S'il n'avait tenu qu'à elle, elle aurait embarqué la mère.

– Non, madame l'inspectrice (elle prononce *inspectrice* comme si elle s'adressait à une enfant qui jouait aux gendarmes et aux voleurs), mais Randolf, mon époux ici présent, est un éminent psychiatre et psychanalyste.

– C'est lieutenante et pas inspectrice, et on vous a déjà dit qu'on n'est pas dans une série sur le câble.

– Randolf sait mieux que quiconque de quoi souffre Barnabé et surtout qu'il ne peut pas être tenu responsable de ses actes.

– Votre fils est-il sous traitement ?

– Oui, monsieur *l'inspecteur* (cette fois, la mère prononce le mot, la voix accablée par le respect), de l'Haldol, un neuroleptique puissant.

– Dans ce cas, votre fils est parfaitement capable de répondre à notre convocation. C'est à cela que servent les traitements : à stabiliser les patients. Par ailleurs, si éminent soit votre mari, ce n'est pas à lui d'établir une quelconque expertise. Sinon, il y aurait conflit d'intérêts. Je sais que c'est un sport national dans notre pays, mais je vous rappelle qu'il s'agit d'un délit.

– Vous parlez extrêmement bien, monsieur l'inspecteur.

– Oh, seulement depuis très peu de temps, chère madame, et il doit encore apprendre à écrire et à lire. Quant à moi, je déchiffre à peine l'alphabet. Je sais juste écrire mon nom et mon grade : LIEUTENANTE.

– Je vois, je vois…

– Et vous, où étiez-vous dans la nuit de dimanche à lundi ?

– Je vous demande pardon ?

– Vous ne comprenez pas notre langue, vous avez besoin d'un interprète ?

La mère, après une légère hésitation, recouvre son sourire.

– Vous savez comme moi que je n'ai pas à répondre à votre question, mais j'y réponds quand même : ici, à la maison, avec mon cher époux. À notre âge, nous dînons tôt, nous nous couchons tôt et nous levons tôt. Bien, à présent, je pense que nous nous sommes tout dit, *messieurs* les inspecteurs. Nous conduirons Barnabé demain au poste. Bonne journée.

– Je pourrais vous arrêter pour outrage à agent public.

– Bonne journée, messieurs dames, se hâte de répéter le policier en signifiant à sa collègue rouge de rage qu'il est temps de partir. Dans la voiture, il lui dira que céder à la provocation est typiquement une erreur de débutante.

Barnabé, de son côté, aimerait conclure en expliquant que sa mère a essayé de l'empoisonner, mais il renonce.

De toute façon, personne ne le croirait.

*

RANDOLF

On trouve tout sur Internet. Y compris la liste des experts judiciaires de notre cours d'appel. Des experts – je l'ignorais ! –, il en existe dans tous les domaines : joaillerie, revêtements intérieurs, fiscalité d'entreprise, nucléaire et, à la page 121, psychiatrie d'adultes. Un seul nom. Qui ne me disait absolument rien. Dans le cas contraire, j'aurais pu jouer sur l'amitié, des études dans une même université ou sur un service rendu par le passé. L'expert a répondu à la troisième sonnerie. Il m'a écouté, je suppose par politesse ou peut-être par pitié. Ma demande était claire, quoique à l'encontre de toute éthique, de toute morale ! Ce que je souhaitais et surtout espérais, au cas où la justice le réquisitionnerait pour se prononcer sur mon fils, c'est qu'il ne perde jamais de vue sa maladie. Quoi que Barnabé ait pu faire. Non pas que je cherchasse à lui trouver une excuse, pas du tout, mais l'envoyer derrière les barreaux n'était pas une solution. En règle générale, elle ne l'est jamais, mais là n'est pas la question. Tout en comprenant qu'en tant que père aimant et responsable je me fasse du mauvais sang, l'expert m'a glissé gentiment et fermement qu'il allait mettre fin à cet appel. Ajoutant que, en effet, c'était là contraire à toute éthique. Que je ne devais plus jamais essayer d'entrer en contact avec lui.

Lors de ma séance de supervision, j'ai dit qu'il y avait quelque chose qui dépassait la logique. Je sais bien que la psychose ne connaît point de logique, que des érotomanes récidivistes, il y en a plein les pages de faits divers. Que Barnabé ait recommencé à harceler, soit. Que sa déception de ne pas être aimé en retour se soit muée en sentiment de vengeance, je veux bien l'admettre. Mais deux meurtres exactement au même endroit, dans les mêmes circonstances ?

Yasmine m'a demandé si elle était ma préférée. Comment ça, préférée ? De toutes tes maîtresses,

Randolf. Elle parlait tout en gribouillant dans son carnet, celui qui d'habitude est posé sur sa table basse. Des notes pour son roman. Au mot roman, j'ai tremblé d'effroi. Jamais elle n'avait évoqué de roman. Son domaine, si ma mémoire ne me fait pas défaut, est le marketing ou la communication. J'évite en général les étudiantes de lettres qui rêvent toutes d'écrire, et en général un récit de vie.

Yasmine veut devenir ingénieure. Comment s'appelait la petite éprise de marketing qui m'avait soumis un de ces questionnaires débilitants pour étudier l'impact d'une marque sur la cible senior ? Impossible de m'en souvenir. D'une voix faussement naïve et détachée, j'ai voulu savoir de quel genre de roman il s'agissait. Yasmine a éclaté de rire. Tout cela n'était qu'une boutade ; les notes, c'était pour notre affaire. Pour résoudre l'énigme. Le terme d'énigme me paraissait un rien ambitieux. Barnabé allait être convoqué par les policiers. Sa mère engagerait un avocat – pour le coup, elle n'avait pas tort, les deux lieutenants qui nous avaient rendu visite semblaient bien sûrs d'eux et n'avaient que faire des troubles psychiatriques. Pour les flics, c'est trop souvent une excuse pour se glisser entre les mailles de la justice. L'excuse de « je suis malade dans ma tête », ou « ce sont des voix qui m'ont dit de le faire », ou encore « j'ai un double maléfique ».

*

Barnabé a demandé à faire un petit tour dans le jardin, juste pour prendre l'air après toutes ces journées passées à étouffer dans sa chambre. La mère a d'abord longuement hésité. Finalement, elle a proposé de l'installer sur une chaise longue, à l'arrière de la maison, avant de l'emmitoufler tendrement dans une épaisse couverture en laine à motifs écossais noirs et verts.

Bientôt elle lui apporterait son goûter : une tasse de chocolat chaud (avec du *bon* lait et du *vrai* chocolat) accompagnée d'une pomme d'amour qu'elle a confectionnée de ses petites mains.

Enfant, Barnabé était fou de pommes d'amour.

En ce temps-là, il y avait encore les fêtes foraines, la grande roue, les auto-tamponneuses et le train fantôme… Du temps où l'on savait encore s'amuser sans écran ni réalité augmentée. Les manèges, les stands à barbe à papa et les pommes d'amour ! Dès qu'il les apercevait ou humait cette odeur de sucre si particulière, vaguement écœurante, il trépignait, insistait, commençait à pleurnicher, puis à hurler.

Oh ce petit chenapan de Barnabé !

Pourquoi le bon Dieu l'a-t-il remplacé par ce jeune homme au regard étrange et aux pulsions peu communes… ?

Depuis la fenêtre de la cuisine, la mère enfonce d'un petit coup sec un fin bâtonnet de hêtre en plein cœur d'une pomme fraîchement épluchée (elle doit faire vite, car les pommes sans leur peau noircissent à l'air libre), puis elle trempe le fruit dans une casserole en fonte où glougloute joyeusement le liquide épais et rouge. Elle se félicite qu'il soit moins sucré et par conséquent meilleur pour la santé.

Depuis la fenêtre, donc, la mère surveille son petit à moitié endormi. Sûrement les effets secondaires du traitement. Comment ces salauds de policiers peuvent-ils le convoquer dans cet état ?

Quelle arrogance.

Surtout venant de cette fille, ou garçon, aujourd'hui on ne sait plus.

Encore une qui pense que l'uniforme lui donne les pleins pouvoirs, sans parler de l'arme dont elle dévoilait subtilement certaines parties tandis qu'elle l'agressait verbalement.

Psychologiquement.

Le chrome du revolver étincelant, éblouissant la mère, cherchant à l'aveugler. Et toutes ces insinuations… Comme celle d'une possible et imminente arrestation de Barnabé.

Ce n'est pas ce que cette fliquesse androgyne avait dit mot pour mot, mais la mère sait décrypter le langage des femmes qui se croient au-dessus des lois…

La mère, tout en ruminant, fait les cent pas dans sa cuisine.

La pomme d'amour a presque totalement refroidi. L'ennui, c'est qu'il faut désormais réchauffer le chocolat.

Décidément, rien ne va comme elle le voudrait.

Quand soudain : une illumination.

Et si la mère mettait ses menaces à exécution ? N'avait-elle pas dit (de la pure improvisation) à la garçonne qu'elle prendrait un avocat ? Ou était-ce à son collègue, qui ne brillait pas non plus par sa virilité.

Eh bien, qu'à cela ne tienne.

La mère trouverait cet avocat.

Dans l'annuaire, comme toute personne sensée.

Mais, d'abord, la pomme et le chocolat.

« Tiens, mon beau, ton goûter préparé avec amour. »

Le temps d'un rapide aller-retour dans le jardin et la mère a pris place sur le bord de la petite banquette du vestibule, le dos droit comme si elle s'apprêtait à jouer une sonate de Beethoven, composant (pianotant) avidement le numéro d'un pénaliste.

Pendant ce temps, avachi sur sa chaise longue, Barnabé verse discrètement la boisson sur le gazon. Puis il jette la pomme d'amour le plus loin possible.

Il a toujours détesté les pommes d'amour.

Son truc dans les fêtes foraines, c'étaient les chichis bien gras et saupoudrés de sucre glace.

*

THOMAS

Le brigadier-chef a rendu une petite visite à Thomas. Non pas pour lui apporter des chocolats ou des fleurs, mais une mauvaise nouvelle : suspension jusqu'à nouvel ordre.

Alors que Thomas vient à peine de réussir à s'endormir, épuisé par tant d'acharnement, d'obstination sournoise de la part de sa coéquipière.

Joanne !

Quelle peste…

Elle s'était pointée tout sourire, pleine de délicates attentions, puis soudainement elle avait commencé à lui chercher des noises.

Du côté du personnel médical, ce n'était guère mieux : entre Igor, infoutu de lui filer quelques anti-douleurs (sans prescription du docteur et gnagnagna), et Mélody, qui continuait à s'adresser à lui comme à un patient en fin de vie, tout en discourant météo, complots ourdis par de grands groupes pharmaceutiques et famille royale britannique.

Les tempes bouillonnantes, la nuque douloureuse, les muscles gourds dans une pièce pourtant surchauffée, Thomas ferme les yeux et se laisse happer par le sommeil, et voilà que le brigadier-chef débarque.

« En vertu de l'article L. 511-2 du Code de la sécurité intérieure et après concertation avec monsieur le maire, ton agrément t'est retiré. En attendant la commission disciplinaire et une éventuelle radiation. »

Thomas encaisse.

Jusqu'au bout, il nourrissait l'espoir (illusoire !) que cette histoire d'arme de service perdue ne parviendrait pas jusqu'à sa hiérarchie.

Tu parles.

Après l'échange tendu avec Joanne dans l'après-midi, elle l'avait à coup sûr dénoncé.

De rage.

Thomas regrette. Il aurait dû s'excuser, même s'il déteste perdre sa dignité.

– Tu sais que, s'ils apprennent que tu as perdu ton arme à deux pas du belvédère, tu finiras comme suspect.

– Alors que c'est l'autre taré qui l'a poussée ou forcée à sauter.

– Ma parole, mais ce type t'obsède.

– Il ne m'obsède pas, je rappelle juste qu'il a le profil du harceleur et potentiellement du tueur. Mais bon, j'essaie juste de faire mon taf.

– Et tu te souviens que *faire le taf*, c'est principalement réunir des preuves.

– Pour le moment, je ne peux pas t'en dire plus.

– Super, Thomas : excellent travail.

– Ne me prends pas de haut, s'te plaît, il y a des choses que tu ne peux pas encore savoir, c'est tout.

– Tu veux que je te donne ma version ?

– Pas vraiment, mais bon, je suppose que j'ai pas le choix.

– Peut-être que ton obsession pour ce jeune type, c'est juste une manière de faire diversion. Peut-être que c'est toi, le *stalker* qui finit par se débarrasser de ses victimes…

– *Stalker* : tu te crois sur Netflix ? Et puis, franchement, j'ai une tête à suivre des meufs et à les balancer à la mer ?

– Je ne sais pas, Thomas. À force, on finit par douter, avec toi.

– T'es sérieuse ? Alors, sans vouloir te vexer, ton diplôme de profileuse, tu es loin de l'avoir obtenu. Psychologie : zéro !

– Et toi tu vas perdre ton agrément : port d'arme en dehors de ton service. Sans compter qu'en cas de vol, perte ou détérioration de l'arme *ou* des munitions, tu dois le signaler *sans délai* à l'autorité. Ah oui, j'oubliais : cette perte ou ce vol a de surcroît eu lieu la nuit où une femme disparaissait au MÊME endroit. Est-ce que oui ou non tu comptes me dire ce que tu fichais là ?

– Ta vie est si morne que tu apprends des articles par cœur ?

– Ça ne te ferait pas de mal de réviser un peu. Au moins, tu saurais quand tu respectes la loi.

– Ouch, touché.

– Pourquoi ce cynisme, Thomas ? J'ai l'impression d'engueuler un ado. Grandis un peu. Assume ce que tu as fait.

– Sinon quoi, je vais me faire gronder par la hiérarchie ?

– C'est ça que tu cherches : qu'on te gronde ?

– Je veux qu'on me foute la paix.

– Mais bon sang, Thomas, tu ne sais dire que ça : *foutez-moi la paix.* Toujours à fuir, à refuser la moindre confrontation. Même quand tu es pris la main dans le sac.

– Mais de quoi tu causes, bordel ? C'est toi qui te fais des films, qui imagines des complots. Ça s'appelle de la parano.

– De la parano ?

– De la parano, oui, la grande psy que tu es doit bien maîtriser ce genre de délire, non ?

– Et garder son arme en dehors du service, c'est pas de la parano, peut-être ?

– J'ai oublié de la ranger dans mon casier, ça arrive, non ?

– Ne pas expliquer à sa coéquipière pourquoi on traîne en pleine nuit, dehors, sur les lieux d'un drame. Parano ? Délire de bonne femme ?

– C'est un hasard. On est dans le trou du cul du monde, ici. T'es insomniaque, tu te promènes la nuit : tous les chemins mènent au belvédère.

– Tu pourrais très bien être un tueur, Thomas, au même titre que ce gamin, ce Chevallier.

– Prouve-le.

– Prouve-moi le contraire.

– Tu m'apportes des chocolats et ensuite tu me casses les couilles, t'es bien une meuf, pas de doute.

– Et toi, tu es bien un mec. Aucun argument, mais après tout, pourquoi argumenter quand on peut agresser l'autre ?

Les yeux de Joanne étaient humides de larmes. Lui-même se sentait à bout de forces. Une petite voix lui murmurait d'arrêter, lui rappelant que ce n'était ni l'endroit ni le moment, qu'ils le regretteraient tous les deux.

– Ah, OK, donc je t'agresse. Faut vraiment que tu réapprennes le sens de la mesure. Des cours du soir, peut-être ?

– Et cette journée de lutte contre le harcèlement scolaire, monsieur le mesuré, monsieur qui tire sur des joints en cachette comme un tox ?

– Encore cette histoire ? Je t'ai dit pour mon frère. T'aimes bien remuer le couteau dans la plaie, on dirait.

Pardon, mais c'est toi la *stalkeuse* dans l'histoire. C'est toi qui t'immisces dans la vie des autres.

– Me prends pas pour une conne. J'ai mené mon enquête.

– Miss Marple en lutte contre l'homophobie ?

– T'es vraiment un abruti, Thomas. Tu me déçois.

– Et toi, tu ne comprends pas que j'ai pas envie de sortir avec toi. Parce que tu me rends dingue, tu pousses les gens à bout, Joanne, avec tes putains d'interrogatoires de meuf policière frustrée. Trouve-toi un mec et fous-moi la paix une fois pour toutes !

Le cœur de Thomas s'est emballé bizarrement, signe qu'il est allé trop loin.

« Je... »

Pas le temps de commencer sa phrase que Joanne a déjà attrapé son manteau, son sac, les joues mouillées de larmes (elle lui a même confisqué les chardons !), avant de claquer la porte de la chambre d'hôpital.

« Tu n'as pas le droit de me parler comme ça. »

Et comme une mauvaise nouvelle n'arrive jamais seule, quelques heures plus tard le brigadier-chef débarque dans la chambre de Thomas, lui rappelant dans un premier temps que, contrairement à ce qu'aurait pu croire le jeune brigadier, AUCUN policier municipal n'est autorisé à porter son arme en dehors de son service. Celle-ci doit être déposée à l'armurerie ou dans un lieu sécurisé.

« Les fameux casiers, Thomas, avec votre code personnel, ça vous dit quelque chose ? »

Seul hic (le brigadier-chef se gardera bien d'en parler), c'est que personne ne vérifie si les casiers sont pleins ou vides. Aucun responsable désigné. Ça s'appelle la confiance, mais cette confiance a visiblement été trahie.

« Mais bon sang, qu'est-ce qui vous est passé par le crâne en ramenant votre arme chez vous ? Et voilà que vous vous faites cambrioler ! Évidemment que votre ou vos agresseurs ont sauté, si je puis dire, *sur l'occasion*. Maintenant, Dieu sait ce qui peut arriver. Si ça se trouve, elle est entre les mains d'une bande de drogués, de voyous, comme ces jeunes punks à chien du centre-ville ou pire : une bande de migrants en manque de crack. Imaginez qu'ils se mettent à tirer dans le tas, qu'ils visent une boutique du centre-ville, la terrasse d'un café ou le Carrefour Market. »

Thomas a visiblement loupé un épisode.

Un cambriolage à son domicile ?

Pourquoi Joanne a-t-elle menti au brigadier-chef ?

Puis il comprend. Bien sûr ! Joanne ne l'a pas encore achevé.

On ne frappe pas un animal à terre.

Elle a dû raconter un bobard du genre : Thomas m'a appelée de chez lui, il venait d'être surpris par un ou des cambrioleurs et blessé à la tête après plusieurs coups. J'ai tout de suite accouru. Le pauvre, il était dans un sale état. Il fallait que je l'emmène à l'hôpital de toute urgence.

« Retrait de l'agrément pour avoir utilisé votre arme en dehors de vos fonctions. Vous comprenez, Thomas ? »

Pas vraiment, non.

Quand des policiers municipaux se font suspendre, c'est pour de grosses bourdes. Le collègue lyonnais, par exemple. Dégainant son arme alors qu'il pourchassait un véhicule dans une impasse du 7e arrondissement, puis tirant dans le pneu afin de stopper le dangereux individu. Ou le collègue en Seine-Saint-Denis, actuellement devant le tribunal pour avoir uriné sur un ado (après lui avoir filé plusieurs baffes). Bien sûr qu'il fallait leur retirer leur putain d'agrément. Mais lui n'avait pas commis une telle bavure… Et maintenant ? Que se passerait-il s'il se retrouvait radié, sans emploi, sans rien ? Qui paierait sa bouffe, son chauffage, son électricité ?

Lorsque le repas du soir a été servi (dix-sept heures trente), le brigadier-chef en a profité pour prendre congé. Non seulement sans souhaiter à Thomas un bon rétablissement, mais en lui rappelant également qu'il ne devait *surtout pas* omettre de signaler le vol de son arme à la police. Et l'agression, bien sûr. Qu'il porte plainte contre X.

« Une arme dans la nature, ça n'est jamais bon, brigadier. Faites le nécessaire pour pas que ça vous retombe dessus. »

Thomas a envie de mourir (et de balancer le plateau-repas contre le mur de sa chambre). Il ferme les yeux, sa silhouette lui apparaît face à un océan noir étonnamment immobile – l'eau est trouble, épaisse, huileuse, et pourtant elle ne contient que le néant. Le rien, la fin de toute chose, de la pensée, d'un frémissement d'aile, de la beauté d'un soleil couchant. Mais que valent les derniers rayons du crépuscule devant une existence trop lourde à porter ? L'océan répond en se gonflant d'une vague immense et en s'avançant vers lui.

Au plus profond de sa solitude et de son ressassement, alors que le soir est déjà bien avancé et que Thomas se prépare à douiller comme jamais, voilà qu'Igor apparaît à son chevet, un petit gobelet à la main, deux cachets dans l'autre.

« Sale journée, hein ? Prends ça, ça va te faire du bien. »

Thomas hoche la tête, marmonne un merci, mais avant de gober les cachetons, il aimerait demander une faveur à Igor, lequel est tout ouïe. Péniblement, Thomas se redresse sur son lit, il prend sa tête entre ses mains, déglutit. Qu'est-ce qu'elle est lourde à porter, cette tête ! Surtout depuis que les ennuis s'accumulent. Bref. Est-ce qu'Igor pourrait l'aider à descendre jusqu'au rez-de-chaussée, puis il pourrait l'accompagner dehors, qu'il sorte un peu prendre l'air, s'aérer un peu, et fumer ? Il a tellement envie d'une clope !

Igor a l'air déçu. Il soupire. C'est pas bien de fumer, précise-t-il avec un ton professoral. Cancer, amputation, dysfonctionnements érectiles, baisse de libido, impuissance, et encore, ce n'est qu'un aperçu de ce qui l'attend s'il n'arrête pas rapidement le tabac…

Thomas commence vraiment à en avoir plein le dos de se faire engueuler par la terre entière.

« C'est juste une clope, et encore, je vais la fumer à moitié. »

Un instant de flottement durant lequel Igor affiche un air particulièrement pénétré. C'est d'accord, il l'accompagnera jusqu'à l'ascenseur, ensuite Thomas devra se débrouiller. S'il est assez en forme pour fumer dehors par ce temps, alors il devrait pouvoir y aller *tout seul*, comme un grand.

*

BARNABÉ

Un peu avant quinze heures, mère et fils sonnent à l'interphone d'un immeuble moderne et sans cachet du centre-ville. Le cabinet d'avocats spécialisés en droit pénal se trouve au rez-de-chaussée. Il n'y a pas de salle d'attente, mais une banquette au fond d'un couloir sur laquelle on les prie de bien vouloir prendre place. Des jeunes gens propres sur eux défilent, cheveux courts ou tirés en de parfaits chignons, ballerines bleu marine aux pieds ou cravates soigneusement nouées autour du cou. Avec une cordialité obséquieuse, ils assurent à plusieurs reprises à la mère (qui fait mine d'être plongée dans la lecture d'un roman) et au fils (et son air hébété) que Me Perran les recevra bientôt.

Ils attendront plus d'une heure trente.

Me Perran est un homme de près de deux mètres, avec des bras trop longs et une fine couche de pellicules sur les épaulettes de sa veste de costume. Il travaille dans un bureau particulièrement spacieux, lequel comprend une table de réunion ovale à laquelle patiente une jeune stagiaire escortée d'un petit MacBook Air.

– Asseyez-vous, je vous prie.

– Merci, maître !

– Que puis-je faire pour vous ?

« Voyez-vous, mon fils, ici présent, a reçu hier une convocation, une convocation en mains propres (la mère sort la lettre de son sac comme s'il s'agissait d'un tour de passe-passe) par deux *inspecteurs* particulièrement agressifs, mais passons, j'imagine qu'ils en voient de toutes les couleurs, et donc mon fils ici présent, Barnabé, doit être entendu demain dans l'affaire de la disparition de cette pauvre Rosalie M., vous savez, cette petite dont on a retrouvé le corps sans vie avant-hier sur la plage, or il se trouve, cher maître, que cette Rosalie M. en question est aussi, ou plutôt *était*, une patiente de Randolf, mon époux, psychiatre et psychanalyste connu *et* reconnu dans la région, et qui, vous vous en doutez, n'a pas dit un mot au nom du secret médical.

Moi non plus, je n'ai rien dit.

C'est à peine si je l'ai croisée quand elle venait au cabinet. Un vrai sac d'os, rasant les murs avec un air d'éternelle victime, mais je m'égare. Tout cela n'est qu'une interprétation d'une humble épouse, mère et femme d'intérieur, mais là n'est pas le problème.

Le problème, du moins cela pourrait le devenir, c'est que Barnabé et elle ont été… *en contact*. Je veux dire par là que je les ai aperçus en train de parlotter devant notre humble demeure. Cette Rosalie M. sortait d'une séance de thérapie sous la houlette de mon humble époux et elle a dû tomber nez à nez avec mon petit garnement. Car, voyez-vous, Barnabé exerce la profession tout à fait honorable de jardinier, en ce moment il s'occupe de notre grand terrain, et bien qu'il lui soit interdit de traîner aux abords de la maison, *surtout* quand son père reçoit ses patients, Barnabé, n'en faisant qu'à sa tête, a décidé de s'occuper de nos rosiers si beaux mais si fatigués, voilà pourquoi madame M. est tombée nez à nez sur lui. Et comme mon fils est un peu souffrant et qu'il peine à interpréter les signes, il a sûrement imaginé tout un tas de choses durant leur échange et il s'est mis en tête de la suivre, de la filer, si vous préférez. Je remarque au passage que votre petite stagiaire prend beaucoup de notes et qu'elle le fait avec cette vélocité propre aux jeunes gens à l'ambition insatiable, bravo, mademoiselle, ne perdez surtout pas le fil.

Oui, Barnabé s'est rendu au domicile de notre victime. De jour comme de nuit, vous me voyez venir, maître : c'est cela, la nuit de sa disparition. De la disparition de madame M., pas de mon fils, puisque mon fils est plus présent que jamais et qu'il vit actuellement sous notre toit en attendant d'être pris en charge par une institution.

Oui, c'est une sacrée coïncidence, mais figurez-vous, cher maître, qu'il y a quatre ans de cela, Barnabé était alors à peine sorti de l'adolescence, enfin pas tout à fait puisqu'il était âgé de vingt et un ans, mais disons qu'il n'était pas bien dégourdi par rapport à ses camarades, bref, et donc, à cette époque, il s'était entiché d'une certaine Clarisse, une jeune femme un peu punk ou gothique, je ne sais plus très bien, qui vivait avec son ivrogne de père, et là aussi Barnabé n'a pas bien *interprété les signes* et s'est montré insistant, très insistant.

Oh, non, il ne l'a pas touchée, mon fils aime surtout passer son temps tout près du domicile de celles qu'il appelle ses *amoureuses* afin… de les observer, c'est un voyeur, un *gentil* voyeur, mais je comprends tout à fait que cette appétence pour l'observation de la gent féminine puisse créer un certain malaise… (la mère prend une grande inspiration)… et voilà que quelques semaines plus tard le corps de la petite gothique est retrouvé sur une plage !

Oui, je SAIS, cher MAÎTRE, ça commence à faire beaucoup de hasards et de coïncidences. Sachez que mon fils a été lavé de tout soupçon, que l'enquête n'a pas conclu à un meurtre, et que Barnabé a seulement été condamné AVEC SURSIS à six mois de prison à condition de suivre un programme de soins. La punkette souffrait évidemment de dépression, elle passait son temps à écouter cette horrible musique où il n'est question que de Satan, de destruction des autres, de destruction de soi, en somme de la fin du monde qui arrivera, croyez-moi, bien assez tôt. Je mettrais ma main à couper que notre Rosalie M. était elle aussi plongée dans un tunnel de tourments dont elle ne voyait pas au bout la lumière, c'est d'ailleurs ce que sous-entend son mari dans un long et passionnant entretien donné à la presse locale, vous lisez comme moi la presse quotidienne régionale, n'est-ce pas ? Ce pauvre homme a l'air si dévasté.

Voilà pourquoi mon fils n'a absolument rien à voir avec l'affaire, mais, au vu de la hargne de ces deux inspecteurs, je suis sûre et certaine qu'ils vont chercher à lui faire porter le chapeau, surtout que c'est la deuxième fois, OUI, JE SAIS : l'histoire se répète, mais quand elle se répète ainsi, c'est que Dieu nous envoie peut-être un message, j'ignore encore lequel.

Mon fils souffre, puisque vous me le demandez, d'une maladie mentale, d'un dérèglement psychique en quelque sorte, qui lui fait croire – à tort – que toutes les femmes le désirent !

Sauf sa maman, bien entendu.

Il suffit qu'une femme lui adresse un sourire, un regard, un mot, et il se met en tête tout un tas de scénarios improbables mais qui peuvent, comment dire ? *enquiquiner* le quotidien de ses malheureuses victimes. Oh, rassurez-vous, mademoiselle, à présent mon fils est sous traitement, votre présence ne lui fait ni chaud ni froid, mais juste avant la disparition de cette charmante jeune femme, Barnabé oubliait régulièrement de le prendre, ce traitement, et ni Randolf ni moi n'avons été assez prudents.

Bref.

J'imagine, même si vous ne laissez paraître aucune émotion, maître, et c'est là un signe de votre grand professionnalisme, qu'en toute objectivité ce récit joue en la défaveur de Barnabé.

Oui mais non.

Barnabé n'y est pour rien.

Barnabé est innocent.

Je le SAIS, je le sens dans ma chair. Même si personne ne l'accuse de quoi que ce soit, mais je préfère anticiper, vous connaissez l'adage : *mieux vaut prévenir*, etc.

Pour en revenir à l'interview du mari de la victime, il est évident que cette petite s'est jetée à l'eau. L'expression n'est, pardonnez-moi, pas très heureuse : qu'elle a préféré noyer sa mélancolie.

Oui, résumons, maître.

Mon fils s'est rendu une première fois en journée au domicile de madame M., mais mon époux et moi avons eu le temps de l'appréhender, si je puis m'exprimer ainsi, avant qu'il décide de forcer la porte de la véranda (rires), ensuite il prétend y être retourné le soir. Il est en effet rentré au petit matin tout barbouillé, persuadé d'avoir vécu une folle nuit d'amour, mais entre nous, Barnabé a beaucoup d'imagination, il voit, il entend des choses qui ne sont pas réelles.

D'où le traitement, maître.

Administré de mes petites mains. Enfant, je rêvais de devenir infirmière. Mais la maison, mon tendre fils et mon époux que j'admire plus que tout au monde ont pris tout mon espace mental, toute mon énergie. Entre nous, piquer quelqu'un dans le bras ne demande aucune compétence, souvenez-vous de la pandémie : n'importe quel pharmacien de France et de Navarre s'y adonnait. Ces gens-là seraient prêts à vous prélever un rein dans leur arrière-boutique si ça leur rapportait de l'argent.

Oui, maître, concluons, concluons.

De grâce, aidez-nous à éviter le pire. Aidez Barnabé, ne laissez pas un innocent croupir dans une geôle infestée de VERMINE. »

S'ensuit un long silence.

Les yeux de la stagiaire sont toujours rivés sur l'écran, ses doigts ne courent plus sur le clavier, peut-être est-elle en train de relire. Me Perran sort un mouchoir en tissu de la poche arrière de son pantalon et s'éponge le front.

Dieu que c'est long !

L'avocat prend (enfin) la parole.

Explique qu'il n'y a, pour le moment, aucune inquiétude à avoir.

Que Barnabé est entendu en simple qualité de témoin.

Que cela semble tout à fait logique dans le cadre d'une enquête, puisque Barnabé a échangé avec la victime.

Que ce n'est pas un délit ni un crime de parler à quelqu'un !

« Pas encore… »

(La mère rit de sa propre remarque.)

L'avocat reprend.

Rappelle que le procureur cherche à connaître les causes de la mort, là aussi c'est tout à fait logique, puisque c'est ce que les procureurs font dans quatre-vingt-dix-neuf pour cent des cas quand on retrouve un cadavre.

Maintenant, Me Perran aimerait poser une question à Barnabé.

« Barnabé ? »

L'avocat claque des doigts face à son futur client visiblement assommé de neuroleptiques.

Barnabé sursaute légèrement.

– Qu'est-ce que vous voulez savoir ?

– Lorsqu'en journée vous êtes allé rendre une petite visite à Rosalie M., quelqu'un vous a vu ? Et le soir ?

– Le soir j'ai eu un black-out, c'est à cause du poison que ma mère a versé dans ma citronnade. Et l'après-midi, oui, quelqu'un m'a vu. La grosse d'en face.

– Doux Jésus, quelqu'un t'a vu ? demande la mère, horrifiée. Pourquoi tu ne nous as rien dit ?

Brusquement, la mère éclate en sanglots.

Son fils ira en prison, il paiera parce qu'une femme a décidé de se jeter du haut d'une falaise, il paiera parce qu'il n'est pas… pas tout à fait comme les autres. Pour sa différence ! Les gens différents sont toujours les premiers à trinquer.

« Dis tout de suite que je suis débile. »

Une fois de plus, Me Perran se veut rassurant.

Ce n'est pas parce que quelqu'un a vu Barnabé se promener dans la rue que ça en fait un coupable.

« Se promener ne constitue pas un crime, n'est-ce pas, maître ? » demande la mère.

Me Perran aimerait rappeler la principale règle dans ce genre d'affaire.

Si jamais (mais l'avocat n'y croit pas une seconde !) Barnabé passe du statut de témoin à celui de suspect, il s'agira de préparer un récit suffisamment crédible pour prouver son innocence.

La vérité a très peu à faire dans cette histoire.

En d'autres termes : on se fiche pas mal de savoir si Barnabé a ou non approché la victime. Ou s'il l'a précipitée dans le vide.

Sans témoin direct, et en l'absence de preuves, il ne s'est rien passé, point à la ligne.

Être vu ou ne pas être vu, telle est la question.

La mère acquiesce vivement, puis, telle une tornade, se lève, imitée par le fils qui semble lui aussi mû par une énergie nouvelle.

« Merci, maître. »

*

THOMAS

Dans l'ascenseur suffocant aux relents de draps souillés, de nourriture et d'eau de Javel, Igor le prévient : le coin fumeur, situé à l'arrière du bâtiment principal, est tout sauf *chaleureux*. (Comme si le reste de l'hôpital débordait de convivialité. Thomas garde cette remarque pour lui, s'estimant chanceux que son infirmier accepte finalement de l'escorter jusqu'à l'accueil, en bas. *C'est vraiment parce que c'est toi*, souligne-t-il à plusieurs reprises.)

Thomas a l'impression d'être devenu un vieillard. Marcher quelques mètres s'apparente à une épreuve. Dehors, le vent souffle rageusement, il ne manque plus que la pluie, peste-t-il alors qu'il allume déjà une deuxième cigarette. Il a envie de fumer tout le paquet, puis de commander un taxi vers un aéroport et de se casser dans un pays chaud. Sans stress, ni collègues casse-burnes, ni d'arme qui se promène dans la nature. Sur une île, quelque part dans l'hémisphère Sud, il paraît que la lumière est hallucinante de beauté, qu'elle embellit la moindre fleur, la moindre pierre, le plus petit coquillage. C'est ça, Thomas se verrait bien sur une île à travailler de ses mains, sans prise de tête, et après le taf il irait dompter les vagues avec sa planche de surf.

« Par le plus grand des hasards, vous n'auriez pas une cigarette ? »

Pas très grande, mince, visage rond très expressif, cheveux blonds coupés court, fringues plutôt sophistiquées. Pas d'ici, c'est sûr. Déjà à sa façon de poser une question…

(À coup sûr une Parigote.)

Les images de son île se sont évanouies. Malgré son hoodie, il se les gèle. Bizarrement, lorsqu'elle lui demande comment il va, Thomas, d'habitude si taciturne, répond sans se faire prier : la traque d'un dangereux criminel lors de laquelle il a failli y rester.

Son interlocutrice a l'air hyper concentrée, enfin quelqu'un qui l'écoute. Qui le croit. Après un faux pas où elle le prend pour un détective (non mais quelle ringardise !), elle veut savoir s'il aura les honneurs de la profession. Logique comme question. C'est en héros que Thomas devrait revenir taffer. Avec à la clé une promotion et des applaudissements à tous les étages.

À présent, elle a l'air de s'ennuyer. Il lui a pourtant offert une autre cigarette. C'est sympa de parler un peu, de se confier. Thomas remarque qu'elle se retient de bâiller. Son excuse, c'est les médocs que l'interne lui a filés. À d'autres, Célia, songe-t-il. Entre-temps, ils ont fait les présentations : Thomas, Célia, échanges de petits sourires forcés. Jamais il n'a rencontré de Célia dans la vraie vie et une seule fois en fiction. Dans ce bouquin glauquissime où une femme alcoolique harcèle Célia, sa voisine d'en face. *Elles avaient été amies, c'était il y a bien longtemps...*

Entorse à la cheville, et tout un tralala autour des urgences qu'il ne faut pas inutilement encombrer. La bonne conscience des gauchos, ça l'a toujours fait marrer. Quant à son histoire de copine retrouvée, il n'y croit pas une seconde.

*

RANDOLF

Il faisait noir lorsque je me suis réveillé en sursaut. Seuls clignotaient les chiffres rouges du radio-réveil : deux heures trente. J'ai tout de suite senti que quelque chose clochait, non, que *plusieurs choses* clochaient. Je frissonnais, claquais des dents, j'ai voulu me pelotonner sous l'édredon, mais l'édredon était trempé ! Mes vêtements aussi. Baignés d'une sueur froide. Quand m'étais-je la dernière fois couché tout habillé ? Je devais encore être étudiant, c'était il y a au moins trente, trente-cinq ans, bref tout cela ne me ressemblait guère.

Pendant un temps relativement court – mais l'angoisse transforme les secondes en heures –, je ne parvenais pas à me situer. Pour l'exprimer plus clairement, mon esprit vacillait, jamais je n'avais été en proie à une si grande confusion. Ne plus savoir *où* l'on est ni *qui* l'on est. J'avais vaguement conscience de mes nom et prénom. Ils flottaient au-dessus de moi, avec beaucoup d'efforts je distinguais le contour des lettres : R-A-N-D-O-L-F, puis je devais me concentrer de nouveau. C-H-E-V-A-L-L-I-E-R ! C'était bien moi, et je me trouvais bien dans une chambre, ma chambre au premier. Mon corps pesait lourd – un corps mort, encombrant et inutile.

Pour la première fois depuis très longtemps, j'ai voulu appeler Marie-Éliane. J'ai cru à une attaque cérébrale et pensé : *je vais mourir dans la solitude et l'indifférence la plus complète.* Où était mon portable ? Sur la table de nuit, mais ma main refusait d'obéir à mon cerveau. Jamais je ne me redresserais de nouveau. Je me suis souvenu que les hommes sont des êtres douillets, ils pleurnichent pour un rien, me disait souvent ma mère, et comme toutes les mères elle avait raison. Je n'avais pas le choix : je devais trouver la force en moi de me lever. Marie-Éliane, de toute façon, ne m'aurait pas entendu, même si j'avais hurlé de douleur. Quand on décide de faire chambre à part, c'est justement pour oublier l'autre, ronflements, bruits de bouche, grincements de dents, les pages d'un livre qui tournent. Sans compter que le manoir est extrêmement bien insonorisé et que Marie-Éliane prend souvent, je la cite, *un petit quelque chose pour dormir*. Durant des années je lui ai prescrit de puissants somnifères. Pour ma part, j'ai décroché. Exception faite si j'enchaîne plusieurs nuits blanches et que je sens ma conscience vaciller. Peut-être avais-je cédé à la tentation et avalé, sans trop y réfléchir, un ou deux petits cachets ? Les effets indésirables cependant (suées nocturnes, perte des repères, confusion des idées, faiblesse musculaire, troubles de la mémoire) me semblaient particulièrement gênants et me rappelaient le pouvoir d'un puissant hypnotique. J'évitais de toucher à cette catégorie de médicaments, j'évitais aussi d'en prescrire.

J'ignore comment, mais j'ai réussi à me traîner jusqu'à la salle de bains. Puis je me suis endormi comme un petit vieux (que je serais bientôt), avachi sur la cuvette des toilettes. Un peu plus tard encore dans cette nuit qui n'en finissait plus, je me suis déshabillé et roulé dans une couverture de laine qui étrangement m'a réchauffé le corps et le cœur, et j'ai sombré, les yeux humides d'épuisement, jusqu'au matin. Le matin où mon fils devait se rendre au commissariat. Au moins, me suis-je dit pour me rassurer, mon esprit serait au calme. Il fallait que je me pose, que je réfléchisse le plus sereinement possible, j'ai donc annulé mes rendez-vous, expliqué à mon épouse d'une voix que je voulais calme, sans modulation aucune, que je ne me sentais pas très bien, probablement la grippe, ce à quoi elle a vigoureusement acquiescé, tu as raison, Randolf : c'est sûrement cette saleté de grippe ! Je me suis enfermé dans mon cabinet, j'ai ouvert grand les rideaux du bow-window, c'est vrai que Barnabé avait fait du bon travail, et en un temps record. Puis j'ai ouvert l'un des tiroirs, celui du bas, du petit meuble laqué d'inspiration japonaise, j'espérais y trouver l'arme de mon père. De génération en génération, il y a toujours eu une arme au manoir. J'ignore si elle fonctionne encore et surtout si je trouverai des munitions.

*

THOMAS

Ils l'ont renvoyé chez lui. Sa nuque le fait encore souffrir et ses migraines ne disparaissent qu'à la faveur de puissants opioïdes, mais ce matin le docteur (un autre docteur tout aussi distant et taiseux) a annoncé à Thomas qu'il pouvait rentrer chez lui.

« Ils ont besoin de lits, et tant que t'es pas à l'article de la mort… Si tu veux, je peux te déposer chez toi, j'ai fini mon service dans une heure. »

Pourquoi un type comme Igor, qu'il connaît à peine, prendrait le temps de jouer les chauffeurs ? Les bons Samaritains, ça n'existe pas. Par contre : les mecs louches, les voyeurs, les psychopathes…

Surtout dans le milieu hospitalier.

Des histoires sordides d'expérimentations et de docteurs fous, Thomas en connaît des dizaines.

Sa préférée, c'était dans ce pavé intitulé *Masques de chair*. Ingrid, une jeune infirmière naïve, fraîchement embauchée dans une clinique construite pendant la Grande Guerre dans une vallée étroite et abrupte d'un pays qui ressemble à la Suisse, découvre par hasard que le personnel médical se livre à un trafic… de visages ! Plusieurs patientes, admises pour des opérations bénignes, sont euthanasiées après que le chirurgien-chef (dont l'épouse a été défigurée à la suite d'un accident de scooter des neiges) a tenté d'arracher leur visage pour le coller sur celui de sa bien-aimée. Hélas, aucune des greffes ne prend. Lorsque l'héroïne découvre l'effroyable vérité, il est trop tard. Son amant, en qui elle avait placé toute sa confiance (un kinésithérapeute hongrois à la fois romantique et incroyablement viril), la livre au chirurgien fou, et pour la première fois l'opération est couronnée de succès. Dans l'ultime scène du roman, l'épouse du grand docteur (Agathe), une coupette de blanc de blanc à la main, s'admire dans un grand miroir piqué de rouille, fascinée par ses nouveaux traits, tandis que quelque part dans la vallée, le corps d'Ingrid (sans visage !) est jeté en pâture à une horde de loups.

Le taxi (payé, fort heureusement, par sa mutuelle) vient de le déposer devant chez lui.

Quelle déprime : partout le bitume, de gros poteaux électriques, des maisons identiques, des voitures garées à moitié sur des trottoirs en mauvais état. Lorsqu'il allume le plafonnier du salon, Thomas réalise que son intérieur ne respire pas non plus la joie de vivre. Avec son clic-clac à la housse fatiguée, brûlée par endroits, et son mobilier en imitation hêtre. Son court séjour à l'hôpital lui a fait prendre conscience à quel point la laideur d'un décor peut vous ronger le peu de bonne humeur qui vous reste.

Avant de s'affaler sur le canapé, Thomas se décapsule une bière. Sans grande conviction. Puis il trempe ses lèvres, là aussi presque en se forçant. Plus inquiétant encore : l'idée de tirer sur un joint lui provoque des haut-le-cœur. Peut-être est-il plus malade que ce qu'on a bien voulu lui dire… Quand on n'a plus le goût à rien, n'est-ce pas le signe du commencement de la fin ?

Heureusement que le docteur de ce matin lui a prescrit un anxiolytique léger. Plus de job, plus de *gun*, bientôt plus une thune, sans parler des amis qui le fuient et de sa collègue qui ne veut plus lui parler, personne ne tiendrait sans une petite béquille chimique.

La nuit est déjà tombée lorsqu'il se décide à appeler Joseph. Répondeur. Comme par hasard. Une heure après (Thomas a réussi à boire la moitié de sa canette, mais il ne se sent pas mieux pour autant), le reporter répond par un SMS laconique, précisant qu'il est en ce moment même dans une autre ville de la côte, sur une affaire (assez sordide, précise-t-il) de pédophilie, peut-être sur un réseau. D'où son silence, *désolé, mec.* L'affaire risque de faire grand bruit, conclut Joseph.

Et l'affaire Chevallier ?

Aux oubliettes ?

Une info chasse l'autre ?

Joseph répond : *c'est un peu le concept, Thomas*, assorti d'un smiley grotesque.

Depuis son fauteuil (entre-temps il a posé un plaid sur ses jambes – la fin de toute dignité, mais puisque personne ne viendra le voir, autant se la carrer quelque part, sa dignité), Thomas rappelle à son ami qu'un second corps a été retrouvé dans des circonstances quasi identiques.

Le corps d'une femme dans la trentaine, exactement comme quatre ans auparavant.

Le SMS est interminable, bourré de répétitions et de points d'exclamation.

Joseph répond : *oui je suis au courant.* Dix minutes plus tard, il précise qu'il a appris ce matin par des sources policières que le fils Chevallier a été placé en garde à vue.

*

RANDOLF

Cette prétendue grippe a fait naître en moi un soupçon aussi absurde qu'abominable. Le revolver a disparu. Je ne suis pas certain qu'il fonctionne ni même qu'il y ait des munitions. L'arme est ancienne, elle remonte à plusieurs générations, je n'ai pas eu le courage de m'en débarrasser ni de l'entretenir. Elle doit être défectueuse, rouillée, les munitions ont forcément pris l'humidité ; on se rassure comme on peut. Quoi qu'il en soit, il me fallait au plus vite rassembler mes pensées, que je les empêche de courir dans la mauvaise direction, surtout ne pas paniquer, continuer de se comporter comme si de rien n'était.

Puis Marie-Éliane a poussé un hurlement. C'était si soudain que j'ai senti une décharge d'adrénaline me traverser de la tête aux pieds, me piquant les avant-bras de chair de poule et laissant mon cœur battre à une vitesse folle. Les murs sont épais au manoir, mais son cri les a traversés comme s'ils étaient faits de carton. Pourquoi ce cri, pourquoi ce besoin de toujours tout ramener à elle, même en ce moment précis ? Je connaissais la réponse, mais manquais de temps ; plus tard, je reprendrais mon rôle de docteur des maladies mentales. J'ai pris une profonde inspiration et je suis sorti de mon cabinet ; depuis le couloir, j'ai voulu savoir ce qui avait pu provoquer un tel émoi. Le petit était en garde à vue. Je ne m'y attendais pas, et cependant cela me faciliterait la tâche. Avec Barnabé dans les pattes, Dieu sait où cela nous aurait conduits. Un fait divers sordide, ce que je voulais éviter à tout prix.

Marie-Éliane m'a annoncé qu'elle sortait faire un tour, se changer les idées. L'avocat, Me Perran, était prévenu, il était en route pour le commissariat. De toute façon, elle devait conduire son auto au *car wash*. Parfait. Dès que j'ai entendu le crissement des pneus sur l'allée, je suis monté dans la chambre de mon épouse. Je n'y avais plus mis les pieds depuis des lustres. La porte était fermée à clé, c'était notre accord de mariage – chacun dormait de son côté et chacun respectait l'intimité de l'autre. Après plusieurs essais infructueux, j'ai fini, grâce à mon coupe-papier fétiche, par entrer. À cause des lourds rideaux de velours qui avaient été soigneusement tirés, il faisait sombre dans cette chambre. L'unique source de lumière provenait d'un rayon de soleil fantomatique séparant la pièce en deux et dans lequel de minuscules particules de poussière tourbillonnaient trop vite, comme mues par une force qui les dépassait. J'ai légèrement écarté les rideaux, mais sans trop m'y attarder ; étrangement, alors que je savais mon épouse partie, je craignais d'attirer l'attention.

La veille, pendant que Marie-Éliane et Barnabé se trouvaient à l'étude de Me Perran, j'étais passé par la cuisine, je suppose pour y prendre un verre d'eau ou me préparer un Earl Grey. La pièce n'était pas rangée. Rien de bien méchant, juste une casserole sur la gazinière, quelques ustensiles empilés à la hâte dans l'évier, et surtout il y avait une grande assiette aux motifs fleuris sur la table, et trois pommes d'amour posées dessus. Le nappage avait débordé, les pommes collaient à la porcelaine. Marie-Éliane avait visiblement tout laissé en plan, je suppose après l'obtention de dernière minute d'un rendez-vous avec l'avocat pénaliste. Jamais mon épouse ne quitte la cuisine sans l'avoir rangée, briquée, fait briller de mille et une étincelles. Je me souviens d'avoir souri en songeant qu'elle se rongerait sûrement les sangs à l'idée de ce capharnaüm. Après avoir croqué dans une pomme – j'ai toujours eu un faible pour les pommes d'amour –, j'ai remarqué que la porte qui donne sur le jardin était restée entrouverte. Cette partie-là du terrain est particulièrement agréable, bien que située au nord, très ombragée, grâce notamment à de grands et majestueux sapins qui nous feraient presque oublier que nous habitons en bord de mer. Dehors, il y avait une chaise longue sur laquelle traînait négligemment un plaid à motifs écossais que mon épouse n'avait pas non plus trouvé le temps de ranger. Je me suis dirigé jusqu'aux sapins, tout en dévorant ma friandise avec avidité. C'est là que je suis tombé sur une autre pomme au pied d'un des arbres. Intacte. Nul besoin d'être un grand enquêteur pour comprendre que Barnabé avait dû la balancer depuis sa chaise. Sur le coup, j'ai trouvé son geste étrange, s'il est bien une chose qu'il apprécie chez sa mère, ce sont ses attentions culinaires, pourquoi gâcher ainsi de la nourriture ?

La sonnerie de mon portable a retenti. Il s'agissait d'Éléonore. Éléonore ? Il y a eu un moment de flottement avant que l'évidence me frappe. Oui, bien sûr, une brunette aux grands yeux pétillants croisée lors d'une conférence sur la côte normande, deux ou trois ans auparavant. Depuis, je n'avais eu aucune nouvelle, je savais simplement que sa famille vivait dans les environs. D'ailleurs, c'était parce qu'elle rendait visite à ses parents *très malades* qu'elle se trouvait en ville et pensait *très fort* à moi, à tout ce que nous avions *fait* dans cette chambre de l'hôtel Mercure, à toutes ces choses *interdites* – elle gloussait en prononçant *interdites.* Devine d'où je t'appelle, Randolf ? Bon sang, je n'avais ni le temps ni la tête pour des devinettes. Je suis en train de boire un chocolat chaud au Rosebud. Sans réfléchir, j'ai répondu que je venais de croquer dans une pomme d'amour. C'est un signe, Randolf, un signe pour que tu viennes me rejoindre.

Je ne descends presque jamais sur le port de plaisance. C'est un endroit assurément charmant, typique, surtout pour les touristes. J'ignorais alors qu'une heure plus tard je m'écroulerais sur mon lit. Si j'étais descendu au port rejoindre Éléonore, peut-être me serais-je évanoui au beau milieu de la route, ou sur le sentier, me blessant mortellement… C'était sûrement mon inconscient qui m'avait soufflé de rester à la maison.

Traversant toujours avec le plus de précautions possible la chambre de Marie-Éliane, j'ai poussé la porte de la salle de bains. Il ne m'a pas fallu longtemps pour trouver ce que j'espérais secrètement… ne jamais trouver ! Des dizaines et des dizaines de boîtes d'Imovane. La pomme d'amour en contenait, cela ne faisait aucun doute, et Barnabé avait eu raison de la jeter, il avait eu raison aussi d'accuser sa mère de l'empoisonner. Le terme poison est peut-être exagéré, je pense qu'elle mélangeait ce puissant hypnotique à sa nourriture en attendant le traitement, par crainte, je suppose, qu'il ne tienne pas en place.

À cet instant précis, je tentais de minimiser, voire d'excuser le geste de Marie-Éliane, j'étais si surpris, si… hébété, conscient tout à coup à quel point je m'étais fourvoyé, que j'avais mal interprété les événements, et ce depuis l'arrivée de mon fils. L'intuition que mon épouse me cachait d'autres choses me saisit et me glaça les sangs. Je suis sorti de la salle de bains, le front brûlant, les tempes qui battaient fort, et j'ai de nouveau scruté la chambre à demi enténébrée. Il y avait tellement de meubles, d'endroits où dissimuler des secrets, mais c'est sous le lit que mon instinct me guidait. Quelques minutes plus tard, je tenais entre mes mains tremblantes une grande boîte en velours noir, brillante comme les ailes d'un corbeau. Pas de serrure ni de mécanisme alambiqué pour l'ouvrir. Un jeu d'enfant.

*

BARNABÉ

S'il avait croqué dans sa pomme d'amour, il se serait écroulé pile au moment où ce connard de flic lui annonçait son placement en garde à vue.

À tout hasard, Barnabé fait mine de ne pas avoir compris.

Écarquillant les yeux, prenant sa tête entre ses mains, marmonnant des phrases inintelligibles.

Le lieutenant répète lentement, détachant chaque mot, chaque syllabe. On dirait qu'il se délecte.

Barnabé s'accroche, d'une voix tremblante il rétorque qu'il doit y avoir une erreur. Jamais on ne lui a parlé de *garde à vue*, mais d'une simple *audition*, une audition qui, d'après sa mère (elle s'est renseignée sur Internet), ne peut excéder deux heures. Après ces deux heures, le témoin a le droit de se lever et de partir, c'est la loi ! Après ces deux heures, la mère viendra le chercher à la sortie du commissariat.

« Eh bien, votre *maman* attendra, monsieur Chevallier. Au moins vingt-quatre heures. Ou alors quarante-huit, tout dépendra de votre coopération. »

Mais pourquoi ne l'ont-ils pas arrêté lorsqu'ils se sont pointés chez lui ? Pourquoi avoir menti en lui faisant croire qu'il viendrait au commissariat *simplement* pour répondre à quelques questions ?

« Une garde à vue ne passe pas obligatoirement par une arrestation à domicile avec le pimpon des sirènes de police, les menottes et la lecture à voix haute des droits. Dans la réalité, ça bouge beaucoup moins. On vous convoque, et là, surprise, on vous place en GAV. »

(Le commandant omet de préciser que la surprise est une manœuvre de déstabilisation – on prend le suspect au dépourvu pour le faire avouer rapidement.)

Barnabé n'a pas d'autre choix que d'accepter sa nouvelle condition de gardé à vue. Ça s'est passé tellement vite, comme dans un cauchemar où les scènes s'enchaînent à un rythme effréné, sans liens apparents entre elles.

À présent, il veut connaître les raisons.

Oui, les raisons de son placement en GAV.

Simplement pour avoir croisé la victime une ou deux fois ?

Esquissant un très léger sourire, le commandant rétorque qu'ils auront, au vu des NOMBREUX éléments, tout le loisir d'en discuter.

(À vrai dire, il dispose de deux éléments relativement solides : la présence d'un témoin oculaire, et un vêtement appartenant à Barnabé.)

En attendant, Barnabé a le droit de prévenir un membre de sa famille ainsi que son employeur, il peut aussi solliciter un examen médical et une entrevue avec un avocat.

Barnabé répond oui à tout. Oui au médecin, oui à la famille (il aimerait appeler sa mère !). Pour l'employeur, c'est ballot, il ne va pas s'appeler lui-même.

La plaisanterie tombe à plat, Barnabé enchaîne en expliquant qu'il est *malade*, c'est la première fois qu'il prononce ce mot. Il hésite d'en dire davantage et opte finalement pour le mot *dépression*. Tout le monde l'utilise sans vraiment en connaître le sens. Un malade comme lui ne tiendra jamais vingt-quatre heures, et encore moins quarante-huit !

Son interlocuteur, tout en prenant note, ne cille pas. Encore un, se dit-il, qui pense pouvoir s'en tirer en invoquant des problèmes psy. Pour le moment, ce jeune type lui semble tout à fait apte à répondre.

Malgré son débit hésitant et ses mouvements de tête un peu bizarres. Il y a aussi quelque chose dans son regard. Ne pas condamner trop vite... La tentation est grande, pourtant, devant un tel faciès.

Par ailleurs, Barnabé souhaiterait s'entretenir avec son avocat : Me Perran.

Cette fois, l'officier de police a du mal à cacher sa surprise. Ses doigts ont cessé de courir sur le clavier. Dans la petite pièce du second étage, une pièce aveugle éclairée de néons dont la lumière grêle donne aux visages un teint de mort-vivant, un drôle de silence s'installe.

« Ce bon vieux Gaspard, comment va-t-il ? »

Puis il précise qu'il est rare, très rare même, qu'un gardé à vue ait *déjà* le nom d'un avocat en tête, monsieur Chevallier se serait-il préparé ?

Barnabé répond qu'il n'a rien à ajouter.

*

THOMAS

En garde à vue...

Les larmes lui montent aux yeux.

Des larmes de joie, de soulagement.

Cette fois, le fils Chevallier n'échappera pas à la justice. Impossible !

Mêmes circonstances, même mise en scène, même profil de victime. Il y a quatre ans, les collègues de Thomas (ceux de la nationale) avaient sûrement bâclé leur enquête, négligé les preuves, omis certains détails cruciaux. Aujourd'hui, tout policier, y compris le plus benêt des stagiaires, réussirait à écrouer ce fou furieux.

Thomas peut enfin souffler. Il se sent beaucoup mieux. Ses douleurs ont miraculeusement disparu, et il se surprend à rouler une cigarette. Peut-être que tout à l'heure il la parfumera d'un peu d'herbe, mais n'allons pas trop vite en besogne…

Thomas souffle et espère qu'à la fin de la GAV le fils Chevallier sera mis en examen. Puis condamné pour meurtre, et si l'on se permet de rêver un peu : pour assassinat ! Après tout, il l'a sûrement prémédité.

Et puisque tout est bien qui finit bien, Joseph laissera ses faits divers de pédophilie de côté pour écrire un papier fouillé sur cet effroyable fait divers.

« Le tueur des falaises. »

Le titre vaut ce qu'il vaut, mais au moins il est accrocheur !

Mais voilà qu'au moment d'atteindre le faîte de son exaltation il repense soudainement à son arme. Si encore il l'avait vraiment perdue, si elle lui avait échappé des mains, si elle était tombée à la mer pendant une bagarre, Thomas n'aurait pas tant de souci à se faire.

L'ennui, c'est que son semi-automatique se trouve très probablement entre les mains de l'autre idiot du village. Après l'attaque du belvédère, il a dû subtiliser l'arme de service de Thomas.

Et que diront les flics quand ils la trouveront ?

Sans compter que Thomas ne s'est toujours pas pointé au commissariat pour signaler le vol ni pour porter plainte contre X après sa prétendue agression.

(Le mal de tête reprend. Les muscles du cou se raidissent. Bordel que c'est compliqué, à force de mensonges.)

Et s'il en profitait pour tout avouer ?

Cette nuit-là, il a pris le fils Chevallier en filature, distinguant très nettement sa silhouette en train de glisser une enveloppe dans la boîte aux lettres de sa future victime avant de lui emboîter le pas jusqu'au belvédère !

Ensuite : *black-out.* Le fils l'a attaqué et dépouillé.

Quant à cette histoire de cambriolage, une pure invention.

Super. Il imagine déjà la tête de ses collègues de la nationale. Pour le coup, Joanne n'avait pas tort : Thomas est tout aussi suspect que Chevallier. Avec cette malchance qui le traque et qui menace à chaque instant de le faire tomber, il pourrait tout aussi bien se retrouver en prison.

Que faire ?

(Thomas feint d'avoir le choix, d'être face à un nombre infini de possibilités.)

Oui : que faire.

(Or il n'y en a qu'une.)

Récupérer son arme, et au plus vite.

*

– J'ai fait aussi vite que j'ai pu. Comment allez-vous, ils vous traitent bien ? Sinon, je saisis la Cour internationale de justice.

– Je veux sortir d'ici !

– Votre mère est dans tous ses états, je viens de l'avoir au téléphone. Elle vous embrasse et vous rappelle de tenir bon.

– Elle a encore essayé de me droguer avec une pomme empoisonnée. J'aurais dû la bouffer, pour une fois que je regrette.

– Barnabé, si vous souffrez d'hallucinations ou d'accès de paranoïa, nous disposons peut-être d'un levier pour annuler la garde à vue. Avez-vous vu un médecin ?

– Oui, un médecin psychiatre qui n'a pas arrêté de dire qu'il ne connaissait pas mon père et qu'il m'examinait en toute objectivité…

– Voilà qui n'arrange pas nos affaires ! Votre père aurait pu faire jouer son entregent.

– Vous vous rendez compte ? Ils m'ont filé une barquette de couscous à moitié froide, une brique de jus d'orange, et les chiottes sont derrière le lit, et encore si on peut appeler ça un lit.

– Mais quelle honte…

– Des chiottes à la turque !

– Je vais vous faire une confidence : certains animaux domestiques sont mieux considérés…

– Alors que la dernière fois c'était limite le grand luxe, j'avais eu droit à un sandwich triangle au thon et on pouvait prendre une douche. Putain, j'ai un de ces mal de tête… à cause de cette piqûre à la con.

– Rassurez-moi, vous n'avez pas parlé de l'affaire d'il y a quatre ans ?

– Non, mais ils sont pas complètement nuls, donc ça va bien finir par se savoir. Vous n'avez pas un Doliprane sur vous ?

– Essayez de vous concentrer, Barnabé : aviez-vous été placé en garde à vue dans ce *même* commissariat ?

– Non, celui-ci est neuf, je vous rappelle qu'ils l'ont inauguré il y a un an. C'est fou, pendant au moins trois jours après la piquouse j'étais dans les choux, mais grave, genre limace, c'était limite si je me bavais pas dessus. Là, ça va mieux, mais ma tête va exploser ! Et cet enculé de docteur n'a rien voulu me donner.

– Mais bien sûr… un autre commissariat ! On est peut-être sauvés. Écoutez, Barnabé, si étrange que cela puisse paraître, si personne ne les met au courant, les enquêteurs ne feront pas forcément le lien.

– Ah bon ? Ils n'ont pas un superlogiciel ? Ils tapent votre nom, et votre pedigree apparaît ? Le nombre de plaintes, de condamnations, de gardes à vue, de séjours en taule ?

– Ça paraît dingue, mais non. En France, la police nationale souffre d'un retard numérique très important. Ils n'ont même pas été fichus de créer un nouveau programme pour moderniser les dépôts de plainte. Le progiciel en question a été tout simplement abandonné l'année dernière, et ils ont perdu douze millions.

– Douze millions ? Quelle bande de bouffons.

– Des bouffons, Barnabé, grâce auxquels vous ressortirez en homme libre.

– Et la presse ? Ils vont pas faire le rapprochement, eux ? À part fouiller la merde, on se demande à quoi ils servent. Bon, ça suffit, je veux et j'exige un Doliprane mille, sinon je risque de m'automutiler, vous captez, maître ? Ça fait pas partie de votre rôle ? Au prix où mes parents vous paient.

– Monsieur Chevallier, je vous promets que…

« Vous savez le plus dur ? C'est de ne plus entendre de voix. Je me suis senti si seul dans ma cellule. C'est ça qui est inhumain : la solitude. Et le couscous tiédasse. Personne à qui me confier, à qui raconter que depuis le traitement je ne ressens plus rien. Plus d'émotions, plus d'amour, plus de désir. Que dalle, maître. C'est pour ça que j'avais arrêté la première fois. Pour ressentir de nouveau les papillons, les fameux ! Oui, les papillons au creux du ventre, ils existent, vous savez, c'est pas un hasard si tout le monde en parle. Je voulais retomber amoureux, mais pas amoureux du dimanche, non, redevenir amoureux FOU, ne plus dormir, ne plus penser qu'à elle, chaque heure, chaque minute, chaque seconde, l'amour n'est rien sans obsession, sans le ressassement qui arrête le temps. Plus de futur qui angoisse ni de passé qui vous fout le seum. C'est maintenant, encore et toujours, maintenant, jamais ça ne s'arrête, vous courez dans votre jolie roue qui scintille de mille feux, même endormi vous courez, les yeux fermés vous courez, épuisé, à bout de forces, sauf que vous en redemandez, maître. C'est si bon d'avoir mal quand on est amoureux, c'est jouissif dans votre corps et votre tête, et lorsque enfin vous tombez à genoux et que l'épée vous transperce, eh bien, vous savez quoi ? Plutôt que demander grâce, vous réclamez encore plus de douleur, qu'on la remue au fond de vos tripes. Et puis, un beau jour, c'est fini. À cause d'une aiguille qu'on vous plante dans le bras. C'est sûr que, par rapport à une épée, c'est de la gnognotte. J'ai failli dire c'est bon pour les pédés, mais j'évite ce genre de commentaire, surtout aujourd'hui où on ne peut plus rien dire sans se faire traiter de tous les noms ! Une piqûre, et le temps devient de nouveau cette putain de ligne droite : naissance, vie de merde, ciao l'artiste. Les papillons ? Envolés. Et sans se cramer les ailes. Me laissant seul, comme un con. Je fais que dormir, je mange des compotes et du riz au lait en espérant que ma mère n'a pas écrasé trop de cachetons à l'intérieur. C'est quand même dingue qu'elle passe son temps à essayer de m'empoisonner sans que ça dérange personne. Après, je suppose que c'est sa manière de me dire qu'elle m'aime. Faut dire qu'elle se débrouille bien en cuisine, enfin, là n'est pas la question, le fait est que je suis devenu une loque qui souffre de migraine. Le pire, c'est que je me branle une fois par semaine et ça me suffit. C'est ça, le programme de mes prochaines années ? Et encore, si j'échappe à la prison. »

– Pour répondre à vos inquiétudes sur la presse, sachez qu'ils sont en ce moment sur un réseau pédophile, fort heureusement pour nous, ils sont occupés à autre chose. Sinon, vous êtes certain que le psychiatre a conclu que vous êtes apte ?

– Vous imprimez mal ou bien ? Je vous ai dit qu'il m'a dit que oui, que je suis en pleine possession de mes capacités mentales. Pourquoi vous niez ?

– Je vais appeler le procureur et demander à ce qu'un autre médecin vous examine, et nous ferons lever votre garde à vue. Regardez-vous : vous arrivez à peine à vous exprimer, à rassembler vos pensées, à faire montre de la moindre cohérence.

– Ah, OK, en fait vous voulez que je joue la comédie, que je fasse l'idiot du village.

– Je vous ai dit que l'important c'est le récit, Barnabé. Vous préférez être fou ou coupable ?

– Ni l'un ni l'autre, en fait.

– Vous n'allez tout de même pas me dire que vous êtes innocent.

– J'ai aimé Clarisse, j'ai aimé Rosalie, je les ai aimées plus que moi-même. Et puis plus rien. Vous voulez quand même pas que je vous réexplique les papillons ?

– Je ne pense pas que cela soit nécessaire, Barnabé.

– Vous n'avez jamais follement aimé quelqu'un, maître ?

Durant quelques secondes, Me Perran reste interdit. Comme s'il ne comprenait plus le sens des mots. Puis il se reprend.

– Donc, vous vous considérez comme innocent.

– Je suis innocent. De toute façon, le concept, c'est de le démontrer, non ? Peu importe si c'est vrai. Vous savez, je vous ai écouté la fois dernière, à l'étude.

– Vous avez tout à fait raison, monsieur Chevallier. Démontrer, construire un récit solide tout en détricotant celui de l'adversaire, c'est-à-dire de la police, même si notre respect pour elle est immense. D'habitude ce n'est pas une chose facile puisque, *de facto*, les avocats n'ont pas, lors d'une garde à vue, accès au dossier. Oui, je sais : l'*hallu*, comme diraient les jeunes. Tellement l'*hallu* que personne ne se révolte contre cette grossière manœuvre qui consiste à empêcher la défense d'effectuer son travail. Par chance, votre mère a eu la présence d'esprit, l'intelligence, le GÉNIE d'anticiper cette situation et de venir me voir. Or, j'ai cru comprendre qu'un témoin vous a vu faire le pied de grue devant la maison de la victime.

– La voisine la plus flippante que j'ai vue de toute ma *life*.

– La pauvre a été victime d'un terrible accident. Une voiture l'a fauchée alors qu'elle traversait la route. Juste devant chez elle. Il paraît que ce n'était pas joli à voir. Que son corps a été retrouvé… en plusieurs morceaux.

– Pas de bol. Et donc, plus de témoin ?

– Exactement. S'ils ne sortent pas un autre témoin du chapeau, s'il n'y a pas votre ADN partout dans la maison, ils abandonneront les poursuites.

*

THOMAS

S'il n'est pas un crac en architecture, Thomas connaît ce genre de bâtisse – imposante, prétentieuse avec ses deux étages, son toit d'ardoises rouges et brillantes, sa façade en colombages et briques rouges, ses nombreuses fenêtres à petits carreaux et son joli bow-window pour prendre un verre de cherry en matant la mer.

Du style néonormand qu'affectionnent particulièrement les bourges du coin qui se rêvent encore grands seigneurs.

Lorsqu'il s'est retrouvé face au grand portail, Thomas a pensé abandonner. L'escalader, c'était prendre un sacré risque. Celui de finir embroché sur les grosses flèches en acier forgé.

Quelle plaie.

Heureusement, Thomas n'est pas de ceux qui renoncent à la moindre difficulté, surtout quand la chance (pour une fois !) est de son côté. En observant la plaque dorée fixée sur le muret en pierre (c'est bien la peine d'être psy et d'enfanter un *serial killer* !), il a noté que ce dernier était ridiculement bas.

Quelques minutes plus tard, tandis que le soir se posait tranquillement, Thomas pénétrait dans la propriété privée des Chevallier. Sacré terrain : pas de promiscuité, pas d'emmerdes avec des familles qui, au moindre rayon de soleil, sortent enfants, piscine gonflable et barbecue, ni avec des voisins monomaniaques qui voient la moindre branche qui dépasse comme une injure intolérable.

Il ne reste plus à Thomas qu'à trouver une porte entrouverte, une fenêtre qui ferme mal, et à se faufiler dans le manoir. Puis à chercher, à fouiller chaque pièce, chaque meuble, à explorer le moindre recoin de cette immense bâtisse, jusqu'à retrouver son arme de service.

Facile, se répète-t-il.

Comme dans ces livres où l'intrus parvient toujours à se glisser dans une maison, peu importe le système d'alarme dernier cri ou les bergers hollandais dont l'ouïe est si fine et le flair, hors norme.

*

BARNABÉ

– On a retrouvé *ceci* tout près de la maison de la victime, plus exactement sous la fenêtre du salon, grossièrement dissimulée dans une jardinière.

De son index, le lieutenant pointe une photo qu'il vient de poser sur le bureau.

– Reconnaissez-vous ce vêtement ?

Barnabé avance prudemment la tête.

Me Perran, lui, demeure en retrait, comme si la photo sur le bureau ne le concernait pas. Pour qui il se prend ? Le policier ne peut pas le voir en peinture avec ses airs de grand pénaliste du dimanche. Du costume bon marché à la cravate mal nouée : tout a l'air *fake* chez ce type, ce qui ne semble pas gêner ses clients. Comme pour les politiques : plus ils ont l'air de guignols et plus on vient les applaudir.

Barnabé est toujours penché au-dessus du cliché, perplexe, et le lieutenant s'impatiente.

Pourquoi il lui faut des plombes pour intégrer l'information ?

– C'est mon hoodie, je crois bien.

– Eh oui, votre hoodie : drôle de coïncidence, non ?

– Je l'avais perdu ce jour-là.

– Me prenez pas pour un con.

– Je vous jure !

– Et vous l'avez signalé à quelqu'un ?

– Je l'ai dit à ma mère en rentrant.

– Ouf, on est sauvés : au tribunal, elle pourra jurer sur la Bible que vous n'y êtes pour rien. Et que quelqu'un a déposé exprès votre hoodie pour vous désigner comme coupable.

– J'allais le dire.

Luke (c'est le prénom du lieutenant) se retient pour ne pas se précipiter sur le suspect et le saisir au collet. Perran n'attend que ça, d'ailleurs il ne cesse de le fixer avec son sourire pervers, typique des avocats prêts à défendre des équarisseurs d'enfants, tant que ça donne un coup d'accélérateur à leur carrière.

Depuis le coup de fil de tout à l'heure, Luke n'a pas un bon pressentiment. Ce matin encore, il s'enorgueillissait de son témoin oculaire auprès du procureur, un témoin qui justifiait pleinement la GAV. Et voilà qu'au téléphone (juste avant la pause de midi), il apprend avec stupeur que le témoin en question, Solange K., a succombé après qu'un chauffard l'a eu littéralement coupée en deux, traînant des mètres de viscères sur le bitume. L'un des officiers dépêchés sur place a été hospitalisé d'urgence après une crise d'hystérie.

Alors que Solange K. se disait prête à témoigner.

Luke ne l'avait rencontrée qu'une seule fois, lors de sa déposition. Elle parlait sans s'interrompre, de manière compulsive, pour la police elle incarnait l'observatrice par excellence, enregistrant chaque microdétail, y compris celui qui paraissait le plus insignifiant et qui pourtant permettrait de résoudre l'énigme. Pour le voisinage, par contre, elle restait une fouille-merde qu'on évitait poliment tout en souhaitant intérieurement qu'il lui arrive une bricole.

De là à la transformer en chair à saucisse...

Solange nourrissait l'intime conviction qu'au fond du fils Chevallier sommeillait un dangereux criminel.

(Ce qui arrangeait les affaires de Luke.)

Un temps, elle avait formé des soupçons sur le mari, d'autant que ses accès de violence n'étaient un secret pour personne dans le voisinage, surtout pas pour elle !

Combien de fois n'avait-elle pas encouragé sa pauvre voisine à porter plainte ? En vain. Si les femmes se sentaient un peu plus écoutées, un peu plus comprises par les flics, peut-être oseraient-elles davantage se confier. Et puis qui se soucie des maris violents ? Personne. On préfère s'en prendre aux migrants.

(C'est à ce moment précis de la déposition que Solange commença à taper sur les nerfs de Luke. Qu'est-ce qu'elle s'imaginait ? Qu'ils étaient des assistants sociaux ?)

Pour en revenir à Damien, le mari, cet horrible reporter pour chaînes du câble, si dangereux soit-il, ça ne pouvait pas être lui. Car la silhouette aperçue le soir du drame devait bien mesurer vingt centimètres de moins – pile la taille du fils Chevallier. Le fils qui, accessoirement, traînait depuis des jours aux alentours. Bref, toute cette histoire contenait, au fond, assez peu de suspense.

Jusqu'à ce que la voisine explose en plein vol au moment même où le fils Chevallier était placé en GAV. Serait-il aidé d'un complice ?

Luke a beau vouloir boucler l'affaire au plus vite, il a beau se répéter qu'il est en cet instant assis devant le coupable idéal, en son for intérieur il pressent que quelque chose lui échappe.

(Et cet avocat qui continue de grimacer.)

Alors, il tente le tout pour le tout.

– Monsieur Chevallier, un témoin vous a vu devant le domicile de la victime, et ce à plusieurs reprises.

– Mon avocat m'a dit que votre témoin a été coupé en deux.

(Sous le bureau, le lieutenant serre les poings à s'en faire mal.)

– Aucun juge ne vous laissera partir. La dernière fois, vous avez eu de la chance, pas aujourd'hui, pas avec moi.

– Quelle dernière fois ?

– Le coup de l'Alzheimer précoce, c'est franchement minable.

– Je ne vois pas du tout de quoi…

– Ah ! mais oui ! C'est Me Perran qui a sûrement dû vous dire qu'on est très mal outillés, informatiquement, je veux dire (Luke étouffe un petit rire), qu'on bossait sur des Atari et qu'entre collègues on s'envoyait des disquettes par la poste. Juste pour préciser : ici, tout le monde lit la presse. Après, ça nous prend du temps pour déchiffrer chaque lettre, chaque mot, chaque phrase. Par exemple les articles sur vous et votre ex-copine tombée elle aussi de la falaise il y a quatre ans, ça m'a bien pris un mois, et encore, je me suis fait aider par une asso qui lutte contre l'illettrisme dans la police.

La tension dans le bureau est telle que Barnabé recule discrètement sur sa chaise. Son avocat a enfin décroché son sourire niais de son visage.

– Les ordis rament au point que les caméras s'éteignent parfois toutes seules, vous comprenez ce que je suis en train de vous dire ?

Les yeux du lieutenant ont cessé de cligner. Il a avancé sa tête d'une drôle de façon au-dessus du bureau, comme si son cou était celui d'un serpent. Barnabé aimerait bouger sa chaise, mais elle semble vissée sur le sol en linoléum.

– Vous n'avez pas le droit.

– Il y a truc qui me fascine dans cette affaire, c'est le collier de votre ex qu'on n'a jamais retrouvé. Bon, vous me direz que pendant le grand saut il se sera détaché. Eh bien, pour votre *nouvelle* ex, c'est une bague qui a disparu. L'alliance de mariage ! Comme par hasard, et là aussi, vous me direz, puisque vous avez été brillamment briefé par le plus grand avocat de la région, que votre Rosalie chérie a sans doute perdu sa bagouse dans sa chute. Eh bien, figurez-vous que l'autopsie a révélé la présence de *lésions digitales*. Oh là là, encore des mots hyper compliqués, du coup il a fallu que je vérifie dans le gros dico de la bibliothèque municipale, et là aussi j'ai dû me faire aider par la bibliothécaire en chef, bref j'ai fini par capter que la peau avait été arrachée, ça doit faire un mal de chien que d'enlever une bague en s'arrachant la peau, vous en dites quoi, monsieur l'amoureux fou ?

– Je... je sais pas de quoi vous me parlez.

– Écoute-moi bien, le handicapé mental : on va organiser une petite perquisition dans ton château et je te parie une caisse de champagne, pardon plutôt une caisse de bière, après tout on reste des flics, qu'on retrouvera le collier et la bague, genre, dans une boîte avec d'autres objets fétiches sous ton plumard. Je vais donc te donner une dernière chance, et peut-être que le juge se montrera compréhensif.

– Je suis innocent !

*

RANDOLF

Dans la boîte se trouvait un collier de jade que je découvrais pour la première fois, un héritage familial peut-être. Mon épouse ne porte jamais de bijou, sauf sa petite croix depuis quelques années déjà – cela m'avait vaguement surpris, dans la mesure où je n'avais pas le souvenir d'avoir épousé une fervente catholique, mais Marie-Éliane et moi nous intéressions si peu l'un à l'autre que de tels étonnements passaient comme des oiseaux dans le ciel. En soulevant le collier, pour mieux l'observer dans le maigre rai de lumière, j'ai aperçu un petit quelque chose scintiller dans le fond de la boîte. Une bague sertie d'un saphir rose, que j'ai reconnue sur-le-champ. Bon sang, la bague de Rosalie ! Combien de fois ne l'avait-elle pas triturée durant nos séances. J'ai étouffé un cri, et le collier de jade m'a échappé des mains, les perles ont lourdement rebondi sur le parquet, je me suis précipité pour les attraper tandis qu'elles roulaient à toute vitesse, on les aurait crues animées d'une force diabolique. Au même moment, la porte d'entrée a claqué et j'ai su que mon épouse était rentrée.

Déjà !?!

« Randolf, tu es là ? »

*

JOANNE

Un coup de feu déchire le silence.

Oh mon Dieu : faites qu'il ne lui soit rien arrivé !

Joanne accélère le pas, serrant le semi-automatique contre elle. L'arme de Thomas, dont elle ne se sépare plus depuis plusieurs jours (et nuits !).

Qu'est-ce qui m'a pris ?

Elle se revoit fouiller le blouson de son coéquipier alors évanoui près du belvédère, ses doigts courant dans les poches intérieures (les clés de sa maison !), puis attirés, tels des aimants, vers la poignée en acier étrangement brûlante.

Elle voulait la lui rendre dès le lendemain.

Évidemment !

Jusqu'à leur horrible dispute à l'hôpital, jusqu'à ce que Thomas lui crache toutes ces méchancetés au visage, comment a-t-il pu lui dire des choses pareilles ?

Elle voulait lui rendre son arme, mais elle a changé d'avis.

Que ça lui serve de leçon.

Joanne a effectué le même parcours que Thomas quelques minutes auparavant : escaladant le muret à droite du portail en fer forgé orné de flèches à pointes rouillées, progressant en direction du manoir en rasant la haie, protégée par les épaisses ténèbres.

Ce matin encore, elle avait fait le vœu de sortir Thomas de son esprit une bonne fois pour toutes, de ne PLUS JAMAIS penser à lui !

Promis, juré, craché.

L'après-midi, la mauvaise conscience l'a rattrapée.

Elle lui avait non seulement subtilisé son semi-automatique, mais de surcroît elle l'avait dénoncé au brigadier-chef.

En début de soirée, elle avait sonné à sa porte, le cœur lourd, si lourd qu'il menaçait à tout moment de déborder.

Oh, pardon, Thomas. Pardon cent fois, pardon MILLE FOIS.

Tu me laisses entrer ?

Elle s'était préparée, choisissant avec soin ses excuses et arguments.

Oui, elle lui avait menti, elle l'avait trahi même !

Mais lui aussi avait menti…

Sur son histoire personnelle, familiale.

Joanne n'est pas idiote, s'il est bien une qualité qu'on ne peut pas lui enlever, c'est sa perspicacité.

Depuis le début, elle soupçonnait Thomas d'avoir inventé ce récit de frère harcelé.

En bonne enquêtrice, Joanne a commencé par consulter les archives du lycée Jules-Vallès, épluchant les photos des promotions de l'époque, sans trouver aucune trace du frère en question.

L'enquête s'est poursuivie.

Les langues se sont déliées.

C'est si facile après deux décennies de pleurer dans les chaumières en regrettant l'absence de sanctions fortes et exemplaires. L'absence d'écoute, de compassion. La légèreté avec laquelle on traitait le harcèlement en le déguisant en moqueries, en invoquant les jeux cruels de l'enfance ou de l'adolescence.

Joanne s'est longuement entretenue avec un professeur d'anglais et la proviseure adjointe de l'époque. Se souvenant parfaitement du jour où ce jeune lycéen (Thomas !) avait été conduit aux urgences après une tentative de suicide.

Tout ce temps, Thomas avait menti, mais elle ne lui en voulait pas. Au contraire.

Parle-moi, Thomas !

Je suis de ton côté, je serai toujours à tes côtés.

Encore une détonation.

La seule lumière du manoir, celle du bow-window, s'est soudainement éteinte. Puis le bruit assourdissant d'une fenêtre qui vole en mille éclats.

Thomas !

À l'hôpital, au moment de l'aider à se redresser sur son lit, elle avait pu le toucher. Thomas, si vulnérable dans un corps pourtant robuste, sa peau douce et pâle parsemée de grains de beauté.

Il ne s'intéresserait jamais à elle.

Ni à elle, ni à cette blonde élégante (arrogante) du bar de l'autre soir, ni à aucune femme.

Sauf si.

Un malentendu, un cas de force majeure, un miracle, un philtre d'amour commandé sur Amazon.

Alors qu'elle s'approchait de son petit pavillon, elle l'a vu sortir avec précipitation. Il paraissait nerveux, aux aguets, jetant des coups d'œil à la ronde. Marchant d'un pas alerte, si bien qu'elle avait eu parfois un peu de peine à garder le rythme.

Pourvu qu'il ne lui soit rien arrivé. Jamais elle ne s'en remettrait.

*

RANDOLF

J'ai répondu en coassant que je descendais dans quelques minutes. Les tempes bouillonnantes, je tentais de replacer les perles une à une dans la boîte. Depuis la cuisine, d'une voix puissante, Marie-Éliane a dit c'est bizarre, j'ai l'impression que quelqu'un joue aux billes dans ma chambre. La terreur m'a envahi de nouveau, des idées absurdes s'entrechoquaient dans mon esprit : avec une ouïe aussi subtile, peut-être que mon épouse pouvait lire dans les pensées, ou alors elle avait le don d'ubiquité, elle se trouvait de l'autre côté de la porte. Je voulais m'enfuir, pas question de jouer les durs à cuire, Dieu sait de quoi elle était capable. J'ai ôté mes souliers et descendu l'escalier, effleurant à peine les marches. Dans le vestibule il n'y avait personne, par deux fois j'ai balayé la pièce d'un regard craintif, mais au moment de poser ma main sur la poignée de la porte d'entrée, j'ai senti le souffle de mon épouse derrière moi ainsi que quelque chose de dur et de froid entre mes omoplates.

J'ai dit que je t'attendais dans la cuisine, Randolf.

La cuisine qui embaume une odeur de fête foraine, l'odeur de mon enfance, de notre enfance à tous, mais en y entrant, suivi de très près par mon épouse, je n'ai ressenti aucune nostalgie, aucune félicité. Assieds-toi, Randolf, m'a-t-elle intimé, et j'ai obéi. D'une main ferme, déterminée, Marie-Éliane tenait l'arme familiale, celle qui avait disparu de mon cabinet, elle s'est ensuite dirigée vers le plan de travail, a délicatement posé le revolver sur une planche à découper et a fini d'éplucher une pomme. Il y avait aussi un verre qui contenait une fine poudre blanche et des plaquettes de médicament disposées en éventail, comme un jeu de cartes divinatoires.

Mon épouse chantonnait tout bas, elle semblait si joyeuse ! Tu aurais dû me dire, Randolf, que tu aimais les pommes d'amour plutôt qu'en goûter une en cachette, j'espère que tu as aimé, celles que je suis en train de préparer seront meilleures encore, grâce à mon nouveau sirop. *Tout* le secret est dans le sirop, a-t-elle murmuré d'un ton lui aussi liquoreux. Puis elle s'est retournée vers la gazinière et a versé le contenu du verre dans une toute petite casserole, si petite qu'on aurait dit une casserole de dînette, avant de remuer énergiquement à l'aide d'une cuillère en bois, qui semblait elle aussi miniaturisée.

L'ennui, c'est que je m'y perds un peu avec les quantités en ce moment, j'ai tant de choses à gérer, Randolf. Sais-tu que notre Trésor va bientôt rentrer ? Me Perran m'a appelée, confiant. Ils n'ont rien contre lui maintenant que le seul témoin n'est plus… en mesure de témoigner, Dieu soit loué. Il a fallu que je passe la voiture au kärcher, c'est amusant comme méthode, moi qui d'habitude me contente de la laverie automatique. Amusant parce qu'il a fallu que je manie la lance avec dextérité, un automobiliste m'a gentiment expliqué que je devais commencer par le toit. Il n'avait pas remarqué l'état du pare-chocs, avec toutes ces petites cochonneries incrustées.

Je voulais répondre, ne serait-ce qu'émette un son, un borborygme, mais rien ne sortait de ma bouche. Tout était si lourd : les mots, le souffle, la volonté, de grosses pierres qu'on m'aurait cousues dans le ventre et qui m'empêchaient même de remuer sur ma chaise.

Bon sang, où sont-ils donc ? s'est interrogée mon épouse en ouvrant plusieurs tiroirs. Les secondes passaient, aussi longues et désespérantes que l'éternité. Ah ! les voilà ! Dans une main, de petits bâtonnets en bois. Qu'elle a plantés d'un coup sec et précis en plein cœur des pommes, quatre au total, puis elle les a plongées avec une infinie précaution dans le nappage qui devait contenir de quoi assommer une horde de chevaux.

Je suppose, Randolf, que tu as trouvé la boîte cachée sous mon lit. Nous nous étions pourtant fait la promesse de ne pas fureter dans nos espaces respectifs, tu te souviens, je suppose. Moi, en l'occurrence, je ne vais jamais dans ta chambre ni dans ton cabinet, sauf en cas de force majeure.

Marie-Éliane a souri tout en désignant d'un petit mouvement de menton le revolver.

J'ai réussi à demander pourquoi.

Oui, pourquoi ?

Celle qui était *et n'était pas* mon épouse a haussé les épaules. Pourquoi est une bien vaste question, Randolf. Pourquoi la Terre est ronde, pourquoi tu ne m'as plus touchée depuis plus de vingt ans, préférant t'envoyer en l'air avec tes jeunettes, pourquoi notre fils est malade dans sa tête alors que nous lui avons donné tout l'amour du monde, oui, *pourquoi* est-il malade, Randolf, alors que son père s'occupe si bien de ses patientes ? Est-ce parce que tu couches avec elles que tu les soignes aussi bien ? Oh, ne fais pas ta tête de psychanalyste outré, tes maîtresses pourraient être tes filles, c'est probablement ça qui t'émoustille autant, Randolf, mais rassure-toi, c'est un mécanisme purement *inconscient*, tu n'auras jamais à vivre avec cette vérité.

Pardon, la question est pourquoi. Pourquoi je me suis débarrassée d'elles ? Pas de tes amantes, quoique ce ne soit pas l'envie qui me manque, mais de ces deux traînées dont notre fils chéri s'était entiché. Parce que je ne supporte plus les martyres, Randolf, j'en ai assez de votre discours sur ces femmes innocentes, pures, traquées par des hommes qui leur voudraient forcément du mal. Il n'y a pas les victimes d'un côté et les bourreaux de l'autre. Barnabé est malade dans sa tête, il ne sait pas ce qu'il fait, contrairement à *elles*, qui sont parfaitement conscientes de leurs gestes, attitudes, du charme dont elles usent, de l'ambiguïté dont elles se repaissent. Des petites princesses, des *allumeuses*, comme disent les jeunes, qui ensuite viennent pleurer dans les chaumières en traitant notre fils de tous les noms.

Assez de victimes, Randolf !

Assez de geignardises, de délires de persécution, et si elles l'ont réellement été, si des hommes se sont mal conduits, alors *elles l'ont cherché*, Randolf. Où est la dignité dans tout cela ? Où sont-elles, les femmes qui se satisfont de leur sort la tête haute ?

Voilà pourquoi.

Cela n'a pas été sorcier de me faire passer pour Barnabé, après tout nous avons le même gabarit, si j'avais eu une fille, je suis sûre qu'on nous prendrait pour des sœurs. Oh, Randolf, je suis si heureuse qu'il revienne bientôt à la maison ! Sa place est ici, vois-tu ? Et non dans un institut. Les instituts, c'est bon pour les pères qui veulent se débarrasser de leurs enfants et profiter de leur temps libre pour engrosser leurs amantes ! Je parierais que tu les mets enceintes les unes après les autres et qu'ensuite elles viennent pleurer dans tes bras en trouvant des justifications pour ne pas garder l'enfant. Tu me dégoûtes.

La première, je l'ai attirée au belvédère en envoyant plusieurs messages depuis le portable de Barnabé. *Je vais me foutre en l'air*, avais-je écrit, c'est bien l'expression consacrée ? J'ai joué la corde sensible et cette idiote a mordu à l'hameçon. Avoir un cœur peut vous attirer des ennuis, il est là le problème, Randolf, tu ne crois pas ? L'empathie est un piège. Notre Clarisse s'est donc précipitée vers son destin tragique, et après le grand saut j'ai envoyé depuis son portable à elle, que j'avais pris soin de confisquer, deux ou trois grotesques missives d'amour à notre fils afin de l'attirer à son tour. Les jeunes et leurs portables ! Si une application leur intimait de se défenestrer, ils s'exécuteraient avec le sourire. Il fallait que la police croie en sa culpabilité. Du moins pour quelque temps… Le temps que notre petit rat se fasse une belle grosse frayeur, qu'il comprenne que s'approcher de ces putains ne lui apporterait que des malheurs.

Pour la deuxième, j'ai volé un poème à Barnabé, le plus laid des poèmes jamais lus ! Des phrases sans queue ni tête, d'ailleurs il faudra que je lui dise de laisser tomber la poésie. Il n'empêche que ça l'a touchée, notre Rosalie chigneuse, les gens ont tellement mauvais goût aujourd'hui, deux ou trois phrases alambiquées avec un retour à la ligne et on crie au génie poétique. Elle aussi s'est précipitée vers les falaises, s'imaginant probablement qu'un beau chevalier servant l'y attendait, mais comment peut-on être aussi bestiasse ? J'aurais pu me déguiser en loup et demander ma route, qu'elle m'aurait probablement aidée. Laisse-moi te faire une confidence, Randolf. Ce soir-là, j'ai bien failli manquer mon rendez-vous à cause d'un type qui passait par là. Qui peut bien se promener en pleine nuit près du belvédère ? En l'assommant, j'ai été saisie d'effroi. Et si c'était Barnabé ? La dose de tranquillisants ne devait pas lui permettre de marcher bien loin, mais cet enfant est une telle force de la nature. Il s'agissait d'un jeune type que je n'avais jamais vu auparavant. La chance devait être à ses côtés cette nuit-là car, à mon retour des falaises, il était reparti, Dieu sait ce que j'aurais pu lui faire subir…

Voilà *pourquoi.*

J'ai gardé les bijoux en souvenir, en trophées, si tu cherches absolument à me faire rentrer dans la case des *serial killers*, comme ils disent à la télévision. Il paraît qu'il faut avoir tué au moins trois fois pour prétendre au titre. Eh bien, c'est chose faite. La deuxième ne parvenait pas à retirer sa bague, une bague si jolie, en saphir, j'ai tout de suite reconnu la pierre ! La greluche gémissait, pleurnichait, je suis sûre qu'elle cherchait à gagner du temps, alors je la lui ai arrachée d'un coup sec, et tant pis si un peu de peau est partie avec, on n'allait pas y rester des heures, tu comprends, Randolf ? Toi, tu ne m'offres jamais de bijoux, à la rigueur des fleurs pour la fête des mères – que tu fais livrer pendant, j'imagine, que tu grimpes sur tes lolitas aux yeux doux, tout en poussant des cris d'animaux de zoo.

Marie-Éliane a marqué une pose, reprenant son souffle. Elle s'est ensuite approchée de la table avec l'assiette de pommes d'amour. Elles étaient d'un rouge étincelant, terriblement appétissantes. *Je te laisse en choisir une, Randolf, et j'aimerais que tu la manges jusqu'au bout. Bien entendu, si tu refuses, je n'hésiterai pas à te planter une balle au milieu du front.* Celles qui t'ont précédé ont embrassé la mort sans sourciller. Elles ne m'ont pas suppliée, n'ont pas tenté de me subtiliser l'arme, tu te rends compte, Randolf, elles n'ont pas cherché à se battre pour leur vie !

Pourquoi suffit-il de pointer un revolver pour que le monde se précipite dans le vide ? Il te reste quelques secondes, si tu es chanceux quelques minutes, pour réfléchir à la question. Entre nous, si j'avais dû tirer, la thèse de l'accident ou du suicide tombait, sans mauvais jeu de mots, à l'eau. Alors qu'avec toi je n'hésiterai pas une seule seconde.

Sans le vouloir, tu m'as donné l'idée d'un dénouement que je n'avais absolument pas entrevu. Après vingt-cinq ans de mariage, tu arrives encore à me surprendre. Le collier et la bague, Randolf ! Tes empreintes y sont partout. La preuve ultime que c'est *toi* qui les as tuées, toi le psychiatre devenu fou, utilisant l'excuse de la maladie de Barnabé pour tuer ces femmes. Prenant peu à peu possession du délire paranoïaque de ton propre fils… Qui s'attendait à pareil épilogue ? Heureusement que l'épouse courage, armée par le plus beau des hasards de son revolver alors qu'elle venait de découvrir une boîte en velours noir sous le lit de son époux, a eu la présence d'esprit de tirer sur cet homme aux yeux exorbités de démence qui s'apprêtait à fondre sur elle. Une balle dans le cœur, une balle dans la tête, juste au cas où. Les tueurs de ton espèce se relèvent toujours.

Ou alors tu choisis l'option douce en te régalant une dernière fois, et je raconterai à ces messieurs les inspecteurs que tu as préféré en finir, l'âme pétrie de culpabilité après avoir commis ces crimes atroces. J'ai déjà rédigé ta lettre, je te l'aurais bien montrée, mais je crains que nous ne manquions de temps. Allez, Randolf, choisis celle qui te fait le plus envie et finissons-en. Les gens se suicident beaucoup dans notre charmante petite ville côtière, ils se jettent à la mer ou avalent des quantités astronomiques de somnifères.

Allez, du nerf !

La main de Marie-Éliane a soudainement bondi sur le revolver. J'ai pensé que c'était fini et je me souviens de m'être dit que j'avais eu une belle vie. Il faut croire qu'à l'aune de la mort notre cerveau est capable de produire ce genre de platitudes achevées. Des années à étudier la psyché humaine, à tenter de réconcilier les patients avec eux-mêmes, à accepter l'ambivalence de leurs sentiments, et voilà qu'une voix dans ma tête me murmurait *tu as eu une belle vie, Randolf.*

Il y avait quelqu'un dans la maison, je n'avais pas l'oreille aussi fine que mon épouse, mais tous deux avions entendu le même craquement, alors, dans un mouvement désespéré, j'ai crié et sauté sur le côté tandis qu'une première balle sifflait au-dessus de ma tête.

*

THOMAS

Le sang se fige dans ses veines au moment où il entend l'homme hurler au secours !

Puis un tir. Et un deuxième.

Transi de terreur, Thomas est incapable de remuer le petit orteil. Son cœur bat à tout rompre, il va éclater, c'est sûr. Boum, boum, boum, comme le tic-tac de la bombe.

La porte du cabinet s'ouvre dans un léger grincement. Thomas porte une main à sa poitrine, l'autre à ses lèvres étonnamment froides.

Il est de nouveau l'adolescent traqué cherchant un abri, n'importe quelle planque de fortune.

Comme cette après-midi de novembre, juste après le cours de sport, où *ils* voulaient lui faire sa fête. C'était une promesse de la bande, tandis qu'ils se rhabillaient à toute vitesse dans les vestiaires, s'aspergeant de déodorant bon marché.

On va t'attendre à la sortie et te niquer sur place.

Thomas traverse de nouveau le gymnase et se cache derrière une pile de matelas épais, bleus et rouges, qui sentent le linge sale et la poussière – s'ils ne le trouvent pas à la sortie du lycée, ils vont finir par se lasser. Lui est prêt à passer la nuit ici s'il le faut.

Au loin, il les entend déjà.

Surexcités, trop heureux de se défouler sur un camarade pour décharger leur haine et leur frustration.

Avides telle une colonie de fourmis prête à dévorer sa proie.

Espèce de petite pédale, tu crois quoi ? Que tu vas nous échapper ?

Dans ses pires cauchemars, la bande était armée, comme chez ces tarés d'Américains. Des garçons braquaient des semi-automatiques en direction des matelas et vidaient les chargeurs en poussant des cris de bête, jusqu'à ce que son corps tombe, méconnaissable, déchiqueté, barbouillé de sang.

Quelques minutes auparavant, Thomas est entré par le bow-window. Le seul endroit où il peut se cacher est un long et étroit placard. Coincé entre des manteaux lourds et d'autres vêtements, dans une odeur de renfermé et de vieux bois.

Il ferme les yeux (comme les enfants persuadés qu'en agissant ainsi ils deviennent invisibles), tandis que la porte du placard s'ouvre.

S'il se réincarne, si jamais à tout hasard il y avait quelque chose après la mort, il se verrait bien en héros.

On tire.

Plusieurs fois.

Encore des cris.

« Thomas ! »

III.

Quelques mois plus tard

BARNABÉ

Plusieurs fois par jour, le père descend au jardin pour se pâmer d'admiration et couvrir son fils de compliments.

Bon sang que c'est joli avec ces fleurs partout, en parterres bien ordonnés ou disséminées de manière faussement anarchique. Barnabé a par exemple créé au beau milieu de la pelouse – aussi verte et soignée qu'un gazon anglais – un petit carré de fleurs sauvages sur lequel se posent à tour de rôle de petits nuages d'abeilles, de papillons ou d'insectes dont les ailes volettent avec une frénésie non dissimulée.

« Jamais je ne me lasserai d'une telle vue ! »

Le père en fait des caisses.

Le père se rattrape après ces années où il n'a vu en Barnabé qu'un bon à rien (un tueur fou à qui il fallait passer une camisole de force).

Mieux vaut tard que jamais. Qui aurait cru qu'un éminent thérapeute comme lui se raccrocherait à ce type d'adage populaire ?

Il n'a plus été question de Sainte-Marthe. Maintenant que Barnabé prend son traitement, il peut rester au manoir. Bien entendu, le père lui verse un salaire amplement mérité au vu de la métamorphose du terrain.

(Pour ce qui est de l'activité du fils en dehors du manoir, la discussion reste ouverte.)

Barnabé a accepté le *deal.*

Faute de mieux.

Faute d'une existence à brûler d'amour pour l'autre, d'un amour absolu, d'un amour qui dans son sein fait battre la vie, fait battre la mort !

Barnabé a accepté le protocole neuroleptique parce qu'il n'a pas la force de se battre.

Il n'est pas malade, il le sait.

C'est le père qui est complètement tapé. Avec sa bonne humeur, sa générosité sans précédent.

Et ses explications (sans queue ni tête) à propos de la disparition de la mère.

« Ta mère est probablement morte, Barnabé. »

Probablement ?

Comment peut-on être mort sans en être certain ?

À moins d'avoir une mère morte-vivante.

« Tu veux dire que j'ai une mère zombie ? »

Dans la voiture qui roulait à toute berzingue depuis le commissariat jusqu'au manoir, le père n'avait guère apprécié ce genre d'humour.

« S'il te plaît, Barnabé, fais un effort, je sais que c'est difficile à entendre… »

Le père qui, au grand étonnement du fils, était venu le chercher à la fin de sa garde à vue.

Le père qui, limite, voulait le serrer dans ses bras…

« Je suis désolé, je me suis trompé sur toute la ligne. »

Bizarre, bizarre…

Avait-il bu ? Gobé un cacheton qui transforme les pères distants en pères doués d'empathie ?

Les mains tremblantes sur le volant, cherchant ses mots, avalant toutes les deux secondes un litre de salive, le père avait expliqué à Barnabé que sa maman s'était tout bonnement volatilisée, bien qu'elle eût reçu plusieurs balles. Dans le thorax, l'épaule, la tête et les jambes.

« Oh, putain, des balles ? »

Barnabé ne peut s'empêcher de pousser un petit grognement de satisfaction amusée. N'avait-il pas toujours dit qu'il vivait dans une maison de fous ? Si en plus on leur met des *guns* entre les mains, il ne faut pas s'étonner.

« Barnabé, s'il te plaît ! »

Plus tard, au manoir, d'autres révélations avaient suivi. Barnabé, médusé, écoutait le père lui conter (entre deux verres de whisky Akashi) des histoires d'un collier de jade retrouvé sous le lit, de pommes d'amour empoisonnées, d'un policier caché dans un placard.

La pomme était empoisonnée, donc.

Rien de nouveau sous le soleil !

Mais pour le reste, Barnabé se dit que le vieux commence sérieusement à dérailler. Cela dit, l'amour d'un père n'est pas la chose la plus désagréable au monde, même si le père en question n'a plus toute sa tête.

*

RANDOLF

Depuis cette effroyable tragédie, il ne s'est pas passé un jour sans que se pose la question, fondamentale : de quoi souffrait Marie-Éliane ? La vérité, je l'avoue, est que je n'en sais trop rien. J'ai mes hypothèses, bien entendu, que je garde au chaud dans un coin de mon cerveau ou que j'écris parfois dans ce cahier, peut-être en désespoir de cause. Pour le professionnel que je suis, l'aveu de l'échec n'est jamais loin. Ne pas se montrer capable de poser un diagnostic sur celle qui a partagé votre vie durant de si longues années.

Il y a ce cauchemar récurrent où je suis tiré de mon lit en pleine nuit à cause d'un bruit de succion, comme celui de ventouses contre une vitre. Dans le couloir éclairé par une lune pâle, je découvre des traces de pieds mouillés, au même moment une odeur épouvantable d'algues en décomposition, de pourriture, me saisit à la gorge. C'est là que, dans mon dos, j'entends mon prénom. Je ne reconnais pas la voix, pourtant je sais que c'est celle de mon épouse.

J'ai toujours pensé, du moins je me suis raccroché à cette fiction, que Marie-Éliane, après avoir été mortellement touchée, s'était traînée jusqu'aux falaises. C'est la seule explication plausible à sa disparition ou, devrais-je écrire, à son *effacement*, comme s'effacent les souvenirs, les idées, les théories. Comme s'effacera probablement la théorie fumeuse que je m'apprête à coucher sur le papier.

Barnabé semble avoir atteint une forme d'équilibre psychique. Peut-être serait-il exagéré de le décrire comme un jeune homme épanoui, mais en tout cas il me semble qu'à travers ses activités il trouve un apaisement à ses tourments et, qui sait, un sens à sa vie. Bon nombre d'entre nous ne pourraient pas en dire autant.

De quoi souffrait Marie-Éliane ?

Probablement d'une forme de syndrome de Münchhausen par procuration. Je prends des gants en écrivant *forme.* On pourrait aussi utiliser le terme de *variation.* Dans le syndrome de Münchhausen classique, le malade s'invente une maladie ; dans celui par procuration, il, ou plutôt *elle*, *la mère*, induit une maladie chez son enfant afin d'obtenir l'attention du corps médical. Jamais mon épouse n'a trimballé Barnabé de médecin en médecin, jamais elle ne l'a emmené aux urgences après lui avoir mitonné un des dîners assommants dont elle avait le secret. Le rendre malade, faible, vulnérable, oui, mais à condition de faire partie intégrante de ce corps médical, de jouer les doctoresses, les infirmières.

S'il existe un syndrome que j'ignore, un syndrome dont souffriraient les meurtriers, un syndrome qui leur fait déployer une folle énergie pour faire d'abord accuser un proche qu'ils s'appliquent ensuite à faire disculper, alors je veux bien qu'on me l'apprenne ! Cela étant posé, ceux qu'on nomme les *sauveurs* ont une faculté de nuisance. Ceux qui prétendent vouloir vous venir en aide, qui se disent à l'écoute, altruistes, bienveillants et qui en vérité forcent votre reconnaissance et votre admiration, jusqu'à prétendre s'être sacrifiés pour vous.

Une sauveuse-tueuse, ou sauveuse-psychopathe, voilà ce qu'était mon épouse. J'ai peut-être, sans le vouloir, conceptualisé un nouveau trouble de la personnalité.

J'écris *était*, mais, jusqu'à preuve du contraire, mon épouse n'est pas morte, puisque son corps n'a pas été retrouvé. Comment l'expliquer à Barnabé ? Chaque fois que je m'y risque, il me considère avec beaucoup de suspicion. Heureusement, je parviens à me changer les idées avec Ana, la fille d'une de mes patientes. Cette année, Ana entre en deuxième année de droit, elle veut devenir juge pour enfants, j'espère qu'elle tiendra bon, qu'elle ne cédera pas aux sirènes du droit privé, de l'argent facile. Ana s'inquiète aussi beaucoup pour la santé mentale de sa mère, alors je fais de mon mieux pour la réconforter.

*

JOANNE

Tu me pardonnes, Thomas ?

Thomas hausse les épaules, esquisse un sourire maladroit. Évidemment, quelle drôle de question ! C'est la moindre des choses quand on vous sauve la vie. Même si l'épisode de l'arme lui est longtemps resté en travers de la gorge ; à cause de Joanne, il a bien failli se faire virer.

Tous deux se promènent sur le chemin côtier.

Le temps est d'une clarté presque irréelle, la mer, paisible, avec de petites vagues qui lèchent paresseusement le pied des falaises.

À propos de cette arme, Joanne aimerait remettre les choses au clair, voilà des jours que ça lui trotte dans l'esprit, à présent son discours est prêt, les mots ont été soigneusement choisis, les arguments, pesés, hyper millimétrés.

La nuit où elle l'a trouvé inconscient (d'ailleurs à deux pas d'ici, quel heureux et étrange hasard !), Joanne n'a pas hésité un quart de seconde : il *fallait* lui prendre son semi-automatique.

Pourquoi ?

(À la manière des politiques sur un plateau de télé, elle pose la question et enchaîne sur la réponse.)

Eh bien, parce que, au plus profond de sa chair, elle craignait que son collègue n'en fasse mauvais usage. À le voir ainsi étendu (comme le sont les morts), il *fallait* empêcher un autre drame.

Que Thomas blesse quelqu'un.

Ou qu'il tue.

Ou qu'il dirige l'arme contre lui-même…

Plus tard, quand elle l'a dénoncé au brigadier-chef, Joanne l'avoue la voix tremblante, c'était par pure vengeance. Parce que, à l'hôpital, Thomas s'était montré cruel, injuste, qu'il avait sous-entendu qu'elle lui collait un peu trop aux basques.

Elle n'était qu'une amoureuse transie, aveuglée par ses sentiments, prête à tout pour se faire remarquer.

Alors que pas du tout !

Leur relation a toujours été strictement professionnelle. Et lorsqu'elle l'a suivi jusqu'au manoir et qu'elle a tiré sur cette horrible femme qui s'apprêtait à transformer son (BEAU ET SÉDUISANT) collègue en chair à pâtée, elle n'a pas hésité, elle aurait agi de la sorte pour n'importe quel de ses confrères.

Après s'être raclé la gorge, c'est au tour de Thomas de faire amende honorable.

Lui aussi a répété sa tirade, il l'a même fait devant la glace (quelle honte si quelqu'un l'avait surpris !).

Bon, OK, peut-être qu'il s'est montré un poil *obsessionnel* avec le fils Chevallier. Tout portait à croire que c'était lui l'assassin. Qui aurait parié un seul instant sur une mère psychopathe ?

Pourtant, dans les romans que Thomas affectionne, il n'en manque pas, de mères frappadingues, vaguement sympathiques le jour et tueuses compulsives la nuit. Il se souvient parfaitement du *Pensionnat*, avec ce personnage bien flippant de directrice dont le fils unique est mort à cause d'un jeu de rôle cruel entre camarades. Les années passent, jusqu'au jour où, sous le prétexte d'une fête de fin d'année, elle parvient à réunir les parents de ceux qu'elle considère comme des meurtriers, et le massacre commence.

Au belvédère, Joanne enjambe la balise malgré les protestations de son collègue. Elle ne craint pas le vide, au contraire.

– Allez, viens, Thomas !
– Merci, mais je ne tiens pas à me casser le cou.
– Il ne va rien t'arriver, il suffit de faire un peu attention.
– Tu sembles bien sûre de toi.
– Si tu veux, je te tiendrai la main.
– Ma parole, mais tu ne renonces jamais.
– Je renoncerai quand je serai morte. Bon, tu me rejoins, maintenant !

Thomas rend les armes et s'approche doucement de sa collègue. Il lui prend timidement la main, on dirait un enfant. Joanne retient ses larmes, au fond c'est tout ce qu'elle souhaitait, que leurs paumes se touchent, peau contre peau, que leurs doigts s'enlacent. La vue est belle, l'horizon si dégagé qu'on peut tout y projeter.

« On pourrait aller prendre un verre après ? »

Thomas aimerait beaucoup, mais ce sera pour une autre fois. (Dans moins d'une heure, il a rendez-vous avec Joseph, qui prépare un long papier sur l'affaire Chevallier. Joseph, le revenant ! Après des mois de silence radio, le voici qui rapplique, sourire aux lèvres. Thomas a hâte de le revoir…)

« Tu sais, j'ai menti pour mon frère. »

La phrase est sortie toute seule, à cause sans doute de l'air marin, du fait que tous deux fixent une même ligne. Il paraît que c'est exactement le même phénomène en voiture : quand on ne se regarde pas dans les yeux, les langues se délient.

Joanne sent une décharge courir le long de ses doigts et aussi dans ceux de Thomas. Pourvu qu'il ne relâche pas son étreinte tout de suite.

Sa douce et chaste étreinte…

*

BARNABÉ

Barnabé arrache les quelques feuilles jaunes et les fleurs fanées, puis il vérifie que la terre est suffisamment humide.

Qu'est-ce qu'il a pu pester contre les géraniums !

Des plantes pour les retraités et les ronds-points. Pour le concours des villages fleuris de France.

Entre-temps, il s'est souvenu qu'elles ont la faculté d'éloigner les moustiques.

La semaine dernière, son père a oublié de lui faire sa piquouse. Qu'est-ce qu'il peut être distrait en ce moment ! Surtout depuis l'arrivée du printemps et les jeunettes qui défilent au manoir à une rapidité vertigineuse. Barnabé s'y perd entre les prénoms et les sourires. C'est vrai qu'elles sont gentilles avec lui, mais, côté cuisine, c'est la cata.

Barnabé commence sérieusement à envisager le retour de sa mère, qu'elle revienne enfin d'entre les morts pour lui préparer un gratin dauphinois.

Depuis quelques jours, il y songe de plus en plus.

C'est elle qui lui a appris le pouvoir répulsif des géraniums, évidemment ! Voilà pourquoi il se surprend à les rempoter avec autant de soin.

Sa mère qui aime tant les géraniums…

Ce matin, il a cru percevoir un son, peut-être plusieurs, des éclats pénétrant dans les interstices de son esprit pour s'y incruster durablement. Bientôt il y en aura d'autres et les sons formeront des mots, puis des phrases.

Barnabé ?

Tout en tassant la terre, un frisson délicieux le saisit.

Remerciements

Pour l'écriture de ce livre, l'auteur a bénéficié du soutien de la Région Île-de-France ainsi que du CNL.

L'auteur aimerait particulièrement remercier Jennifer Obertan, Siriane Limousin, Jacques Koskas, Mathias Mazaltob, Laurent Philipparie et Nicolas Lanoy.

NOTABILIA

Catalogue

01 *Dernier voyage à Buenos Aires*
Louis-Bernard Robitaille

02 *Trois cercueils blancs*
Antonio Ungar

03 *Journal d'un recommencement*
Sophie Divry

04 *Lutte des classes*
Ascanio Celestini

05 *La mer de la Tranquillité*
Sylvain Trudel

06 *Franz Schubert Express*
Tecia Werbowski

07 *Et au pire, on se mariera*
Sophie Bienvenu

08 *Solstice d'hiver*
Svetislav Basara

09 *Discours à la nation*
Ascanio Celestini

10 *Siège 13*
Tamas Dobozy

11 *N'oublie pas, s'il te plaît, que je t'aime*
Gaétan Soucy

39 *Dans la baie fauve*
Sara Baume

40 *Le bruit du monde*
Stéphanie Chaillou

41 *Looking back*
Tecia Werbowski

42 *Trois fois la fin du monde*
Sophie Divry

43 *Onzième roman, livre dix-huit*
Dag Solstad

44 *Dernières lettres de Montmartre*
Qiu Miaojin

45 *Le discours vide*
Mario Levrero

46 *État d'ivresse*
Denis Michelis

47 *Bonne élève*
Paula Porroni

48 *Un rien de lumière*
Vladan Matijević

49 *Une femme en contre-jour*
Gaëlle Josse

50 *L'absence de ciel*
Adrien Blouët

51 *Borgo Vecchio*
Giosuè Calaciura

78 *Jeudi*
Eden Levin

79 *Lamento*
Madame Nielsen

80 *Amour fou*
Denis Michelis

Hors collection

22 lettres imaginaires d'écrivains bien réels
Maria Negroni

Défense de Prosper Brouillon
Éric Chevillard (illustré par Jean-François Martin)

Prosper à l'œuvre
Éric Chevillard (illustré par Jean-François Martin)

Le tram de Noël
Giosuè Calaciura

Et recoudre le soleil
Gaëlle Josse

Pantelleria. La dernière île
Giosuè Calaciura

La Relève #1
Collectif

COMPOSITION ET MISE EN PAGES
NORD COMPO À VILLENEUVE-D'ASCQ

CET OUVRAGE A ÉTÉ ACHEVÉ D'IMPRIMER
SUR ROTO-PAGE
PAR L'IMPRIMERIE FLOCH À MAYENNE
EN DÉCEMBRE 2023

N° d'impression : 103678
Dépôt légal : janvier 2024
Imprimé en France